9급
공무원의
꿈

9급 공무원의 꿈

초 판 1쇄 2022년 12월 09일

지은이 김한욱
펴낸이 류종렬

펴낸곳 미다스북스
총괄실장 명상완
책임편집 이다경
책임진행 김가영, 신은서, 임종익, 박유진

등록 2001년 3월 21일 제2001-000040호
주소 서울시 마포구 양화로 133 서교타워 711호
전화 02) 322-7802~3
팩스 02) 6007-1845
블로그 http://blog.naver.com/midasbooks
전자주소 midasbooks@hanmail.net
페이스북 https://www.facebook.com/midasbooks425
인스타그램 https://www.instagram.com/midasbooks

© 김한욱, 미다스북스 2022, *Printed in Korea*.

ISBN 979-11-6910-109-7 03810

값 17,500원

미다스북스는 다음세대에게 필요한 지혜와 교양을 생각합니다.

9급 공무원이 1급 공무원이 되다!

9급 공무원의 꿈

김한욱 지음

한치 앞을 내다보지 못하고
살아왔지만
인생의 흐름 속에서
'더 나은 미래'에 대한 '꿈'이 있었다!

고졸 9급 공무원에서
1급 제주특별자치도 행정부지사 퇴임 후
공기업의 신화를 쓴 인생 역전 에세이!

미다스북스

우리는 인생을 살다 보면 새롭게 다가오는 도전에 지치기도 하고 본인의 의지와는 상관없는 방향으로 일이 흘러갈 때 좌절하기도 한다. 성공과 환호의 순간이 있기도 하지만 실패를 마주하는 경우가 더 많다. 한 치 앞을 알 수 없는 인생의 흐름에서 성공보다 좌절의 경험이 오히려 자연스러운 것이다.

작은 성공의 경험은 자신감을 갖게 하고 큰 꿈을 향한 디딤돌이 되기도 하지만, 자신감은 성공 자체에 있기보다는 무엇이든 시도해 보고자 하는 의지와 과정에 있다고 믿는다. 돌이켜 보면 굴곡 있는 삶의 궤적에서 작은 성취를 이룰 때 기쁘기도 했다. 하지만 좌절을 통해 더 많은 것을 배웠다. 모자란 것을 배우고 겸손할 줄 알게 해줬고 무엇보다 기다릴 줄 아는 지혜와 때로는 포기할 수 있는 용기도 배웠다.

찰리 채플린은 "인생은 가까이서 보면 비극이지만 멀리서 보면 희극이다"라는 말로 인간의 삶을 설명했다. 지난 삶을 되돌아보면 참 긴 시간이었던 것 같은데 지나고 보니 아주 짧은 단편 영화를 찍은 것 같기도 하다.

한치 앞을 내다보지 못하고 살아왔지만
인생의 흐름 속에서
'더 나은 미래'에 대한 '꿈'이 있었다.

한 장면 한 장면이 엊그제 같고 어렵고 힘든 순간도 많았다. 그러나 부단하게 반복되는 인생이라는 드라마의 주인공으로 살아왔다는 조그마한 자부심에 행복함을 느끼기도 한다.

재생할 수 없는 단편 영화의 주인공으로서 한 치 앞을 내다보지 못하고 살아 왔지만 인생의 흐름 속에서 '더 나은 미래'에 대한 '꿈'이 있었다. 꿈은 현재의 고난을 감내하고 내일을 준비하게 하는 원동력이기 때문이다. 인생의 터닝 포인트에서 앞으로도 미래에 대한 꿈을 꾸면서 살아갈 것이다. 꿈을 꾸는 데 나이가 무슨 상관인가.
그리고 '청년 실업률 10% 시대', 연애 · 결혼 · 출산을 포기한 '3포 세대'에 취업, 인간관계, 내 집 마련, 꿈과 희망을 포기한 'N포 세대'라는 말이 나오는 암울한 시대를 사는 청춘들에게 작은 글이지만, 다소나마 희망의 메시지를 줄 수 있었으면 한다.

2022년 김 햔욱

목차

말단 공무원 시절

든든한 버팀목 아내

좌절, 그리고 사무관 승진

대통령의 행사

개발의 현장에서

공기업의 신화를 쓰다

사진으로 보는 9급 공무원의 꿈

오직 외길의 공직 인생

제주특별자치도 행정부지사 퇴임 전날 마지막으로 집무실 책상에 앉아

2007년 12월 27일

15년이 지나고 있지만 나는 아직도 그날의 기억이 또렷하다. 1967년 3월, 조건부 지방행정 서기보(당시 5급 을류, 지금 9급)로 출발한 공직 생활을 마감하는 날이었다. 군 생활 기간을 빼도 38년이라는 긴 공직 생활이었다. 그날은 퇴임식 하루 전이어서 업무 보고도, 결재도 없었다. 정들었던 후배 공무원들이 집무실에 들러서 그동안 수고하셨다는 인사를 하고, 밖에서 걸려 오는 격려 전화도 받으면서 공직 생활을 시작한 이후 처음으로 부담 없는 여유로운 시간을 보내는 호사(?)를 누렸다.

하기야 내일부터는 일하고 싶어도 일할 수 없겠지만…. 만감이 교차했다. 날씨는 겨울 같지 않게 더없이 쾌청했다. 창가에 서서 구름 한 점 없는 눈 쌓인 한라산 정상을 바라보며 지난날들을 생각하는 상념에 빠져들었다.

지방자치단체 말단 기관인 제주시청에서 공무원 생활을 시작하여 동사무소, 제주도청, 행정자치부를 거쳐 다시 제주도청으로 먼 길을 한눈팔지 않고 걸어왔다. 기나긴 세월이었지만 되돌아보면 한순간에 지나지 않는 찰나이기도 했다. 아침 일찍 일어나 출근하고, 늦은 밤 축 처진 피곤한 몸을 이끌고 집으로 돌아오는 반복되는 생활이 내 인생의 전부였다. 식사 자리에서도, 잠을 잘 때도 일에 대한 생각을 놓아본 적이 없었다. 그 힘겨운 38년이 파노라마처럼 머릿속을 스쳐갔다.

지방자치단체 공무원들의 업무는 어디에 근무하건 누구나 비슷하다. 자기가 맡은 고유 업무 외에도 비가 많이 오면 물난리 걱정, 비가 안 오면 가뭄 걱정, 여름이면 태풍 걱정, 한겨울 눈이 많이 내려도 농작물 한파 피해 걱정, 빙판 도로 교통 걱정, 모든 것이 걱정이었고 그것이 업무와 연결되었다. 감귤, 양파, 양배추, 당근 등 농작물이 풍작이어도 가격 폭락, 처리 문제를 고민해야 하는 것이 지방자치단체 공무원들이다. 심지어는 감귤, 양배추가 도청 앞마당에 버려지는 경우도 있었다.

내일이면 이 모든 것에서 해방된다. 공직을 마감하고 평범한 시민으로 돌아간다. 그동안 못다한 일들, 여행도 하고 가족들과 많은 시간을 보내며 지금까지 하고 싶었던 일들을 하면서 살 수 있겠지. 실컷 늦잠도 자고, 멍때리는 게으름도 피울 수 있을 것이다. 이제 이 모든 걱정과 일들을 내려놓을 때가 된 것이다. 그리고 유능한 후배들이 대신하겠지….

지난 밤 상념은 밤새 이어졌다. 한숨도 자지 못했다. 뒤척이다 보니 날이 밝았다. 며칠 전부터 허전하던 마음은 퇴임식 날까지도 평정심을 찾지 못하고 있었다. 재산이 있는 것도 아니다. 벌어 놓은 돈도 없다. 오직 일만을 생각 하면서 달려온 공직생활이었다. 부동산 광풍이 몰아치던 때도 그린벨트 해제 업무를 담당할 때도 남들이 다 하는 그 흔한 땅 한 평, 아파트 한 채 구입 하지 않았다. 결혼하고 은행 빚을 내면서 무리하게 지은 집은 40년이 지나고 있지만 한 번도 이사를 못 하고 지금도 그 집에서 살고 있다.

퇴임식이 열린 도청 대강당은 발 디딜 틈이 없을 만큼 많은 사람이 바쁜 시간을 내어 참석해 주었다. 대강당은 물론 복도, 심지어 1층 로비까지 사람들로 붐볐다. 몇몇 지인들은 "정치인 출정식 같다."며 농담할 정도였다. 전 · 현직 도지사, 전 · 현직 교육감, 은사님, 종친회장님을 비롯한 친인척들, 각종 단체장, 고향 선후배, 정다운 친구들, 학교 동창들, 사랑하는 가족들 모두 하나같이 그동안의 노고를 위로해주었다. 나는 일에 매달려 사느라 도움 한 번 제대로 준 적이 없는데 모두가 바쁜 시간을 쪼개어 참석해주신 것이다. 한 분 한 분에게 정중히 악수하며 감사를 드렸다.

퇴임식이 시작되고 담당 국장이 나의 주요 경력을 읽어 내려가자 나는 다시 옛 기억 속으로 빠져들어 갔다. 경력 소개가 끝나고 퇴임사를 할 순서가 되었다. 대강당을 가득 메운 청중을 한 사람 한 사람 눈에 담으면서 미리 준비 한 퇴임사를 천천히 읽어 내려가기 시작했다.

"존경하는 동료 후배 공무원 여러분, 그리고 자리를 함께해 주신 내빈 여러분, 공직을 시작한 지가 엊그제 같은데 어느덧 38년이라는 세월이 흘렀습니다. 그리고 이제 오랜 공무원 생활을 마감하고 떠나고자 합니다. 젊었을 때 선배들이 떠나는 것을 보면서도 저와는 아무런 관계가 없는 것으로 생각이 들었는데, 어느 날 문득 거울에 비친 제 모습이 함께 고생하다 떠나갔던 그 선배들과 하나도 다르지 않다고 느꼈습니다. (…)

저는 가난한 집의 11남매 중 열 번째로 태어났습니다. 고등학교 시절에는 방세가 없어 창문도 없고 전기도 없는 부엌 귀퉁이 토굴 방에서 지냈고, 우물물을 길어다 먹으며 식사하는 횟수와 굶는 횟수가 비슷한 어려운 시절을 보내기도 했습니다. 대학 다니는 친구들이 한없이 부러워 자주 눈물을 흘렸던 기억도 납니다.”

이 부분에 이르자 갑자기 격한 감정이 밀려왔다. 눈물이 왈칵 쏟아졌다. 더 이상 읽어 내려가지 못하고 한참 동안 눈물을 흘렸다. 장내는 숙연했다. 한참 후 마음을 추스르고 퇴임사 나머지 부분을 읽어 내려갔다.

“떠나는 사람이 무슨 할 말이 있겠는가 할 수도 있겠지만 이 말씀만은 후배 공무원들에게 꼭 전해드리고 싶습니다.
첫째, 건강히 지내십시오. 건강은 자신과 가정을 지키고 제주를 발전시키는 가장 큰 원동력입니다. 억지로 시간을 만들어 건강 검진도 받으시고 운동도 꼭 하시기 바랍니다. 저는 건강 검진을 한 번도 못 받고 일했습니다.
둘째, 공부하십시오. 변화에 능동적으로 적응하는 자만이 살아남는

다는 것을 결코 잊어서는 안 됩니다. 자기가 맡은 분야에서는 우리나라에서 최고 전문가라고 할 정도로 실력을 쌓아야 합니다.

셋째, 가끔은 자신을 되돌아보십시오. 앞만 보고 달리다 보면 자칫 진정한 삶의 목표를 잃어버릴 수 있습니다. 목표를 정하고 일과 휴식, 취미와 가족을 위하는 삶을 살아야 합니다.

넷째, 서로 존경하십시오. 어쩌면 가족보다 더 많은 시간을 함께하는 것이 동료입니다. 역지사지(易地思之) 자세로 모든 일은 상대방 입장에서 서로 이해하고 믿음을 쌓아 나가십시오.

다섯째, 직장의 중요성을 알아야 합니다. 톨스토이는 이런 말을 남겼습니다. "인생에서 가장 중요한 시간은 당신이 현재 머무르고 있는 시간이고, 인생에서 가장 중요한 사람은 매 순간 만나는 사람이며, 인생에서 가장 중요한 일은 당신이 지금 하고 있는 일이다"라고 말입니다." (후략)

그동안 후배들에게 꼭 하고 싶었던 몇 가지를 당부하고 퇴임사를 끝냈다. 이후 축사, 선물 증정, 사진 촬영 등이 계속 이어졌지만 어떻게 퇴임식을 끝났는지 모를 정도로 정신없이 지나갔다.

퇴임식을 마치고는 아내와 함께 낡은 쏘나타 승용차에 몸을 실었다. 비록 낡았지만 16년 동안 나와 함께 제주, 대전, 서울 등 임지를 함께 누빈 정든 승용차였다. 돌아오는 차에서도 내내 지난날의 기억에서 헤어 나오지 못했다. 어렵고 힘들었던 지난 시간들, 학벌, 돈, 인맥 등 가진 것 하나 없는 시골 청년이었던 내가 지방공무원의 꽃이라는 행정부지사 자리에서 퇴임한다는 것이 한편으로는 꿈만 같은 생각도 들었다.

남들은 나를 행운아라고 부러워하기도 했다. 9급에서 1급까지 승진한 것은 그냥 얻어진 것은 아니었다. 현장에서 부단히 노력하고, 쉼 없이 공부하고 고민하면서 맡은 일에 최선을 다해 노력한 시간들이 있었기에 가능한 일이었다. 이제는 모든 것을 내려놓아야 할 때가 된 것이다.

참으로 열심히 살아왔다. 오직 공직을 천직으로 알고 한눈팔지 않고 살았다. 힘들고 괴로웠던 시간도, 즐거웠고 영광스러웠던 시간도 이제는 과거 속으로 흘려보내야 한다.

퇴임식 날은 그렇게 지난 38년의 기억을 더듬으며 지나갔다.

제주도 행정부지사 퇴임식

(위) 제주도 행정부지사 퇴임식
(아래) 제주도 행정부지사 퇴임식 날 집무실에서 가족들과 함께

제주도 행정부지사 퇴임식 날 가족들과 함께

가난했지만
행복했던 어린 시절

어린 시절

　내가 태어나고 자란 마을은 당시 행정 구역으로는 남제주군 안덕면 사계리로 농업과 수산업으로 살아가는 마을이다. 지금은 행정 구역이 서귀포시 안덕면으로 돼 있지만 당시에는 남제주군에 속해 있었다. 마을 동북쪽에는 제주도 천연기념물로 지정된 산방산이 우뚝 솟아 있고, 그 남쪽에는 용암이 바다로 흘러가다 굳어버린 용머리라고 불리는 해안 절벽이 있고 산방산과 용머리는 유네스코에서 지정한 지질공원이다. 이곳에는 네덜란드 동인도 회사 소속 하멜 일행이 타고 왔던 표류 선박 모형이 있어 산방굴사 등과 함께 전국적으로 유명한 관광지다.

　지금은 고향 마을에 펜션 카페가 들어서고 국내외 관광객들로 늘 인파가 북적이고 있지만 내가 태어나고 자랄 때까지 만해도 매우 조용하고 한적한 아름다운 마을이었다. 마을 서북쪽에는 단산이 동서 방향으로 병풍처럼 둘러쳐져 겨울철 매서운 북서풍을 막아주고, 산 아래쪽에는 조선 시대 대정현 향교가 자리 잡고 있다. 단산 바로 옆에는 남북 방향의 금산이 있으며 서쪽 멀리에는 모슬봉이 자리 잡고 있다. 그리고 남쪽에는 송악산이 우리나라 최남단 섬인 마라도와 가파도를 바라보며 작은 오름들과 함께 버티고 서있다.

　이렇게 표현하다 보면 고향 마을은 산속에 파묻혀 있는 산간 마을로 착각하겠지만 마을 앞에는 검은 모래사장을 끼고 푸른 바다가 펼쳐져 있으며 그 앞에는 아름다운 형제섬이 다정한 모습으로 자리 잡고 있다. 이런 지리적 여건으로 제2차 세계대전 말 일본군은 소련과 만주 국경에 있던 관동군을 제주로 옮겨 일본 본토 방어 준비를 하였다. 그로 인하여 송악산, 단산, 금 산에는 일본군 진지 동굴과 어뢰정 보관용 해면 동굴, 고사포 진지, 해군 항공대 비행장과 격납고 등 많은 전쟁 흔적이 지금도 남아 있다.

　나는 이 마을 서쪽 끝자락 농가에서 11남매 중 열 번째로 태어났다. 당시 어느 집이나 그랬던 것처럼 부모님은 매일 농사일로 하루를 보냈다. 아버지(故 金碩輔)는 엄격하게 자식들을 키우셨고, 어머니(故 李斗文)는 세상의 모든 어머니처럼 오직 가족만을 위해 희생하신 분이셨다.

　어머니는 그 많은 식구를 먹여 살리기 위하여 농사일 외에도 안 해본 일이 없는 분이셨다. 밭에 나가 일하시다 집에 오면 피곤해서 부엌에서 그대로 주무시다 다음 날 바로 일하러 밭으로 나가는 모습도 자주 보았다.
　힘든 농사 외에도 식구들을 굶기지 않으려고 엿, 오징어를 사다 팔기도 하셨다. 특히 동네에서 결혼이나 장례 때 쓰는 술은 대부분 어머니가 만들어 공급했다. 지금은 향토주로 권장하고 있지만 당시에는 세무서에서 밀주 단속을 하여 술독은 마루 밑에 땅을 파서 묻고, 그 위에는 세간이나 보리 등을 쌓아 위장했다. 이 때문에 우리 가족들은 항상 퀴퀴한 누룩 냄새 속에서 살아야 했다. 술 빚는 날에는 집 주변을 돌면서 혹시 단속반이 오는지를 살피는 일도 있었다.

그리고 집에는 자그만 뽕나무밭이 있었다. 어머니는 누에씨를 사다 직접 누에를 키우셨고 다 자라 색깔이 누렇게 변하기 시작하면 누에들을 한 마리씩 참깨를 수확한 가지에 놓아두면 누에들은 입에서 실을 뽑아 타원형 누에고치를 만들어낸다. 그것을 말린 다음 누에고치를 삶아 실을 뽑았다. 명주실을 뽑을 때는 온종일 누에고치를 삶는 심부름을 하기도 하였다.

하루는 실을 다 뽑은 번데기를 집 가까운 개울가에 버리는데 지나가던 군인들이 그것을 주워 먹는 것을 보고 놀라기도 하였다. 한참 후에야 번데기도 먹는 것이라는 것을 알았지만 나는 누에가 생각나 그 이후에도 번데기를 먹는 것은 상상조차 할 수 없었다. 나는 아직도 번데기 냄새가 싫다. 먹지도 않는다. 번데기를 보면 누에를 키우던 생각이 떠오르기 때문이다.

명주실은 가늘지만 굵기에 따라 분류한 다음 틀에 올려 천을 짰다. 한 폭을 짜는 데 상당한 시간이 걸렸다. 어머니는 비가 와 밭에 일하러 나가지 못할 때나 겨울철에는 한밤중까지 명주를 짜는 소리가 늘 집에서 떠나지 않았다. 밖에서 놀다 들어올 때 철그덕거리는 명주나 무명

짜는 소리가 들리면 어머니가 집에 계신다는 것을 알았다. 명주 천은 대부분 팔아 그 돈으로 생계를 꾸려 나갔다. 또는 형이나 누님들이 결혼할 때 옷을 지어 주시기도 하였다. 어머니는 아들 다섯에게 옷을 지어 주셨는데 그 옷을 나는 지금도 보관하고 있다.

어머니는 목화도 심어 실을 뽑아 무명천을 만들어 식구들 옷을 직접 지어 주셨고 누나들이 시집갈 때 솜이불을 만들어 주기도 하셨다. 명주와 목화는 실을 뽑고 천을 직접 짰는데, 그 어려움은 말로 다 표현할 수가 없다. 무명도 명주 생산과 비슷한 절차를 거쳐 만들어졌다. 목화를 따다가 말린 다음에 틀에 걸어 목화씨를 먼저 빼내야 하는데 그 일은 100세가 지날 때까지 할머니께서 직접 하셨다. 그다음에야 실을 뽑거나 이불솜을 만들었다. 어릴 때부터 누에치기와 명주실 뽑기, 목화 실뽑기 등을 항상 보아 와서 지금도 내 머릿속에는 그 절차와 방법이 아직도 선하게 남아 있다.

어머니와 누나들은 밭에서 돌아오면 1km 넘게 떨어진 우물(붕에물)에 가서 허벅으로 물을 길어와 저녁 준비를 했다. 어머니는 항상 식구들이 먹다 남은 음식을 먹는 일이 많았다. 더욱이 여름에는 상한 밥을 물에 씻어 드시기도 했다. 어쩌다 수박이나 참외라도 먹을 때면 언제나 자식들이 우선이었다. 당신은 껍질이 더 맛있다며 된장을 찍어 껍질만 드시기도 했다. 동네에서 큰일(잔치와 장례)이 있어 떡이나 고기를 가져와도 오직 자식들을 위하여 보관했다가 주셨다. 아마 어머님은 평생 소고기는 두 근도 드시지 못하고 돌아가신 걸로 생각한다.

나는 1978년 여름 32세에 그렇게 원하던 사무관 시험에 합격하고 얼마 후 도지사 비서실장 발령을 받고 자랑하려고 어머니가 계신다는 서귀포시 오일장에 찾아갔다. 그날도 어머니는 서귀포시 오일장에서 뜨거운 여름 햇살을 온몸으로 받으면서 장터 길가에 앉아 쌀을 팔고 계셨다. 햇빛을 가리는 천하나 없이 머리에 수건만 쓰고 앉아 계셨다. 나는 자랑하고 싶은 생각보다 죄송한 마음에 돌아서서 눈물을 훔쳐야 했다.

그러나 나는 성장한 후에야 이 모든 것들이 오직 자식들을 위한 일이었음을 알았다. 내가 살아오면서 그 많은 어려움을 이겨낼 수 있었던 것도 어머님의 강인한 삶에서 시작된 것이 아니었나 생각해 본다.

어머니가 돌아가신 지도 상당한 세월이 흘렀다. '고향' 하면 떠오르는 것이 할머니, 부모님과 형님들, 누님들과 관련된 기억들이 대부분이다.

동화 속의 겨울

　나의 외가는 고향 마을에서 약 3km 정도 떨어진 대정읍 보성리라는 마을이다. 보성리는 조선 시대 대정현 현청 소재지여서 동네 분들은 어머니를 항상 성안댁이라고 불렀다.

　외할아버지는 목수셨다고 들었다. 우리 집도 외할아버지께서 지어 주셨다는 얘기를 어머니에게 들었다. 지금에야 자동차로 몇 분 거리지만 당시에는 교통이 불편해서 외할아버지는 우리 집에 열흘 동안 머물면서 집 짓는 일을 하셨다는 말을 자주 들었다. 어머니 집안은 딸만 7형제였다. 그 때문인지 외할아버지는 외손자들을 무척이나 아껴 주셨다. 우리 집도 작은아버지가 일찍 돌아가시는 바람에 아버지가 독자여서 할머니는 아들을 다섯이나 낳아 준 어머니를 무척 고마워하고 항상 자랑하셨다.

　나는 설날이 가까워져 오면 외할아버지에게 세배 가는 날을 손꼽아 기다렸다. 당시에는 누구나 다 어려운 시절이라 세뱃돈을 받는다는 것은 상상할 수도 없을뿐더러 들어본 일도 없었다. 설날이 지나 아버지와 같이 세배를 드리려 외가에 가면 외할아버지는 그때마다 "고놈 참 똑똑하게 생겼다." 칭찬하시면서 창호지(창문에 바르는 종이) 반쪽을 세뱃돈 대신 주셨다. 당시에는 창호지가 무척 귀했다. 지금 생각해 보면 피식하고 웃을 일이지만 나는 창호지가 그렇게 반가울 수 없었다.

우리는 하늬바람(북서풍)이 부는 겨울철에는 연을 만들어 동네 어귀나 집 가까운 밭에서 연을 날렸는데 우리에게는 해가 지는 줄 모를 정도로 즐거운 놀이였다. 그러나 연 만드는 재료 중 가장 중요한 것이 창호지였는데 그것을 살 돈이 우리에게는 없었다. 창호지를 사기 위해 어머니 몰래 계란을 훔쳐다 바꾸기도 했지만 매번 그럴 수도 없었다. 창호지가 없을 때는 비료 포대 종이로 연을 만들었는데 두꺼워 잘 날지 못했다. 접착 풀로는 보리밥 밖에 없어 대나무가 비료 종이에는 잘 붙지도 않았다. 미군 부대에서 내다 버린 종이를 주워 연을 만들기도 했으나, 이 역시 잘 찢어지는가 하면 대나무 연결 부분이 뜯어지는 일이 다반사였다. 그러다 보니 겨울철에 연을 만드는 창호지는 우리에게 가장 필요한 것이었다.

나는 설이 되면 세뱃돈으로 받은 창호지로 정성 들여 연을 만들어 날렸는데 동네 친구들은 매우 부러워하였다. 외할아버지가 주신 창호지로 만든 연이라고 자랑하였다.
내가 창호지로 만드는 연은 높이 잘 날고 기동력도 좋은 정연(사각형 연)이었다. 연싸움을 위해 연줄에는 유리 조각을 잘게 부숴 풀을 먹여 붙였다. 미군 부대에서 주워온 면도날을 실의 틈에 끼워 상대방 연줄을 자르기도 했다. 대부분 연싸움에 이겨 으스대기도 했지만, 져서 그 귀한 창호지로 만든 연이 마래물창(동네 작은 호수)으로 날아가 빠져 분루를 삼키기도 했다. 이런 연날리기는 우리 조무래기들의 겨울 방학을 매우 즐겁게 해 주었다.

그 외에도 겨울철에는 족제비를 잡아, 엿장수에게 팔기도 했다. 족제비 꼬리털은 붓 만드는 재료로 쓰였다. 운이 좋아 족제비를 잡아, 팔면 필요한 물품들을 살 수 있었다. 족제비 덫을 만들어 겨우내 동내 대나무가 있는 곳이나 산소에 덫을 놓았지만 1년에 어쩌다 한 마리 잡는 정도였다. 족제비가 제일 좋아하는 미끼는 닭 내장인데 그것을 구할 수 없기 때문에 쥐를 잡아 불에 구워 미끼로 사용하였다.

온종일 들판에 나가 돌 밑에 있는 왕지네를 잡아, 널빤지에 머리와 꼬리 부분 못을 박아 곧게 펴고 말려 팔기도 했다. 추운 겨울날 종일 들판을 헤매다 저녁 늦게 들어와 부모님에게 혼나는 일이 잦았다. 심지어는 집에서 쫓겨나 친구 집에서 잠을 자기도 했다.

그리고 온 들판에 하얀 눈이 쌓이면 먹을 것을 찾아서 떼지어 날아다니는 새들을 잡을 덫을 만들어 밭에 놓았다. 새 잡는 덫(코라고 불렀음)은 동내 방앗간에 매여 있는 말의 말총(말꼬리)을 주인 몰래 뽑아다 새를 잡는 덫(코)을 만들었는데, 그 일은 무척 무섭고 여간 힘든 것이 아니었다. 인근 군부대 주변에 있는 녹이 슨 철조망을 구해다 1m 정도 크기로 잘라 말총에 감아 뽑았는데 잘못하면 말 뒷발질에 채여 다치기도 하였다. 말들도 우리를 기억하는지 방앗간에 들어가기만 하면 "힝힝" 콧바람 소리를 내면서 눈을 부라리며 뒷발질하면서 우리를 경계하였다.

하얗게 눈 내린 날은 밭의 눈을 치우고 드러난 흙 위에 원형, 일자형 덫(코)을 만들어 설치하고 코 가운데 좁쌀 모이를 뿌려 두었다. 새들이 그것을 먹으려고 모여들다 코에 걸려 잡혔다. 덫에 걸린 새를 구워 먹는데 그렇게 맛있을 수가 없었다. 또 밤에는 손전등을 비추면서 초가지붕에서 잠자는 참새를 잡아, 구워 먹기도 했다. 그 맛을 요즘 애들은 아무도 모를 것이다. 새 한 마리를 불에 구워 두세 명이 나누어 먹기도 하였다.

우리에게는 아무리 추운 겨울도 연날리기, 새 잡기 등으로 즐겁고 마음 설레는 계절이었다.

꿈을 키워 주었던 고향 여름 바다

마을 앞바다는 우리의 꿈을 키워주는 마법의 장소였다. 바다는 우리에게 필요한 모든 것을 주었다. 바다는 추위가 꺾이는 초봄에서부터 찬 바람이 불기 시작하는 늦가을까지 아이들의 삶의 공간이었다. 특히 여름방학 때는 해가 뜨기 전에 조기회(당시 여름방학 때는 해가 떠오르기 전에 모래사장에 모여 자율적으로 운동하도록 학교에서 권장했었음)를 시작으로 온종일 바닷가는 우리의 안방이나 다름없었다.

조기회가 끝나면 아침을 먹고 소를 끌고 나와 밭두렁에서 풀을 먹이다 소를 빈 밭에 매어 놓고 다시 모래사장에 가서 놀거나 해수욕도 하고 낚시하기도 하였다. 썰물 때 물이 빠지면 원담(밀물 때 들어온 고기가 썰물 때 나가지 못하도록 돌로 쌓아 만든 작은 성벽) 주변에서 소라와 해삼, 문어 등 해산물을 잡기도 했다. 어린 시절에도 우리는 달력을 보면서 몇 시에 물이 어느 정도 빠지고 드는지를 정확히 알고 그 시간에 맞추어 바다에 나갔다.

우리 동네에는 속칭 절잔개에 원담이 있어 이곳에서 붉바리, 패감

쉬, 어렝이, 고멩이(놀래기) 등 비교적 작은 물고기들이 많이 잡혀 어린 우리에게는 낚시 천국이었다.

그리고 여름철에 "원담에 맬(멸치) 들었져." 소리가 나면 족바지는 물론 골채(농사용 들것)까지 들고 어른 아이 할 것 없이 동네 사람 모두가 원담 안에 들어온 멸치를 잡기도 하였다.

문어는 끌어당기는 것을 좋아한다. 우리는 대나무 끝에 하얀 천을 묶어 돌 틈을 쑤시고 다녔다. 문어는 그게 먹이인 줄 알고 잡아당긴다. 그때를 이용하여 손이나 문어를 잡는 고리로 잽싸게 잡았다. 나는 바다에 갈 때는 자주 문어 잡는 도구를 갖고 다녔다. 운이 좋을 때는 하루에 1~2마리를 잡기도 했으나 대부분은 허탕 치기가 일쑤였다.

우리 마을에서 4km 정도 떨어진 모슬포에 미군 부대가 있었다. 이 부대에 있는 미군들은 여름철이면 자주 우리 동네 모래사장에 와서 낚시하거나 해수욕을 즐겼고 가을과 겨울에는 바닷가 소나무밭이나 들에서 꿩이나 오리를 사냥하였다.

무더운 여름에 미군들이 큰 파라솔을 걸어 놓고 그 밑에 수건을 모래사장에 깔고 누워 일광욕을 하거나, 신기한 낚싯대(당시에는 볼 수 없었던 릴 낚싯대)로 낚시하기도 했다. 그 당시 우리는 누구나 대나무 낚싯대를 사용했다. 우리는 미군들이 쓰는 낚싯대가 신기하고 부럽기만 하였다. 여름철 모래밭에는 모살치(보리멸)라는 고기가 잡힌다. 우리는 모살치를 잡을 때 대나무 바구니를 목에 걸고 1.5m 정도 깊이 바닷속으로 걸어가 낚시했지만, 미군들은 모래밭에 앉아 낚싯대를 멀리 던져 줄을 당기면서 고기를 잡는데 우리보다 더 많이 잡고 편리하게 낚시하여 부럽기만 하였다. 나도 저런 낚싯대를 한 번 가져봤으면 좋겠다면서 얼마나 부러워했는지 모른다.

우리에게 미군들의 행동이나, 갖고 다니는 용품들은 모두 신나는 구경거리였다. 미군들이 바닷가에서 엄지발가락에 끼어 신고 다니는 신발(슬리퍼)도 이때 처음 보았다. 아무데나 긁어도 불이 나는 성냥, 그중에서도 가장 신기한 것은 파도 위에서 널빤지를 타는 것(윈드서핑)이었다. 한 번은 파도가 크게 치던 날 흑인 병사가 나무판자를 타다 파도에 밀려 돌에 부딪쳐 큰 상처를 입었는데 구경하던 친구 한 명이 "야! 흑인도 피는 빨갛네…." 그 전까지 우리는 흑인은 피도 검은 줄 알고 있었다.

그리고 우리 집 앞 바닷가 모래밭에는 미군들이 먹거나 쓰다 버린 물건을 버리는 쓰레기장이 있었다. 일주일에 한두 번 오는 미군 쓰레기차는 우리에게는 큰 즐거움이었다. 요즘으로 보면 형편없는 쓰레기 더미에 불과하겠지만, 그 당시에는 우리가 상상도 할 수 없는 좋은 물건들이 숨어 있었다. 낚시할 때 미끼통으로 유용했던 빈 통조림 깡통, 레이션 과자 부스러기, 멋진 그림책 등 참 많았다. 그중에서도 우리를 혼란스럽게 했던 두 종류가 있었다. 하나는 엄청 맛있는 검은 색깔의 과자(큰 다음에야 초콜릿이라는 것을 알았다.)와 먹는 것인지 어디에 쓰는지 도무지 알 수 없는 쓰디쓴 까만 가루(혹시 이것을 먹으면 흑인이 되는 줄 알았던 커피), 무엇에 쓰는 줄도 모르고 조금씩 먹기도 하고 상처난 곳에 바르기도 했던 쓰다 버린 치약, 하루에 두 번은 맞는다고 자랑스럽게 차고 다녔던 고장 난 손목시계, 연필 깎는 데는 더없이 좋았던 쓰다 버린 면도칼 등 그곳은 우리의 보물창고였다.

미군 쓰레기차가 오는 날은 학교 간다고 하고는 묘지 돌담에 쭈그리고 앉아 언제 올지 모르는 쓰레기차를 온종일 기다린 적도 있었다. 요즘 TV를 통해 후진국 빈민촌 쓰레기장에서 물건을 줍고 있는 어린이들을 보면 60여 년 전 나를 보는 것 같기도 하였다.

그리고 저녁에는 바닷가에 가서 낮에 뜨거워진 모래를 파고 그 속에 들어가 잠을 자기도 했다. 가위바위보로 결정하여 진 사람이 구덩이를 파고 모래를 덮어 줘야 한다. 여름 밤하늘에는 별들이 더욱 빛난다. 금방 머리 위로 쏟아질 것 같은 밤하늘 별들을 보다 잠들기도 하고 중학교 다니는 형들로부터 재미있는 얘기를 듣거나 빌려 본 책에서 읽은 코르시카의 작은 섬 소년이었던 나폴레옹이 프랑스 황제가 되고 유럽을 평정한 꿈을 꾸기도 했고, 바다 너머 미지의 세계를 상상하기도 했다.

어린 시절 바다는 최고 놀이터였고, 하루가 어떻게 지나고 있는지도 모르는 우리의 천국이었다. 또 나에게 무한한 꿈을 심어주는 마법의 공간이기도 했다.

꼬마 낚시광

초등학교 시절 여름방학은 더 이상 바랄 게 없는 즐거운 날들이었다. 대부분은 해 뜨기 전부터 늦은 밤까지 모래사장에서 놀거나 낚시하거나 배가 고프면 소라, 해삼을 잡아먹으면서 온종일 시간을 보냈다. 햇볕이 쨍쨍 내리쬐는 날은 물론, 태풍이 몰아치는 날도 우리는 변함없이 바다로 나갔다. 물때가 좋거나 날씨가 좋으면 낚시를 했고, 태풍이 부는 날은 마차 바퀴에 묻어 있는 기름(구리스라고 했음)을 식구들 몰래 걷어 솜방망이 횃불을 만들어 한밤중까지 큰 파도에 치어 밀려온 죽은 고기를 줍는 재미도 쏠쏠했다. 운이 좋을 때는 죽은 큰 고기도 모래사장에 밀려와 잡았을 때는 그 일이 몇 달 동안 영웅담의 소재가 되기도 하였다.

나는 낚시광이라 할 만큼 낚시를 좋아했다. 얼마나 좋아했냐면 소먹이(소 고삐를 잡아 밭두렁에서 먹인다.)를 하는 것이 싫어 소를 남의 산담(묘) 안에 억지로 들여놓은 채 낚시하다 산주나 동네 어른에게 들켜 혼나기도 하였다.

한 번은 낚시에 정신이 팔려 소 먹이는 것도 잊고 밀물이 들어와 더 이상 낚시를 할 수 없게 되자 그때야 낚시를 중단했는데 해는 어느새 뉘엿뉘엿 모슬봉 너머 저물고 있었다.

아버지는 열심히 소를 잘 먹였는지 게으름을 피워 굶겼는지 소를 보면 금방 아시기 때문에 소를 끌고 집에 가기 전에 나는 비상 수단으로 소에게 먹일 풀을 얻기 위하여 마을 공동묘지 안에 있는 촐(대부분 지붕을 이는 띠)을 베려고 낫을 들고 잠입해 촐을 베다 지키는 사람에게 발각되었으나 한 줌이라도 더 베려다 손가락을 베었는데 그 상처가 얼마나 컸던지 지금도 자국이 남아 있다. 어떤 때는 일부러 소에게 물을 주지 않다가 저녁때가 되어 집에 갈 때가 되어야 물만 잔뜩 먹여 배를 불리고 올 때도 있었다. 아무리 혼나거나 매를 맞아도 낚시는 나의 어린 시절 삶의 전부였다.

낚싯바늘과 관련된 얘기도 있다. 당시 농촌의 초가집들은 집집마다 방 옆에 온돌 불을 지피는 굴묵(안방에 군불 때는 곳)이 있다. 닭들은 대부분이 이곳에서 밤을 보내는데, 하루의 시작을 알리는 새벽닭 울음소리도 이곳에서 먼저 나온다.

시골의 닭들은 낮에는 마당이나 집 주변에서 동네 닭들이 다 모여 모이를 먹다가도 저녁때가 되면 신통(?)하게도 각각 자기 집을 찾아간다. 옆집 닭들과 온종일 어울리다가도 저녁때면 자신들의 집으로 찾아가는 것이 아주 신기할 정도였다. 옆집 닭을 따라갈 만도 한데, 그런 닭을 본 일은 한 번도 없었다.

어렸을 때 어른들이 자꾸 잊어버리거나 머리가 나쁜 사람을 '닭대가리' 같다고 비아냥거리는 얘기를 하곤 했지만 나는 그 얘기에 동조하지 아니한다. 우리 동내 사람들은 닭들이 동네 어떤 아저씨보다 닭이 더 똑똑하다고 말하기도 했다. 동네 아저씨는 술에 취하면 길가나 풀밭 등 아무 데서나 잠을 자기도 하지만 닭은 그런 일이 절대로 없다는 것이다.

당시 모두가 가난했던 그 시절에 계란은 곧 돈이었다. 모아둔 계란을 오일장에 나가 팔아 신발과 양말 등 생필품을 구입했다. 때론 계란이 학비가 되기도 했다. 낚시 도구를 마련할 때 낚싯대는 외갓집에서 대나무를 베어다 만들고(비뚤어진 대나무는 불에 구워서 곧게 폄), 낚싯줄은 우리 집에서 만든 명주실을 이용하고, 뽕돌(낚시 추)까지 직접 만들어 썼다. 뽕돌은 미군 쓰레기통에서 주어온 연철을 그릇에 넣고 불을 지펴 녹인 다음 진흙으로 틀을 만들어 부으면 만들어진다.

이렇게 다른 도구들은 다 자급이 가능하지만, 낚싯바늘만큼은 스스로 해결 하기가 어려웠다. 동네 구멍가게에서는 여러 종류의 낚시를 팔고 있지만 낚시를 살 돈이나 계란(교환해 주었음)이 없어 달리 방법이 없었다. 낚시를 구입하기 위하여 할 수 있는 방법은 어머니가 감춰둔 계란을 훔치는 것이 유일한 방법이었다. 그러나 그나마도 전과(?)가 여러 번 있어 쉽지 않았다.

시골 닭들은 대부분 굴묵에서 밤을 보내고 밑알이 있는 곳에서 계속 알을 낳는다. 그런데 내가 그 밑알을 훔쳐다 낚시와 바꾸는 바람에 닭이 한동안 엉뚱한 곳에다 알을 낳아 어머니에게 혼이 난 적이 있었다.

"한 번만 더 밑알을 훔쳤다가는 혼날 줄 알라."는 어머니의 엄명에 나는 풀이 죽어 근처에 접근조차 할 수 없었다. 그렇다고 낚시를 포기할 수도 없었다.

한참을 고민하다 번득 뭔가가 떠올랐다. 달걀 대신 달걀과 비슷한 것을 놓아둔다면 닭도 속지 않을까? 생각이 여기에 미치자 얼른 부엌으로 달려가 간장 종지(식사 때 간장을 넣는 작은 타원형 그릇)를 들고 나왔다. 하얀 종지는 엎어 놓으면 얼핏 계란과 비슷하게 보인다. 나는 종지를 뒤집어 놓고 닭이 들어가기를 기다렸다. 한참이 지나자 암탉 한 마리가 굴묵으로 들어간다. 숨을 죽이고 제발 그 자리에 알을 낳아 주기를 빌었다. 하느님, 부처님, 조왕 신님 내가 아는 모든 신들에게 빌고 또 빌었다. 한참이 지나 닭이 나오자 나는 재빨리 굴묵 안으로 뛰어 들어가 확인했다. 고맙게도 암탉이 얌전하게 계란 하나를 낳은 것이 아닌가!

나는 어머니가 돌아오기 전에 재빨리 종지를 부엌에 갖다 놓고는 닭이 방금 낳은 계란을 들고 의기양양하게 상점으로 달려가 낚싯바늘로 바꿨다. 얼마나 갖고 싶었던 낚싯바늘인가. 바다로 달려가 미끼를 꿰고는 절잔개(속칭) 원담에서 어렝이, 고멩이를 낚으며 신나게 낚시했다. 그날따라 고기는 왜 그렇게 많이 잡히는지. '닭아, 고맙다.'를 수십 번 되뇌었다. 집에 돌아오니 어머니 얼굴을 마주치기가 겁이 났다. 어머니는 "오늘 계란이 나올 때가 되었는데 요놈의 닭이 노망을 했나." 하면서 내 얼굴을 힐끔 쳐다본다.

한 번은 낚시는 가고 싶고 모든 준비는 마쳤으나 낚싯바늘은 구할 방법이 없었다. 궁리에 궁리를 거듭하다 바느질용 바늘을 불에 구워 반달형으로 구부려 낚싯바늘을 만들었다. 그러나 그 낚싯바늘에 걸린 고기는 한 번 파닥거리면 그만 물속으로 떨어져 버렸다. 낚싯바늘과 같은 코가 없기 때문에 고기가 도망가는 것을 막을 방법이 없는 것이었다. 친구들은 신나게 고기를 잡고 있었지만 나는 한 마리도 잡지 못했고 아쉬움만 남았다. 아무리 궁리해도 코가 있는 낚싯바늘 만들기는 불가능했다. 그래도 즐거운 시절이었다.

소풍날

어린 시절 우리 집은 식구가 많고 가난했지만 화목했다. 근엄하셨던 아버지는 무서웠지만, 어머니는 많은 식구를 늘 사랑으로 감싸 주셨고, 나는 온종일 밖에서 놀다 저녁때가 되어 늦게 집에 들어올 때도 어머니가 집안에 계시다는 생각에 안도감을 느꼈다.

지금 생각하면 그때가 지금까지 살아온 날 중에서 가장 행복했다. 바다에서, 모래사장에서, 산과 들에서 뛰어다니는 것만으로도 나에게는 즐거움이고 크나큰 행복이었다. 우리는 4계절 모두 즐거운 일들로 가득했다. 겨울이 물러가기가 무섭게 차가운 바람을 맞으면서도 바닷가로 나가 보말ㆍ해삼ㆍ소라 등 해산물을 잡아먹으며 하루를 보냈고, 그 즐거움은 무더운 여름철까지 이어졌다.

가을에는 말린 소 배설물로 고구마를 구워 입이 시커멓게 될 때까지 먹고, 겨울에는 밭에 쌓인 하얀 눈을 치워 말총 코로 새(종달새 종류)들을 잡아 구워 먹기도 하였다. 어렸을 때 고향 마을은 나와 친구들의 조그만 천국이었다. 초등학교 시절(당시는 국민학교라고 했음) 설날이나 추석 명절이 다가오면 기대에 부풀었다. 나는 막내라 대부분은 형들이 입던 옷을 줄여 입거나 조금 커도 그대로 입기도 했지만 운이 좋으면, 새 옷이나 새 신발을 선물로 받을 유일한 기회였기 때문이었다.

이와 함께 운동회나 소풍날도 명절만큼이나 즐거운 날이었다. 초등학교 시절 소풍날이 다가오면 며칠 전부터 마음이 설레어 마루에서 방으로, 부엌으로, 마당으로 돌아다녔다. 그러다가 어머니나 아버지로부터 '촐싹댄다'고 야단을 맞기도 했다.

하루는 소풍 전날 소꼴을 먹이러 들에 나갔다가 해가 중천에 걸린 시간에 돌아왔다. 아버지는 나를 보고 크게 야단을 쳤고 나는 다시 소를 몰고 들로 나가야 했다.

초등학교 5학년 때라고 생각된다. 소풍날 아침이었다. 평소에는 늦잠을 자다가 눈곱이나 떼는 둥 마는 둥 하고 등교하기 일쑤인데 소풍날이면 신기하게도 명절 때처럼 일찍 잠에서 깨어난다. 이날도 아침 일찍 일어나 어머니가 계신 부엌 주변을 맴돌았다.

곤밥(흰 쌀밥) 벤또(당시에는 도시락을 일본어인 벤또로 불렀음)를 기대하면서 부엌 안의 동정을 살폈다. 그러나 어머니는 평소와 마찬가지로 보리밥을 지으며 나에게는 눈길도 주지 않았다.

"어멍(어머니), 나 오늘 소풍 가는 날인디…, 다른 아이들은 다 곤밥 쌍(싸서) 가는데, 나도 곤밥 싸줘!"

항의 겸 응석을 부려보았다. 그러나 어머니 말씀은 언제나 똑같다. "식게(제사) 명절 때 쓸 곤쌀(흰쌀) 말고는 업져(없다)." 하고 돌아선다. 속으로 혼자 애가 탔다. 이거, 비상 수단을 써야지, 이대로 있다가는 쌀밥은커녕 사탕 한 개도 얻어먹지 못할 판이다. 걱정이 앞섰다.

"게민, 나 벤또 안쌍 가쿠다."(그러면, 나 도시락 안 가져가겠습니다.)

큰 소리로 투정을 부리면서 나왔다. 올레(집에 들어가는 길목)까지 나온 나는 담벼락에 기대어 서서 집안 동정을 살폈다. 동생이나 누나가 오면 못이기는 척 집으로 가려고 하는데 한참을 기다려도 그럴 기미가 보이지 않았다. 갑자기 서러워졌다. 어머니가 들을 수 있게 큰 소리로 울기 시작했다. 한참 시간이 흘러 목이 아플 즈음 누나가 나를 불렀다. 누나는

"벤또 쌌져, 들렁 가라"(도시락을 싸 놓았으니 들고 가라)며 배시시 웃으신다. 그러면서 한 마디 더 거든다.

"잘 갔당 오라이, 게도 닌 아들이난 소풍도 가고 벤또도 싸 줨져(잘 갔다 오거라, 그래도 너는 아들이니까 도시락을 싸 주는 것이다). 난 학교 다닐 때 소풍은커녕 밭에 일하러 갔져."

하면서 설탕을 버무린 무지갯빛 알사탕 두 개를 손에 쥐어준다. 보리밥 벤또지만 사탕 두 개에 기분이 좋아진 나는 언제 울었냐는 듯이 학교로 줄달음쳤다.

즐거운 소풍.

어디서 그렇게 큰 목소리들이 나오는지…. 씩씩한 걸음걸이에 큰 소리로 노래를 부르며 우리 마을에서 가까운 대정향교가 있는 단산에 도착했다. 선생님으로부터 간단한 주의 사항을 들은 뒤 미끄럼타기, 숨바꼭질, 달리기 등을 하다 보니 어느새 점심시간이었다.

우리는 모여 앉아 벤또 뚜껑을 열었다. 나는 보리밥 도시락이라고 생각한 나머지 조금 창피한 생각이 들어 뚜껑을 조금만 열어 안을 보았다. 그런데 웬걸, 벤또에는 보리밥이 아닌 하얀 쌀과 좁쌀을 섞어 지은 먹음직한 밥이 있었고 게다가 그 옆에는 쪽파를 숭숭 썰어 넣은 계란 부침도 들어 있었다.

얼마나 먹고 싶었던 계란인가! 그때(초등학교)까지 나는 계란 한 개를 혼자서 먹어본 기억이 없었다. 형님이나 누님이 결혼할 때도 계란 반쪽이 상 위에 올라갔는데, 계란 한 개가 도시락 안에 들어 있다니 꿈만 같았다. '어머니, 감사합니다' 마음속으로 크게 소리쳐 본다.

'아마 지금까지 다른 식구들에게 못 해준 쌀밥과 계란 부침을 나에게만 해 주려니 미안해서 내가 아무리 졸라도 대답을 안 하지 않았을까' 이런 생각이 든 것은 내가 한참 성장한 후였다.

밥을 먹으면서 누나가 한 말이 떠올랐다. '닌, 아들이난 이?'

고마운 마음에 어머니가 계시는 집을 향해 꾸뻑 절을 했다. "야, 밥 안 먹고 뭐하냐?"

친구가 이상한 눈으로 날 쳐다보면서 물었지만, 아무 대꾸도 하지 않고 조용히 쌀밥과 계란 부침을 조금씩 베어 먹으며 행복한 시간을 보냈다.

이동 극장

'계란 한 개만 있었더라도 영화를 볼 수 있었는데….'

초등학교 다니던 어린 시절에는 마을마다 돌면서 상영하는 이동 영화가 있었다. 그때에는 향사(지금 마을회관) 마당에 천막을 치고 영화를 상영했다. 특히 여름방학 때는 이동 영화가 자주 왔는데 어제는 옆 마을에서 상영했다는 소문이 들리면 내일이나 며칠 내 우리 마을에도 올 것이라는 얘기만 들어도 우리에게는 하나의 큰 즐거움이었다.

특히 겨울보다 여름철에 오는 이동 영화는 우리에게 더 많은 즐거움을 주었다. 입장표를 살 돈이 없고 계란조차 구할 수 없을 때면 우리는 두 가지 비상 수단으로 영화를 보았다. 하나는 영화가 시작되고 한창 상영할 때 경비가 다소 느슨해진 틈을 이용하여 가리개 포장 밑으로 기어들어가 보는 경우와 다른 하나는 멀지만 화면이 보이는 남의 집 지붕 위에서 영화를 보는 일이 우리에게는 최후의 수단이었다. 겨울에는 너무 추워 지붕 위에서 영화를 볼 수 없는 경우가 대부분이지만 여름에는 모기를 쫓아내면서 시원(?)하게 구경하기도 하였다.

무더위가 한창이던 어느 날 소를 몰고 마을 어귀에 도착하자 향사에서 유행가 소리가 들려오고 마이크로 "이동 영화가 왔습니다. 저녁을 먹고 향사로 오십시오"라는 방송이 들려왔다. 우리는 흥분했다. 드디어 우리 마을에 이동 영화가 온 것이었다.

빨리 저녁을 먹고 영화 구경을 가야 한다는 마음이 앞섰다. 그런데 막상 영화표를 살 돈은 없었다. 그건 나나 친구들도 마찬가지였다. 그때 우리 대부분은 입장표를 살 돈이 없었다. 그러면 이동 영화 측에서는 입장료 대신 계란을 받기도 했다. 영화가 시작되기 전에는 두 개, 시작되고 얼마 안 있으면 한 개면 입장이 가능했다. 그러나 계란도 돈만큼 귀하기는 마찬가지였다. 영화를 보기 위해서는 어머니 몰래 계란을 훔쳐야 했다. 그러나 그게 쉬운 일이 아니었다.

계란은 언제나 어머니가 관리했다. 특히 향사 이동 영화 마이크에서 노래가 흘러나오는 날이면 어머니는 우리의 마음을 꿰뚫고는 아예 계란을 방에 갖다 옆에 놓고 접근을 차단했다. 아무리 생떼를 쓰고 졸라도 소용없는 일이었다.

"그깟 영화는 봐서 뭐 하냐, 피곤한데 일찍 잠이나 자고 내일 밭에 나가 일할 준비나 해라"

하고는 잠자리에 누워버린다. 그리고는

"보성 사는 삼촌이 어제 영화를 보았는데 필름이 자꾸 끊어지고 재미도 없다고 하더라"

고 덧붙인다.

저녁을 먹고 동네 친구들이 한자리에 모여 영화를 보기 위한 대책

회의(?)에 들어갔다. 영화를 못 보면 영화를 본 친구들에게 놀림을 당했다. 더구나 다음 영화는 언제 올지 모를 일이다. 우리는 지난날의 실패를 얘기하면서 철저한 계획을 세우기 시작하였다. 지난번 영화가 왔을 때 나와 식이라는 친구는 향사 지붕 위에 올라가 훔쳐보다 들켜 나는 뺨을 서너 차례 맞았으며, 다른 친구는 도망치다 떨어져 다리 다친 이야기, 영화가 시작된 후 경비가 느슨한 틈을 이용하여 천막 속으로 몰래 들어갔다가 들켜 영화도 못 보고 청소만 했던 이야기 등 각자의 경험을 얘기하면서 궁리를 거듭했다.

결국 우리는 집에서 계란을 갖고 온 한 명을 제외하고 두 패로 나뉘어 몰래 천막 안으로 침투하기로 의견의 일치를 보았다. 기도(영화관 입구를 지키는 사람)와 몇 차례 숨바꼭질하다가 한 패는 일찍 들어가는데 성공했으나 나는 영화가 끝나기 직전 감시가 해제(?)된 후에야 들어가 어른들 허리 틈으로 머리를 내밀어 구경할 수 있었다.

영화는 춘향전으로 기억된다. 암행어사가 출두하고 나쁜 원님이 체포되는 순간이었다. 마지막 장면이었다. 박수가 터져 나온다. 서러웠다. 그리고 허전했다.

아!! 계란 두 개만 있었다면!
세월이 흘러 도청에서 과장으로 근무할 때 당시 영화에서 암행어사로 출연하였던 주인공(지금은 작고)이 업무로 찾아온 적이 있었는데 그 얘기를 했더니 한참이나 큰 소리로 웃었다.

미국 놈삐 통조림

어렸을 때는 "저승 고개보다 더 무섭다는 보릿고개"를 대부분의 농가가 겪어야만 했고 우리 집 역시 보릿고개에서 예외일 수 없었다. 지금은 사료로 쓰는 밀겨를 먹거나 좁쌀 몇 알에 나물을 많이 넣어 끓인 죽, 보릿가루에 고구마를 넣어 만든 범벅이나 톳무침, 심지어는 무릇(자생마늘 뿌리)까지 독성을 뺀 후 먹기도 하였다.

지금 자라나는 어린 세대들에게는 설명하기도 어려운 일이다. 쌀이나 보리, 조 같은 먹을 식량이 떨어져 굶었다고 하면 라면을 먹으면 되지 아니하냐고 말을 하는 풍요의 세대는 아무리 설명해도 이해하기가 곤란한 내용이다.

항상 배가 고픈 시절이었으나 당시 어린 우리에게는 즐겁고 행복한 시절이었다. 먹을거리가 부족한 우리는 찬 바람이 고개를 숙이기 시작하는 봄부터, 뙤약볕에 까맣게 그을리던 여름, 그리고 가을까지 바닷가에서 낚시하거나 각종 해산물을 잡아, 허기(심지어 해파리도 먹었음)를 채웠다.

여름날 어쩌다 운이 좋아 문어라도 한 마리 잡는 날은 개선장군처럼 어깨가 으쓱거리고 며칠 동안은 그 무용담을 자랑하느라 정신이 없을 정도였다. 그 후 며칠간은 혹시나 남아 있을 문어 가족(?)을 일망타진 하겠다고 문어를 잡았던 주변을 뱅뱅 맴돌기도 하였다.

그리고 늦은 가을에는 가까운 곳에 있는 군부대로, 식구들 점심으로 쪄놓은 고구마를 몰래 갖고 가서 군용 건빵과 바꿔 먹으며, 훈련받는 군인들을 재미있게 구경하기도 하였다. 그러나 무엇보다 우리를 즐겁게 했던 것은 미군들이 던져주는 껌이나 초콜릿이었다. 제일 먼저 배운 영어가 "헬로 껌, 초콜릿 기부미"였다. 씹던 껌을 버리기가 아까워 벽에 붙여 두었다가 다음 날 다시 씹거나 작살을 들고 고기를 잡으러 갈 때 물이 들어오지 않도록 귀막이로 사용하기도 하였다. 운이 좋은 날은 껌 한 통(보통은 5개가 담겨 있음)을 얻어 집 돌담이나 나만 아는 어딘가에 숨겨두기도 했지만, 보통은 온종일 허탕을 치고 저녁 늦게 집에 돌아와서는 부모님에게 야단맞는 것도 일상 중 하나였다.

어느 무더운 여름날, 우리는 큰 미군 군함이 앞바다에 왔다는 말을 듣고 배고픈 것도 잊은 채 학교가 끝나자마자 곧바로 마을 앞 바닷가로 뛰어갔다. 당시에는 우리 마을 앞바다 모래사장을 미군과 우리나라 군에서 군항으로 사용하고 있었다. 그날은 평소와 달리 형제섬보다도 더 큰 배들이 여러 척 왔는데, 그 속에서 짐을 잔뜩 실은 트럭은 물론 책에서만 보았던 바다에 뜨는 탱크(나중에야 그것이 수륙 양용 자동차인 줄 앎)도 여러 대가 나왔으며 미군들은 온종일 매우 바쁘게 움직이고 있었다.

우리는 껌이나 초콜릿을 얻기 위하여 배(다 자라서야 그 배가 수송선 LST라는 것을 알았음) 입구 옆에서 온종일 기다렸지만 바쁜 미군들은 우리 조무래기들에게는 관심도 두지 않았다. 미군 서너 명이 바다에 뜨는 탱크 위에서 맛있는 과자를 먹으면서도 한 개도 주지 않았다. 우리는 침을 꼴깍거리면서 마음속으로 욕을 해댔다. 과자 한 개만 주어도 모두 나누어 먹을 건데….

그러다 어둠이 내릴 때쯤 한 미군 병사가 무엇을 던지는 것이 아닌가. 우리는 그것이 과자나 껌은 아니라는 것을 오랜 경험(?)에 비추어 직감하고 재빨리 주웠는데 통조림이었다. 너무 늦은 시간이라 일단 돌담 틈에 숨겨 놓은 후 집에 가서 저녁을 먹고 다시 만나기로 약속하고 헤어졌다.

저녁을 먹은 우리는 친구가 갖고 온 부엌칼로 깡통을 깨고 그 속에 있는 동그란 것을 하나씩 나누어 먹었는데 무엇인지 일 수 없었다. 조금 깨물었는데 이제까지 먹어 본 어떤 것보다 가장 맛이 좋았다.

"세상에 이렇게 맛있는 것도 있구나!" 감탄만 하고 있었지, 그것이 무엇인지 아는 친구가 없었다. 지금은 고인이 되었지만 한 친구가 "이것은 미국 삐(제주어로 '무'를 말함)다."라고 결론을 내렸다. 우리는 그 말에 반대할 수 없었다. 한 번도 듣거나 본 적이 없었기 때문에…. 미국은 삐(무)조차 사탕처럼 달구나 할 뿐…. 그 누가 반박하랴? 그래도 무와 가장 비슷하게 생겼는데….

나는 성인이 되어서야 그것이 파인애플 통조림이라는 것을 알았다. 지금은 마트에 가면 얼마든지 사 먹을 수 있는 것인데….

참외나 수박보다 아주 맛있는 것을 우리는 처음 먹을 수 있었고 그 '영웅담'은 몇 년 동안 계속하여 자랑하고 다닌 것으로 생각된다.

그 여름날들의 고향 추억은 항상 나를 어린 시절 동화 속으로 데려갔다.

형제섬 표류기

초등학교를 마치고 나는 모슬포에 있는 대정중학교에 진학했다. 대정중학교는 집에서 약 3km 정도 떨어져 있었다. 우리는 매일 하루에 왕복 6km를 걸어서 다녔다. 당시에는 생활이 어려워 누구 한 사람도 도시락을 싸고 다니는 학생이 없었다. 학교 인근에 집이 있는 학생들은 점심시간에 집에 가서 점심을 먹고 왔지만 우리는 그냥 수도꼭지에 매달려 물이나 먹고 노는 정도로 점심시간을 보냈다. 학교 수업이 끝나 집에 돌아올 때는 모두 배가 몹시 고픈 상태였다. 허기진 배를 앉고 걷다 보면 우리는 모두 먹을 것 이외는 생각하는 것이 없었다.

그러나 고향 마을 들판에는 나름대로 먹을 것들이 있었다. 봄에는 들판에서 삥이(잔디 꽃 새순)를 뽑아 먹고, 초여름에는 인근 밭에서 주인 몰래 물외(오이)를 따다 먹기도 했다. 특히 장마철에는 오이밭을 지키는 주인이 없는 경우가 많아 좋았다. 가을에는 남의 밭에서 고구마를 캐어, 날로 먹거나 마른 소똥으로 고구마를 구워 먹기도 했다.

그러다 가끔은 밭 주인에게 들켜 혼나기도 하였다. 고구마가 한창

익을 때쯤 "요놈들!" 하고 큰 소리로 우리를 쫓아내는 어른들도 있었다. 그러다 나중에는 이동식으로 고구마를 구워 먹었다. 군인들이 쓰다 버린 탄약통에 구멍을 내고 거기에 마른 소똥과 고구마를 넣고 구우면 밭 주인이나 어른들이 쫓아와도 들고 뛰면 얼마든지 익은 고구마를 먹을 수 있었다.

비바람이 몰아치거나 눈이 쏟아지는 겨울은 등하교가 더욱 고통스러웠다. 우산 하나, 따뜻한 옷, 신발 등이 변변치 못한 시절이라 계절이 주는 즐거움보다는 고통을 온몸으로 감내해야 했다.

그리고 수업이 끝나 집으로 오다, 다리가 아프면 우리는 언덕길에 앉아 지나가는 트럭을 기다리기도 했다. 당시에는 길도 비포장도로여서 울퉁불퉁하고 자동차 성능도 나빠 고갯길을 올라오는 화물 자동차에 손을 들지만, 대부분은 그냥 지나간다. 그러나 우리는 헉헉거리는 자동차에 잽싸게 올라타 못 탄 친구들을 놀리면서 편안히 집으로 돌아오기도 하였다. 나중에 운전기사에게 혼나기도 했지만 재미있던 시간들이었다.

중학교 2학년 여름방학 때로 기억하고 있다. 친구와 선배들과 함께 마을 앞 형제섬에 낚시를 갔다. 형제섬에는 물은 있으나 먹을 것이 없어 각자 보리쌀과 소금, 된장 그리고 음식을 만들 때 쓸 장작까지 준비하고 갔다. 당시에는 배들은 전부 돛단배로 바람을 이용하거나 바람이 불지 않을 때는 노를 저어 다녔다.

첫날은 평온했다. 잡은 고기는 소금에 절여 돌 위에서 말렸다. 저녁

때가 되자 먹구름이 몰려오면서 비바람이 거세게 일기 시작했다. 처음에는 자그마한 돌 울타리에 이엉으로 엮은 오두막에 피신을 했지만 빗물이 넘쳐 더 이 상 견디지 못하여 동굴 속으로 피신했다. 그러나 동굴 속에도 비바람이 몰아쳐 우리는 추위와 어둠으로 공포에서 떨어야 했다.

비바람이 다소 약해지자 다시 움막으로 돌아왔는데 사람들 말소리가 들리기에 나가보니 포구 쪽에 조그마한 어선 한 척이 비바람을 피해 들어와 있었다. 한두 시간이 흘렀을까, 바람도 자고 비도 그치고 있었다. 어부들은 인근 마을인 모슬포 사람들이었는데 배를 몰고 돌아간다고 하면서 가고 싶으면 데려다 주겠다고 한다. 선배 형들은 그 배를 타고 떠난다고 하니 무서워 남아 있을 수도 없어 나도 그 배를 타고 출발했다.

30분쯤 가고 있을 때 또다시 세찬 비바람이 몰아치기 시작했다. 송악산과 가파도 중간쯤으로 생각되는데 배는 자꾸 송악산 절벽 쪽으로 밀려 위태롭게 되었다. 선원들이 나무판자 하나씩을 준비하라고 한다. 만약 배가 파손되면 그 나무판자를 잡고 살아남으라는 것이었다. 암흑의 바다에서 비바람이 더욱 몰아치자 죽음의 공포가 밀려왔다. '아! 이제 죽을 수밖에 없구나.' 절망하면서도 나무판자를 잡고 있었다. 비바람이 몰아치는 어둠 속에서 몇 시간을 파도와 싸운 끝에 배는 무사히 항구에 도착할 수 있었다.

아침 해가 어둠을 걷어내고 있었다. 우리 모두가 살아난 것이다.

한편 동네에선 우리가 형제섬을 떠난 줄 모르고 있던 부모님들이 다음날 아침 배를 빌려 형제섬에 갔다가 한 사람도 없어 모두 죽었다고 생각해 난리가 났던 모양이었다. 온 섬을 다 뒤졌다고 했다.

배에서 내린 우리는 아침도 굶고 모슬포에서 한여름의 무더운 햇살을 맞으며 배고픔도 참으면서 간신히 걸어 집까지 오니 늦은 오후가 되었다.

집 가까이 오니 집 안에서 울음소리가 들리고 분위기가 심상치 않았다. 어머니는 낚싯대를 들고 올레로 들어오는 나를 보자 반실신 상태로 쓰러지셨고 아버지는 몽둥이를 들고 발목을 분지르겠다고 호통을 치신다. 나는 낚싯대도 버리고 줄행랑을 쳤다. 몇 시간이 흐른 다음에야 돌아와 부모님께 잘못했다고 빌고 다시는 형제섬에 낚시하러 가지 않겠다고 맹세했다.

저녁을 먹고 지난 밤의 일을 생각하니 왜 그 배를 탔는지 이해를 할 수가 없었다. 선배들이 배를 타니까 남아 있는 것이 겁이 나 그 배를 타기도 했지만 가만히 섬에 남아 비바람이나 피하고 있었으면 될 것을….

그 후 부모님은 형제섬 낚시는 절대 가지 말라는 엄명이 내려져 형제섬과는 결별하였다. 그러나 나는 그 속에서 꿈을 먹으며 자랐다. 지나간 과거는 누구나 아름답다고 하지만, 내게 있어 어린 시절은 내 인생에서 꿈을 키우는 가장 소중한 시간이 아니었나 하는 생각이 든다.

그때의 가난은 가난인 줄 몰랐으며 주위의 모든 살림들이 비슷했기 때문에 나만 어렵다거나 힘들다거나 하는 생각 없이 당연한 것으로 받아들였던 소중한 시기였다. 아무리 가난한 시골 소년이었지만 나도 무엇이라도 할 수 있다는 아름다운 꿈을 꾸었던 때도 이 시절이라고 생각한다.

아버지(故 金碩輔)는 엄격하게 자식들을 키우셨고,
어머니(故 李斗文)는 세상의 모든 어머니처럼
오직 가족만을 위해 희생하신 분이셨다.

아버님 장례 후 집 앞에서 가족들과 함께 찍은 사진이다.
왼쪽부터 필자, 아내, 어머님, 셋째 형님, 큰어머니,
가운데 큰형님, 앉아 있는 사람들은 누님과 조카들

가운데 큰형님(故 金漢柄) 기준으로 왼쪽 둘째 형님(故 金漢玖)
오른쪽 셋째 형님(金漢昇) 오른쪽 끝 넷째 형님(金漢范) 맨 왼쪽 필자

좌절된 대학 진학의 꿈

고등학교 시절 유일한 사진

고등학교는 무슨… 농사일이나 하지

　중학교를 졸업할 즈음 나는 진학 문제로 많이 고민했다. 부모님에게는 고등학교에 진학하겠다고 하면 중학교만 나온 것도 다행으로 생각하라며 반대할 것이 뻔했기 때문이었다. 부모님에게 도저히 얘기를 꺼낼 수가 없었다. 우리 11남매 가운데 중학교 이상 졸업한 사람은 둘째 형뿐이었다. 둘째 형님은 중학교 때 공부를 잘해서 학비가 들지 않았고 졸업하면 초등학교 선생 이 되는 사범학교 전신인 2년제 교원양성소를 나왔다. 집안 형편이 어려우니 고등학교 진학은 꿈꾸는 것조차 안 되는 분위기였다.

　고등학교는 꼭 진학하고 싶었다. 당시 친척인 친구(오래전에 작고함)가 제주시에 있는 농업고등학교에 다녔는데, 그 친구의 영향을 받아서 꼭 고향을 떠나 제주시에서 공부하고 싶은 마음이 컸다. 집안 형편도 그러거니와 사실 나는 공부도 별로였다. 응시를 한다고 해도 합격한다는 보장도 없었다. 고민 끝에 입학원서 보호자 란에 아버지 도장을 몰래 찍어 응시 원서를 제출했다.

시험 날짜가 다가오니 차비가 걱정이 됐다. 고민 끝에 중학교 3학년 책을 모두 팔아 제주시에 가는 차비를 마련했다. 당시에는 모두가 선배들이 쓰던 책을 구입해 공부하던 시절이었다. 시험 전날 입학시험을 같이 보기로 한 친구와 함께 모슬포까지 걸어가 제주시로 가는 버스를 탔다. 4시간 만에 제주시에 도착했으나 마땅히 갈 곳이 없었다. 제주시는 초등학교와 중학교 수학여행 때 학교 교실에서 하룻밤씩을 보낸 게 전부였다. 친척은 있었지만 어디 살고 있는지도 모르고 만나본 일도 없어서 학교 교실에서 잠을 잤다가 시험을 치를 생각으로 진학 예정 학교인 오현고등학교 쪽으로 길을 물으며 가고 있었다.

그런데 길에서 우연히 고향 선배를 만났다.

"야, 너희들 여기 뭐 하러 왔냐?"

고등학교 입학시험을 치르기 위해 왔다고 자초지종을 얘기했다. 그 선배는 그러면 오늘은 어디서 잠을 잘 것이냐고 물었다. 학교 교실에서 자고 풀빵(국화빵)으로 식사하고 시험 칠 생각이라고 얘기하자 선배는 우리를 물끄러미 쳐다보며 한심한 표정을 지었다.

"야!! 지금은 2월이라 추워서 교실에서는 잠을 잘 수가 없으니 내가 사는 집으로 가자."고 하셨다. 그 선배 역시 가정 형편이 어려워 낮에는 회사 사환으로 일하며 야간 상업고등학교에 다니고 있었다. 선배는 자신이 사는 집으로 우리를 데려가 하룻밤을 재워줬다.

그 선배 덕분에 다음 날 우리는 시험을 무사히 치를 수 있었다. 다행히 시험87에는 합격했다. 운이 좋았던 모양이다. 같이 시험을 치른 친구 중에 시험에 떨어진 이도 있었다.

며칠 후 소먹이를 끝내고 집으로 오는데 집 분위기가 이상했다. 학교에서 합격 통지서가 도착하자 집안이 발칵 뒤집혀 있었다. 아버지는 "고등학교는 뭔 놈의 고등학교냐! 더구나 제주시에 있는 학교에 가겠다니…, 농사일이나 하면서 집안일이나 도우면 되지." 하시면서 큰소리로 역정을 내셨다. 그러나 어머니는 내 편을 거들어 주셨다.

어머니는 아버지가 빚보증을 섰다가 기름진 밭 3개를 남의 손에 넘긴 것을 또다시 들먹였다. 그 일만 없었어도 애들 공부를 시킬 수 있지 않았겠느냐며 아버지의 아픈 상처를 건드렸다. 며칠 동안 집안 분위기가 싸늘해졌다. 형제들 누구도 내 편을 들어주지 못했다. 진학을 포기해야 할 상황이었다. 나는 어머니에게 매달렸다. 입학금과 매달 보리쌀 세 말만 주면 내가 알아서 학교에 다니겠다고 설득해 겨우 승낙을 받아냈다.

그러나 고등학교 생활은 공부보다 먹고 사는 생존 문제가 우선이었다. 우선 잠잘 곳을 마련해야 했다. 삼성혈 관리인이 사는 집 귀퉁이부엌 토굴 방(부엌 창고)에 거주하면서 학교생활을 시작했다. 한 달에 두 번 대웅전 청소를 해주는 대신 방세를 안 내는 조건이었다. 들어가는 문 하나만 있고 창문이 없어 언제나 캄캄했고 습기가 많아 축축한 방이었다. 전기도 없었고 우물물을 먹어야 했다. 말이 방이지 도배도 안 된 토굴이었으며 밤에 잠을 자다 보면 쥐가 얼굴 위로 지나갈 때도 많았다. 삼성혈은 지금처럼 관리가 잘돼 있는 상태가 아니었다. 주변에 건물이라고는 제주여고(지금의 KAL호텔 자리)와 병무청뿐이었다. 삼성혈 동쪽에는 산지천이 있었고, 그 너머에는 공동묘지가 있어 비바람 치는 날 밤에는 전기 불도 없는 컴컴한 집으로 오는 것조차 무서웠다.

밥을 하기 위한 그릇과 숯불 화로는 있었지만, 숯을 살 돈이 없기 때문에 마른 나뭇가지를 주어다 밥을 해 먹으면 그나마 다행이었다. 배고픔을 달래며 보내야 했던 어렵고 힘든 시기였다. 사람이 살아가는데 그렇게 많은 것들이 필요하다는 것을 그때까지만 해도 몰랐다. 밥을 짓기 위해서는 연료가 있어야 했고 국과 몇 가지 반찬은 없더라도 된장이나 김치는 있어야 했다. 연료는 삼성혈 주변에서 마른 나뭇가지를 구해 해결했지만 어떤 때는 반찬을 구할 형편이 못돼 된장에 밥을 먹을 때도 많았다.

지금 삼성혈 입구 옆에는 관광호텔이 서 있지만 당시에는 밭이어서 배추를 심었던 것으로 기억된다. 수확 후 버려진 배추나 배춧잎을 주워다 익혀 먹기도 하였다. 보리쌀만으로는 밥이 잘 안되어서 좁쌀이라도 섞어야 하는데 이마저도 여의치 않았다. 어떤 때는 집에 연락하기도 미안해 그나마 보리쌀도 없어 굶을 때도 있었다.

나는 부족한 식량을 구하기 위해 국수 공장에서 품을 팔았다. 당시 국수 공장에서는 반죽한 밀가루를 기계에 넣어 국수를 뽑았는데 그때는 사람의 힘으로 기계를 돌려 국수를 만들었다. 일요일에는 이 공장에서 기계 돌리는 일을 했다. 품삯으로는 국수를 말리다 떨어진 국수 부스러기를 받았다. 이 부스러기를 보리쌀과 섞어 밥을 지어 먹었다. 국수는 소금 간이 돼 있어 된 장이나 간장이 없이도 물만 있으면 밥을 먹을 수 있었다. 그 후 나는 힘들고 괴로울 때면 삼성혈을 찾아가 어렵게 보냈던 고등학교 시절을 생각하며 어려움을 극복하곤 했다.

그러다 3학년이 되자 누나가 양장 기술을 배우기 위해 제주시에 오셨고 친척 집에 방을 얻어 살기 시작하면서부터는 그나마 굶는 일은 적어졌다. 당시 세들어 살던 친척집은 방과 방 사이에 구멍을 뚫어 형광등 하나로 불을 밝히고 있었다.

시험공부를 할 때도 옆방에서 불을 꺼버리면 비상용 촛불을 켜고 하기도 했다. 이렇게 생활하다 보니 공부와는 점점 멀어졌고 성적도 나빴다. 나의 고등학교 시절은 생존을 위한 처절한 투쟁이었다.

2학년 때로 기억된다. 내일이면 추석 명절인데 고향에 갈 차비를 마련할 길이 없어 50km를 걸어서 고향 집까지 갔다. 아침 일찍 출발하여 집에 도착하니 해는 서쪽 모슬봉 자락에 걸려 있었다. 부모님이나 식구들이 알면 마음 아파하실까 차마 제주시에서 걸어왔다고 말할 수 없어 모슬포까지는 차를 타고 오고 집까지만 걸어서 왔다고 거짓말을 했다.

고등학교 생활은 지금 생각해도 내 생애에 가장 힘든 시기였다고 생각한다. 그토록 가고 싶었던 대학 진학의 꿈은 바람처럼 흘러가 버렸고 혼자 꾸었던 꿈일 수밖에 없었다.

대학 진학의 꿈을 접고 응시한 공무원 시험

고등학교를 어렵게 마쳤으나 대학 입학시험은 치러보지도 못했다. 대학 진학의 꿈을 뒤로하고 고향에 돌아가 농사를 도왔다. 하는 일도 없는데 제주시에 머무를 아무런 명분이 없었다.

대학은 내 힘으로 다닐 테니 1년만 산방산에 있는 절에서 공부할 수 있도록 해달라고 부모님께 여러 차례 말씀드렸다. 그러나 돌아오는 대답은 한결같았다.

"고등학교 나온 것도 식구들에게 미안하지 않느냐? 시험을 쳐서 합격을 해도 대학은 못 간다. 형들이나 누나들 누구 한 사람 대학은커녕 고등학교 나온 사람도 없지 않느냐? 그래도 너만은 고등학교라도 나오지 않았느냐?" 나는 할 말이 없었다. 모두 맞는 얘기였지만 답답했다. 고향 생활도 싫었다. 농사일이 싫어서라기보다 하루하루가 너무 지겨웠다. 삶이 너무 허무했다. 갈피를 잡을 수가 없었다. 무슨 사고라도 칠 것 같은 심정이었다. 바닷가에 나가 먼 수평선과 지나가는 구름을 멍하니 바라보면서 시간을 보내기도 했다. 그러다 보니 부모님이 힘들게 농사를 짓는 것조차 싫었다. 아무리 부지런히 농사를 지어도 가난을 벗어날 수 없는데 왜 농사를 지으며 살아야 하는지?

그러다 보니 농사를 거들 마음도 전혀 없었다. 이대로 살아야 하나….

여름방학이 되자 대학 배지를 달고 육지에서 온 동창들이 한없이 부러웠다. 그들은 나와는 전혀 다른 세계에 사는 것처럼 보였다.

아마 초여름이었을 것으로 생각된다. 밭에서 보리를 베고 있는데 모슬포에 사는 둘째 형님이 공무원 시험이 있는데 한 번 응시해 보는 것이 어떠냐고 얘기했다. 나는 무조건 시험을 보겠다고 대답했다. 시험에 합격할 자신은 없었지만, 며칠일지언정 보리를 베는 농사일을 안 해도 되기 때문이었다. 운이 좋아 합격하면 돈을 모아 대학 진학도 할 수 있겠다는 생각도 들었다. 5급 을류(지금의 9급) 시험에 응시했다. 7명 모집에 300여 명 정도가 응시했던 것으로 기억하고 있다. 당시 공무원 시험에서 과목당 군필자는 5%, 원호 자녀(국가유공자 자녀)에게는 10%의 가산점을 주었기 때문에 합격이 어려울 것으로 예상했다. 시험 결과는 장담할 수 없었지만 나는 마음속으로 합격하리라고 생각했다. 생각보다 시험이 어렵지 않았기 때문이었다.

그러나 결과는 낙방이었다. 나는 생전 처음 도청이라는 기관을 찾아갔다. 시험 답안지를 보여 달라고 했다. 내 생각으로는 80점 정도로 채점이 되는데 왜 떨어졌는지 점수를 확인해야겠다고 항의했다. 그러나 직원들이 서로 떠밀다가 어느새 모두 퇴근해 버렸다. 눈물을 머금고 집으로 돌아왔다. 내 시험 점수는 합격 점수였으나 집계 과정에서 착오가 있어 불합격했다는 내용을 공무원이 되고 몇 년 세월이 지난 후에야 알았다.

그해 가을에 다시 공무원 시험이 있어 응시했다. 이번에는 지난번보다 시험을 잘 치렀다는 생각이 들었다. 집에 돌아와 있는데 우체부가 편지 한 통을 전해준다. 합격 통지서였다. 면접시험만 통과하면 공무원이 될 수 있다고 설명까지 친절히 해 주었다. 뛸 듯이 기뻤다. 우선은 농사일에서 탈출할 수 있고, 돈을 모아 대학 진학의 꿈을 키울 수도 있다. 희망의 빛이 보였다. 그러나 나는 면접 시험장에서 큰 실수를 하고 말았다. 면접 시험관이 왜 공무원 시험에 응시했느냐는 질문에 어처구니 없는 대답이 나왔다.

"돈이 없어 대학도 못 가고 해서 공무원 시험을 봤습니다."

대답을 하고는 아차 했다. 다른 멋진 말을 해야 했는데 엉겁결에 속내를 얘기해버린 것이다. 후회를 했지만 이미 엎질러진 물이었다. 그러나 면접관이 나를 어떻게 봤는지 최종 합격자 명단에 들었고, 공직의 길에 들어서게 됐다.

그러나 이때까지만 해도 공무원은 대학 진학을 위한 과정이었지 내 삶을 위한 선택도 아니었고 국민에게 봉사한다는 생각은 전혀 없었다. 나는 1967년 3월 공무원 생활을 시작으로 대학 진학의 꿈도 키우기 시작했다. 두 개의 시간표를 짰다. 공부 시간표와 등록금 마련 시간표였다. 그러나 그 시간표는 시간표로 끝나 버렸다.

친구의 은행 차용 보증을 섰다가 모아둔 돈을 전부 날리고 봉급마저 2년 반 동안 압류당하는 처지가 됐다. 친구는 연락을 끊었다. 빚을 갚아야 했다. 직장에서는 내 얘기를 듣고 동정은 해주었지만 누구 한 사람의 도움도 받을 수 없었다.

내 꿈이 날아간 것도 그렇지만 친구의 배신이 나를 더 슬프게 했다.

삶의 의욕을 잃어버렸다. 나는 지금도 술을 못 마신다. 처음으로 술을 마셨다. 의식 불명 상태로 길가에서 하룻밤을 보내기도 했다. 내 일생 처음이자 마지막 노숙이었다.

대학 진학의 꿈이 점점 더 멀어지는 것이 견딜 수가 없었다. 좌절감으로 업무에 대한 열의도 식어갔다. 불행은 혼자 다니지 않는다고 했던가. 건강까지 나를 엄습했다. 많은 스트레스로 인하여 얼굴이 삐뚤어지는 안면마비 증세가 나타나 보름 동안 출근조차 할 수 없었다. 1년여 동안 방황해야 했다. 월급 압류로 사글셋방조차 구할 능력이 없어 누님 집에 조카와 같이 얹혀사는 신세가 됐다. 모든 것이 싫었다. 친구는 물론 주변 사람들도 미웠다. 누구와 어울리는 것조차 피하게 됐다. 심지어 나를 위로하는 사람들조차도 가식으로 느껴졌다.

이제 내 인생에서 대학의 꿈은 영원히 사라지는 것일까. 모든 것을 포기하고 싶었다. 살고 싶다거나, 무엇을 하고 싶다는 생각은 없어지고 죽고 싶다는 생각만 머리에 꽉 들어찼다. 집에서는 결혼도 해야 한다며 부모님은 계속 성화였지만 나는 결혼에 대한 생각은 조금도 없었다. 왜 이런 불행이 나에게 온 것일까? 나는 지금까지 남에게 피해를 준 일도 없었고 최선을 다해서 살아왔는데….

모든 것을 포기하고 무의미한 날들을 보내고 있는데 한 장의 편지가 날아들었다. 해병대 입영통지서였다. 고향에 가서 부모님께 군대 간다는 얘기만 말씀드리고 친구들에게도 얘기하지 않고 아무 망설임 없이 군 입대했다. 가장 손쉬운 현실 도피였다.

군
복무
시
절

"해병은 군화에 발을 맞춰야지"

입영 통지서를 받고 바로 휴직계를 냈다. 누님에게 돈을 빌려 압류된 잔액도 갚았다. 나는 곧바로 부산행 여객선 도라지호에 몸을 실었다. 당시 해병대는 개별 입대여서 훈련소가 있는 진해시 군부대까지 혼자 찾아가야 했다. 다음 날 아침 부산항에 내린 나는 다시 훈련소가 있는 진해행 버스를 탔다.

진해는 처음이었다. 내 마음은 어릴 때 고향 바닷가에서 어둠에 밀려오는 시커먼 비구름을 볼 때처럼 불안이 엄습한다. 차창 너머로 초여름의 평화로운 농촌 풍경이 끝없이 펼쳐지고 있었으나 한가롭게 감상할 여유가 없었다.

이제 대학 진학은 영원히 불가능해지는 것일까?

해병대 생활을 무사히 마칠 수 있을까?

월남전에서 베트콩과 전투하다 생을 마감하는 일은 없을까? 군 생활과 미래에 대한 불안이 머리에서 떠나지 않는다. 또 제대 후 내 앞날은 어떻게 되는 것일까?

착잡한 심정으로 해병 훈련소에 도착했다. 정문 앞에서 훈련소를 한참 쳐다봤다. 정문에는 위병이 서 있고 그 뒤로 '무적 해병, 귀신 잡는 해병, 한 번 해병은 영원한 해병'이라는 빨간 바탕에 노란 글씨가 큼지막하게 붙여져 있다. 어깨가 저절로 움츠러든다. 해병대 입영 훈련소의 분위기가 으스스하다. 혈혈단신, 누구 하나 아는 사람도 없다.

입소 절차를 마치고 입고 온 옷(사복)들을 고향으로 보내는 포장을 마치고 군복으로 갈아입었다. 그러나 지금 받은 군화나 모자, 군복 등은 하나같이 맞는 것이 없었다. 신발을 바꿔 달라고 하자 교관의 입에서는 욕지거리가 튀어 나왔다.

"야, 이 새끼들 봐라, 구두에 발을 맞춰, 기합이 빠져가지고!" 웅성거리는 소리가 여러 곳에서 들려온다.

"동작 그만! 소지품은 그대로 두고 선착순 운동장에 집합!" 우리는 정신없이 운동장으로 뛰쳐나갔다. 우리를 집합시킨 뒤 "앉아, 일어서, 일어서, 앉아, 일어서 앉아, 일어서 앉아…."

호령을 수도 없이 반복한다. 우리는 교관의 명령에 따라 행동하느라 정신이 없다. 그러다가 교관이 "야, 집으로 돌아가고 싶은 사람 선착순으로 3명만 보내 준다. 1열 종대로 선착순 집합"하고 소리를 지른다. 평소라면 이런 거짓말을 아무도 믿지 아니할 것이다. 하지만 교관의 말이 떨어지기가 무섭게 20여 명이 우르르 앞으로 몰려갔다. 교관의 명령이 다시 튀어나온다.

"횡대로 헤쳐 모여! 엎드려뻗쳐! 이놈들 봐라, 뭐 집에 가겠다고? 해병대가 너희 집 안방인 줄 알아? 어떤 곳인지 보여 주지…."

그리고는 매타작이 시작됐다. 야구 방망이로 엉덩이를 때리는 소리
와 비명 이 넓은 운동장을 가득 채운다. 우리는 숨죽인 채 벌벌 떨면서
이 상황을 지켜볼 뿐이었다. 한참을 매질하던 교관은 우리에게 "한 번
해병은 영원한 해병이다, 알았나?" 하고 크게 소리친다.

우리는 무의식적으로 악을 쓰면서 대답한다. "넷!" "소리 봐라, 다시
한번 더 크게!"

"넷!"

그렇게 8주간의 신병 훈련이 시작됐다. 여름 뙤약볕 아래 제식 훈
련, 총검술, 구보, 독도법 훈련, 실탄 사격, 각개전투 훈련을 받느라 8
주가 정신없이 지났다. 훈련을 마치는 날 가족 면회 시간이 있었으나,
나를 찾아올 사람이 있을 리 만무하였다. 동료들이 면회 온 가족들과
맛있는 식사를 하면서 즐거워하는 모습을 멀리서 부러운 눈으로 쳐다
보는 것이 전부였다.

무적 해병 상륙 훈련

"나가자 서북으로 푸른 바다로 조국 건설 위하여 대한 해병대….."

유난히도 무더웠던 여름이었다. 가만히 앉아만 있어도 등에서 땀이 주룩주룩 흐르는 한 여름 진해 해병 훈련소에서 8주 동안 기초훈련을 받고 이병 계급장을 달았다. 해병대에서는 무적 해병의 이병 계급장은 '밭 천 평과도 안 바꾼다'는 우스갯소리가 있다. 훈련이 고되고 힘들다는 얘기이고, 또 그만큼 자랑스럽다는 뜻이기도 하다.

지금까지 받은 힘든 훈련도 이병 계급장을 다는 순간 추억으로 남겨진다. 그동안 정들었던 동기들과는 병과별 훈련을 받기 위해 뿔뿔이 헤어졌다. 비록 8주라는 짧은 기간이었지만 고된 훈련을 받으며 고락을 같이 한 전우들과 헤어지는 순간에는 눈물이 핑 돌았다.

나는 보병 훈련을 받기 위하여 상남 훈련장에서 4주간 훈련을 더 받았다. 지금은 경남 창원시에 포함돼 도시가 되었지만 당시 상남은 한적한 시골 마을이었다. 상남 보병 훈련소는 기초훈련을 받은 신병들을 '귀신 잡는 해병'으로 만들어낸다는 곳이다.

7월 폭염이 내리쬐는 한 여름이지만 훈련에는 조금도 인정이 없었다. 오죽하면 귀신 잡는 해병을 만드는 훈련이라고 할까. 훈련 첫날부터 교관이 군기를 잡았다.

"너희들 선배들은 이보다 더 더운 나라 월남에서 베트콩과 밤낮으로 목숨을 걸고 싸우면서 한국 해병의 용맹을 떨치고 있는데 이 정도는 아무것도 아니다."

교관은 시도 때도 없이 이런 말을 한다. 힘들어도 힘들다는 말을 한 마디도 할 수 없게 다그친다. 이런 군기 잡기는 야간 전투 훈련에도 이어졌다. 해병대의 신화를 창조한 인천상륙작전, 도솔산 전투, 그리고 얼마 전에는 월남 짜빈동 전투에서 무적 해병의 용맹을 전 세계에 드높였다며 해병의 용맹을 강조하고 또 강조한다. 분대별 모의 전투 훈련, 야간 훈련 등 갖가지 훈련이 계속된다.

그중에서도 가장 힘들었던 훈련은 푹푹 찌는 한여름에 방독면 마스크를 쓰고 받아야 했던 화생방 훈련이었다. 이런 고된 훈련은 모든 것을 잊어버리게 하기에 충분했다. 인간의 가장 단순한 욕망인 먹는 것, 잠자는 것 외에는 아무 생각도 나지 않는다.

야외 훈련을 가는 날이었다고 생각된다. 운이 안 좋은 날이었던지 사고는 엉뚱한 곳에서 터지고 말았다. 여름철에도 훈련을 나갈 때는 아줌마 부대들이 따라나선다. 속칭 이동 주부 아줌마들이다. 우리의 훈련 시간을 귀신같이 알아내 빵, 삶은 계란, 주먹밥 등을 팔았다. 아줌마들은 심지어 야간 훈련에도 따라 나서기도 한다. 교관들은 모른 체 했다. 교관들은 영외에 거주하는 하사관들이었는데 아줌마들은 대부분 교관들의 집주인이거나 동네 사람들이었기 때문이다. 인정상 그럴 수밖에 없는 처지인 것이다.

어떤 때는 우리보다 먼저 훈련장에 도착하여 진을 치고 우리를 기다리기도 하였다. 우리가 훈련받다 잠시 쉬는 시간이면 아줌마들이 바빠진다. 심지어 일(?)을 보는 데까지 쫓아와서는 이렇게 말한다.

"어이, 훈병, 여기 빵 있어."

"아줌마, 일보고 있는데!"

훈련병이 목소리를 높이지만 아줌마는 못 들은 체 한다. 어두운 밤에는 플래시를 비추면서 물건을 사라고 조른다. 훈련병이 "아줌마 어딜 비춰요?"하면 당장 "야, 훈병 거시기도 거시기냐?"하는 농담이 쏟아진다.

그날도 저녁을 먹고 야간 훈련을 나갔다. 지친 몸을 이끌고 행군을 하는데 갑자기 조교가 "공습"하고 외친다. 우리는 모두가 재빠르게 지형지물을 이용해 몸을 숨기고 대공 사격 자세를 취한다. 한참 후 "해제!"하는 목소리가 들리고 우리는 다시 행군을 시작했다. 그런데 갑자기 여자의 날카로운 목소리로 욕하는 소리가 들리는가 싶더니

"4열 종대로 집합"하는 교관의 목소리가 들려왔다.

행군을 멈추고 집합한 우리는 영문도 모른 채 서 있는데, 몸에 지니고 있는 것을 모두 꺼내라는 조교의 명령이 떨어졌다. 그런데 앞줄에 선 교관이 큰 소리를 내면서 훈병에게 주먹을 날렸다. "퍽!"하는 소리와 함께 한 명이 고꾸라졌다. 앞가슴을 강타당하고 쓰러진 것이었다. 훈련병 모두가 잔뜩 긴장했다.

'도대체 무슨 일이지….'

"대한민국 무적 해병이 남의 물건을 훔쳐!" 하는 고함 소리가 들린다.

'아, 어느 놈이 사고를 쳤구나.'

쓰러진 사병 얼굴로 불빛이 비쳤다. 계란을 급하게 먹다 가슴을 강타당한 훈병 입에서는 계란 노른자가 불빛을 받아 선명하게 드러나고 있었다. 이동 주부 아줌마의 계란을 슬쩍했다가 발각된 것이다. 물건을 훔치고 뛰어 봐야 손오공 손바닥인 것을 미처 몰랐을까. 아줌마 부대는 우리보다 몇 수 위 백전노장들인 것을….

우리는 그날 밤 상남 저수지에서 새벽 동이 틀 때까지 M1을 머리에 이고 상륙 훈련을 10차례도 더 해야 했다.

그놈의 계란 하나 때문에….

철모 속의 밥

훈련소에서 우리를 가장 힘들게 한 것은 배고픔이었다. 한창 나이의 젊은 청년들에게는 당시 부대에서 주는 식량으로는 배고픔을 이겨낼 수 없었다. 우리는 먹을 것을 확보하기 위해 모든 수단을 강구해야 했다. 어쩌다 라면이라도 생기면 반으로 쪼개 침대 이불 속에 감춰뒀다. 저녁 10시 일석 점호가 끝나고 모두 잠들 때 숨겨두었던 생라면을 꺼내 먹는데 부스럭거리는 소리가 들릴까 봐 이불을 뒤집어쓰고 땀을 흘리면서 몰래 먹기도 하였다. 수프는 별도로 갖고 있다 식사 때 국에 타 먹기도 하였다.

훈련병들의 식사 시간은 조교의 기분에 따라 수시로 변했다. 조교의 기분이 좋은 날은 천천히 식사해도 되지만 우리가 뭔가를 잘못했거나 상관으로부터 교관이 질책을 받은 경우에는 모든 화풀이가 우리에게 돌아왔다.

식사 시간 3분 50초…. 명령이 떨어지면 우리는 밥을 국에 말아 입으로 쑤셔 넣어야 한다. 잘못하면 반도 못 먹고 버려야 하는 슬픔을 맛보아야 하기 때문이었다. 또 식사 전에는 '국민 교육 헌장', '군인의 길'

을 암송은 물론 '해병대 노래'를 계속해서 부르게 하였다. 그 덕분(?)에 나는 지금도 국민 교육 헌장을 암기하고 있다. 그것도 모자라면 완전 군장하고 연병장을 10바퀴 돌거나 그 유명한 원산폭격을 시킨다.

원산폭격은 일반적으로 머리를 땅바닥에 박는 기합이지만 해병대는 철모를 땅바닥에 놓고 그 위에 돌을 얹은 다음 그 돌 위에 머리를 박고 조교의 구령대로 하는 움직이는 기합이다. "3시 방향, 10시 방향"하는 조교의 명령에 따라 돌다 보면 머리가 움푹 들어가고 심지어는 피가 나기도 한다. 당해 보지 않은 사람은 그 고통을 알 수가 없을 정도다.

그러나 이런 고통도 배고픈 고통에는 비교할 수가 없다. 때론 밥 한 그릇에 목숨을 걸다시피 하였다. 한 번은 야외 훈련을 마치고 연병장 한 귀퉁이에서 점심을 먹으려던 중이었다. 철모를 벗어 놓고 맨땅에 앉아 국민 교육 헌장, 군인의 길 암송, 감사의 묵념 등 절차를 마치고 막 숟가락을 들려고 하는데 갑자기 한 동료가 "내 밥, 내 밥!"하고 외치는 것이 아닌가.

앞에 놓여 있던 밥 한 그릇이 감사의 묵념 시간에 없어지고 빈 그릇만 덩그러니 놓여 있는 것이었다. 아무리 생각해도 알 수가 없는 일이었다. 앞에 놓여 있던 밥 한 그릇이 없어지다니. 아무리 빨리 먹는다 해도 도저히 먹을 수 없는 시간이었다.

참 별일이라 생각하는데 어느새 조교가 알아차리고 "모두 일어서!" 명령이 떨어진다. '오늘 점심은 굶었구나.' 하는데 아니나 다를까 조교의 명령이 계속 이어진다.

"모두 밥그릇 들고 일어섯! 좌향 앞으로 갓!" "이놈들, 전우애도 없는 놈들, 니들도 해병이얏!"

조교는 우리에게 밥을 짠밥통(음식물 버리는 드럼통)에 버리라고 명령을 한다. 우리는 피보다 더 귀한 밥을 버려야 했다. 조교가 감시를 하는데 어쩔 수가 없다. 눈물을 머금고 물로 점심을 때울 수밖에 없었다. 나중에 안 사실이지 만 그 옆에 앉아 있던 동료가 묵념 시간에 철모 속에 밥을 감춰버린 것이었다. 상상도 하지 못할 일이었다. 얼마나 배가 고팠으면 그랬을까. 지금도 그때를 생각하면 쓴웃음이 나온다.

어느 일요일 오후 내무반에서 쉬고 있는데 집합 명령이 떨어졌다. 교관은 우리를 일열 횡대 키순으로 세운 다음 키가 큰 훈련병들을 차출했다. 나도 그 속에 포함되어 면접을 봤다. 면접이 끝난 후에야 나는 이게 헌병(지금의 군사 경찰) 차출 과정이라는 것을 알았다. 4주간의 보병 훈련을 마치고 다시 경기도 광주에 있는 육군 종합 행정 학교에서 8주간 헌병 교육을 육군과 같이 받아야 했다. 이때 해병대 헌병은 모두 10명이었다.

헌병 교육은 육군과 같이 받은 덕분에 비교적 수월했다. 훈련의 강도가 해병대보다는 많이 떨어졌기 때문이었다. 그런데다 우리는 12주의 교육을 받았고, 육군은 6주의 교육을 받아 입소했기 때문에 군 경력에서도 2배 이상 많은 차이가 났다. 군대 표현으로 '콩나물 길이를 따져도 육군 교육생보다는 배 이상 고참'이었다.

헌병 학교를 수료하고 김포군 마송리에 있는 해병 김포여단 헌병대에 배속됐다. 부대가 있는 지역은 지금은 많이 변했지만 당시는 한적한 시골이었다. 본부는 마송리에 있었으나 김포 누산리, 강화도 읍내, 강화도 외포리 등에서 근무했다. 외포리는 서해에 있는 교동, 삼산, 보름도로 가는 여객선 항구가 있고 어선들이 정박하는 어촌 마을이었다. 경찰과 합동으로 서해안 어선을 통제하는 일이 주된 업무였다. 그렇게

군 생활은 정신없이 흘러갔다.

몇 년 전 서울 출장길에 시간이 있어 외포리를 찾아갔는데 관광객들이 북적대는 도시로 변해 있었으나 후배 헌병들은 30여 년 전 내가 입었던 복장 그대로 근무하고 있었다. 나는 옛 생각이 나서 헌병 초소에 가서 30년 전 당신들처럼 여기서 근무했다고 말하고 봉투 하나 놓고 왔다. 간식이라도 사 먹으라면서….

당시 이장님, 어촌계장님은 다 돌아가시고 알던 사람도 찾지 못하여 쓸쓸히 돌아왔다.

강화도 해병대 헌병 시절

(위) 강화도 외포리 검문소에서 경찰들과 함께
(아래) 강화도 헌병대 부대 앞에서

해군기동대 정장과 함께, 그리고 사격 훈련

말단 공무원 시절

전직 거부와 사표, 그리고 동(洞)사무소 시절

　제주시청에 근무하던 어느 날 갑자기 건입동사무소 근무 발령을 받았다. 원인은 총무과장의 전직 지시를 거부했기 때문이었다. 나는 행정직 5급 을류(현재 9급)에서 승진 순위가 1순위로 1년 이내에 5급 갑류(현재 8급)로 승진할 순서인데 재정직으로 전직하면 6순위로 밀려나고 운이 좋아야 3~4년 후나 승진 기회가 오기 때문에 총무과장의 지시를 받아들일 수가 없었다. 총무과장은 다른 지역에서 행정직으로 근무하는 후배를 제주시청으로 전입시키기 위해 나를 재정직으로 전직토록 지시한 것이었다. 전직 거부의 대가는 혹독했다. 소위 괘씸죄(?)에 걸린 것이다. 잘못한 일도 없는데 동사무소 발령이 났다. 나에게 동사무소 발령은 곧 귀양이었다. 너무 억울했다. 그러나 하소연할 곳도 없었다. 그래서 나를 택했을런지도 모른다. 혼자 고민을 하다 사표를 제출하고 고향으로 내려가 버렸다. 집에는 휴가를 받고 왔다고 둘러댔다. 매일 바닷가에 나가 낚시로 시간을 보냈다.

　'서울에 가서 취직하고 야간 대학이라도 다닐까….'

고민이 더욱 깊어지기 시작했다. 10여 일이 지나도록 방황이 계속됐다. 집에서는 이상한 눈초리로 나를 대하기 시작한다. 어머니의 걱정이 말이 아니다. 그래도 차마 사실대로 얘기할 수가 없었다. 하루는 종일 낚시하다가 집에 돌아오니 인사 담당 계장과 직속상관인 과장이 와 있었다. 자초지종을 안 아버지는 남자가 그것도 못 참고 어떻게 세상을 살아가겠느냐면서 불같이 화를 냈다. 인사 담당 계장도 사표는 수리하지 않았으니 그냥 출근하라고 설득했다. 고향 집까지 찾아온 계장과 과장에게 미안한 마음이 들었다. 무엇보다도 어머니와 아버지를 비롯한 가족들에게 걱정을 끼치는 것도 큰 부담이 됐다. 할 수 없이 과장에게 출근하겠다고 약속했다.

다음 날 건입동 동사무소로 출근을 했다. 동사무소 직원은 동장을 포함하여 모두 6명이었다. 동사무소 건물은 옛날 마을 향사로 쓰던 낡은 기와집을 사무실로 쓰고 있었다. 낡고 초라한 건물이었다. 건물이 워낙 낡아서 지붕에는 잡초들이 자라고 비가 오는 날은 사무실에도 빗물이 떨어졌다. 어떤 날은 숙직실까지 비가 쏟아져 사무실 책상 위에서 밤을 새기도 했다. 하는 일은 재산세, 취득세 등 세금 징수와 수도 요금 징수, 주민등록증 발급과 인감 증명 발급이 거의 전부였다. 이외에도 정부 구호 물품인 밀가루를 영세민들에게 나누어주는 일이 대부분이었다.

어느 정도 시일이 지나니 지역 주민들과도 친해졌다. 주민들은 나를 "우리 동서기, 우리 동서기"라고 불렀다. 주민들은 마을 일을 보는 리서기 정도로 보는 듯했다. 공무원이라는 생각을 갖는 주민들은 별로 없었다. 어떤 때는 술을 먹고 와서 행패를 부리기도 했고 직원들에게 "똥새기"라고 부르면서 비아냥거리기도 하였다. 동사무소에 근무하다 보니 공무원이라는 자부심을 느끼기보다는 자존심이 상하는 일이 더 많았다.

동사무소에 근무하는 동안 내가 싫어하는 일이 두 가지 있었다. 하나는 동창네 집에 수도 요금이나 세금을 받으러 다니는 일이었다. 대학 다니는 동창이 측은한 표정으로 나를 바라보는 시선을 견디기가 매우 어려웠다. 또 하나는 국경일 태극기 게양이었다. 지금은 태극기를 게양하면 그대로 두고 있지만 당시에는 일출과 함께 태극기를 게양하면 일몰 전에 반드시 태극기를 내려야 했다. 동사무소에 있는 국기 하나쯤은 문제가 없었지만, 국경일 도로변 전봇대 가로기 게양은 무척이나 싫은 일이었다. 아침에 리어카에 태극기와 사다리를 싣고 다니면서 전봇대에 사다리를 타고 올라가 태극기를 달았다. 그나마 국기를 다는 일은 아침 일찍 시작하면 만나는 사람이 없어 좋았다. 그러나 오후에 국기를 내리는 일을 할 때는 동창이나 아는 사람을 만나기 일쑤였다. 일을 하다가 멀리서 아는 사람이 오는 것이 보이면 전봇대 뒤로 숨어 얼굴 마주치는 일을 피했다.

대학 배지를 달고 다니는 동창들이 그렇게 부러울 수가 없었다. 나에게도 저런 날이 올까…. 반드시 그런 날을 만들고 말겠다고 다짐을 스스로 하기도 했다. 그러면서 공무원으로서 향후 계획을 세워나가기 시작했다. 그때부터 반드시 10년 내(30대 초반)에 사무관이 되겠다는 꿈을 달성하기 위한 시간표 계획을 세우고 노력하기 시작하였다.

밤마다 나타나는 해골

    해병대를 제대하고 1973년 3월 6급으로 승진하면서 화북동 동사무소 사무장으로 발령받았다. 화북동은 제주시 중심가에서 동쪽으로 약 4km 정도 떨어진 곳에 있는 지역이며 관내에 3개 농촌 마을을 포함하고 있었다. 지금은 상가와 아파트, 공동주택들이 많이 들어서 완전히 도시 모습을 갖추고 있지만 당시만 해도 화북동은 한적한 마을로 조, 보리 등 일반 작물 재배와 감귤 그리고 수산업으로 살아가는 마을이었다.

    동사무소 직원은 7명이었다. 공무원 생활을 시작하고 처음으로 한 조직의 부책임자 직책을 맡은 것이다. 27세에 불과한 나이에 아무리 작은 조직이지만 관리하는 일이 그렇게 쉬운 일은 아니었다. 동사무소 직원 중에는 나보다 나이가 많은 분들이 많았고, 그 지역 출신 직원도 있었다. 동사무소 업무라야 대부분 아는 내용들이라 큰 문제는 없었다. 그러나 지역 주민들을 상대하는 일은 버거웠다. 동네 어른들은 '애기 사무장'이 왔다고 신기해하기도 하였다. 동네 청년들은 한잔하면 할 일 없이 와서는 일부러 겁을 주려고 인상을 쓰기도 했다.

동사무소는 건물이 매우 협소했다. 동 업무는 잡다한 일이 많아서 이런 저런 물품들이 많았다. 특히 영세민들에게 지급되는 밀가루(당시 미국에서 지원한 잉여 농산물), 구호용 비상 식품들을 사무실 한쪽에 보관하다 보니 사무실이 비좁고 분위기가 어수선했다. 배급용 밀가루는 아무리 조심해도 쥐들이 어떻게 들어왔는지 포대에 구멍을 내어 아침에 출근하면 사무실 바닥에 밀가루가 흩어져 있는 경우도 자주 발생하였다. 마침 동사무소 옆에 공터가 있어 동장과 의논해 창고를 짓기로 했다. 그러나 예산이 없어 필요한 자재를 분담하여 확보하기로 하였다.

동장은 건축용 나무와 블록, 지붕 슬레이트를, 나는 시멘트와 모래를 구하기로 하여 아는 분들을 찾아다니며 사정을 설명하고 도움을 요청했다. 지금 같으면 예산으로 창고를 지어 사용하겠지만 당시에는 예산을 지원받아 동사무소 창고를 짓는 일은 상상도 할 수 없는 어려운 시절이었다. 20평 규모의 창고가 지어졌다. 사무실에 쌓아두었던 물품들을 창고로 옮기고 나니 사무실 공간이 넓어지고 분위기가 한결 나아졌다. 민원대도 만들었다. 주민들이 민원을 처리하는 동안 쉴 공간도 생겼다. 이 사소한 몇 가지 일로 동사무소의 분위기가 확 달라졌다. 직원들과 주민들이 무척이나 좋아했다.

사무장 근무 5개월쯤 되었을 때 시청으로부터 중요한 업무 지시가 떨어졌다. 일주도로(해안을 따라 제주를 한 바퀴 도는 제1 우회 도로)를 중심으로 500m 가시(눈에 보이는 구역) 구역 내에 있는 모든 무연고 분묘를 이장하라는 것이었다. 난감했다. 일도 일이거니와 우선은 연고가 있는 분묘인지, 연고가 없는 분묘인지 구별 자체가 어려웠다.

몇 년 동안 벌초를 안 한 것으로 판단되는 분묘는 일단 무연고 분묘로 하고 관내 사라봉 인접 공동묘지까지 전수 조사하니 약 790기로 파악됐다. 엄청난 숫자였다. 예산은 묘 한 기를 이장하는데 1만 5천 원씩 지급하는 것으로 책정되었다는 지시가 내려왔다. 인부를 모집하고 2개 조로 작업반을 편성해 분묘 이장 작업을 시작했다.

그런데 일을 시작한 다음 날 아침, 동네 노인이 달려와서 "큰일 났다."고 한다. 인부들이 작업을 하면서 대충대충 유골을 수습하다 보니 잔뼈들이 현장에 남아 있다는 것이었다. 도저히 있을 수 없는 일이었다. 작업을 중단시켰다. 전날 이장한 묘를 찾아 확인한 결과 동네 노인의 말 그대로 유골 일부가 남아 있었다. 긴급 직원 회의를 소집해 해결책을 마련했다. 2개 조에 각각 직원 1명을 담당시켜 감독하도록 했다. 그런데 난감한 일이 생겼다. 1개 조는 내가 맡기로 했으나 다른 1개 조는 맡을 직원이 없는 것이다. 회의를 거듭했으나 모두가 나와 눈조차 마주치지 않으려고 고개를 숙인다. 그러던 중 가장 나이가 젊은 직원이 "제가 하겠습니다."라며 자원하고 나섰다. 얼마나 고마웠는지 모른다. 그 직원은 나중에 제주시장까지 지냈다. 그런 용기와 희생정신, 결단이 있었기에 공무원으로서 성공할 수 있지 않았나 생각해본다.

이장 작업은 하루 15기 정도가 진행됐다. 수습한 유골을 안치할 건물을 구할 수 없었다. 할 수 없이 비상 대책을 강구했다. 마을에서 떨어진 임야에 토지주 동의도 없이 천막을 쳐 보관했다. 그러다 밭 주인이 나타나 당장 치우라고 노발대발하는 바람에 도로 옆 공터에 보관하였다.

솔직히 나는 정말 이 일이 무섭고 싫었다. 그때까지 죽은 사람의 사체를 본 적도, 유골을 이장하는 것을 본 적도 없었다. 당시 나는 혼자 자취하고 있었는데 퇴근해서 집에 돌아오면 자꾸 해골이 어른거리고 꿈에 자주 나타나 무서워 잠을 이룰 수가 없었다. 당시 방 천장 도배지는 사각형 무늬였는데 그 무늬가 자꾸 해골로 보이고 무서워서 1년여 동안은 밤에 불을 켜고 살았다.

우여곡절을 겪으면서 790기의 유골 수습이 마무리됐다. 그러나 이 유골들을 그냥 처리하면 안 될 것 같은 생각이 들었다. 관내에 있는 원명사(사찰)를 찾아가 스님에게 부탁했다. 유골 전부를 옮겨 영혼을 달래기 위한 불공을 드린 후 제주시청에서 지정한 한라산 기슭 무연고 분묘 묘역에 안장했다. 혹시 후손들이 나타날 때에 대비해 당초 분묘가 있던 자리 동서남북, 네 방향에서 사진을 찍고 번호를 부여해뒀다.

분묘 이장은 고되고 힘든 작업이었다. 특히 정신적으로 많은 갈등을 겪어야 했다. '과연 그런 사업을 했어야 하는가, 공무원으로서 해야 할 일인가…' 의문이 꼬리를 물었다. 말단 공무원으로서 상급 기관의 지시에 의해 추진한 사업이었지만 더 신중했어야 했다고 본다.

이 일이 끝나고 상당한 기간 퇴근 후 집에 와서도 해골이 어른거려 고생했다. 1년 정도 지나서야 불을 끄고 잠을 잘 수가 있었다. 무척이나 힘들고 어려운 시기였다.

가끔 공무원들을 대상으로 한 교육이 있을 때는 분묘 이장 사업 얘기를 들려주지만 믿는 직원들은 별로 없고 "왜 그런 일을 했냐?"고 되묻기까지 했다. 1970년대 말단 지방공무원의 푸념으로 비치고 있는 지….

건입동사무소에서

든든한 버팀목 아내

나도 모르게 본 선

2007년 12월 행정부지사 퇴임식 날 아침 일찍 일어나 단장을 하는 아내를 보면서 만감이 교차했다. '정말 지지리 복도 없는 사람이구나.'라는 생각이 들었다. 그리고 평생 참고 살아준 아내가 정말 고마웠다.

결혼을 하고 시장 댁에 인사를 간 적이 있었다. 이때 시장 부인이 "공무원 부인은 파리도 벌로 알고 언행에 조심해야 한다."는 말을 해주었다. 아내는 이 말을 좌우명으로 삼고 살았다. 공무원 부인이라는 이유 하나만으로 평생을 숨죽여 살아야 했다. 아내도 말은 안 하지만 만감이 교차하고 있겠지…. 많은 일들이 주마등처럼 스쳐가고 있을 것이다.

1980년대 초에는 일본에 사시던 아내의 생모가 돌아가셨는데도 공무원 가족 외국 여행을 제한하는 바람에 장례식에 참석도 못했고 유골도 다른 인척이 가져와야만 했다. 공직자 가족 여권 발행 금지 규정 때문이었다. 가난한 말단 공무원과 결혼해서 8평짜리 사글셋방 생활을 하다 보니 옷 한 벌 제대로 사 입어 보지 못한 아내이다.

아내는 일본에서 출생해 초등학교를 다니다 한국으로 건너왔다. 서울에 있던 일본 종합상사 이또쯔에 근무하다 나와 결혼하게 되었다. 그래선지 우리말이 조금 서툴렀다. 결혼한 후에도 한동안 우리말 발음을 제대로 못 해 주변 사람들에게 놀림을 당하기도 했다. 아내는 당시 시청 과장의 소개로 만났다.

동사무소를 거쳐 시청 계장으로 발령받아 근무하고 있을 때였다. 대학 진학의 꿈은 버리지 못하고 있었으나 학업 준비도 진전은 없었다. 책을 보면 자꾸 지나간 일들이 떠올라 공부하던 책과 보증 관련 서류 등을 모두 불살라 버렸다. 경제적 어려움은 여전히 계속되어 누님 집에 조카와 같이 얹혀살고 있을 때였다. 나이 서른이 되자 집에서는 빨리 결혼하라고 성화였다.

당시에는 결혼할 때 쓸 돼지를 집에서 직접 키웠다. 어머니는 내 결혼식에 쓰기 위해 새끼 돼지를 사다, 키우다 팔기를 여러 번 반복했다. 부모님은 친구 빚보증을 잘못 섰다가 어려워진 경제 사정을 모르고 있었다. 혹시 알기라도 하는 날이면 그 불똥이 아버지에게 튈 수도 있었다. "그 아버지에 그 아들…."이라는 말이 나올 판이었다. 상황을 모르는 부모님은 이제는 시청 계장도 되었으니 "결혼하라, 무엇이 부족하냐, 남들이 다 하는 결혼을 왜 안 하느냐. 죽기 전에 막내아들 손자라도 안아보자."며 나를 닦달했다. 그러나 나는 경제적·정신적 여유가 없어 결혼 얘기만 나오면 회피하는 상황이었다.

누님 집에서 더부살이하는 신세. 당장 사글세 집도 구할 능력이 없었다. 이런 상황인데 대학도 졸업하지 못한 가난한 공무원에게 누가 시집을 오겠는가? 나에게는 결혼도 허영으로 생각되었다. 그러던 어느 날 총무과장이 나를 부르더니 청사 앞에 있는 다방에 가서 누구 한 사람을 만나고 오라고 지시했다.

가서 보니 여성 과장이 앉아 있었다. 시청 과장 중에 유일한 여성이었고 유능한 분(김애환 씨)으로 나중에는 도청 여성 국장까지 지내셨다. 그런데 과장은 특별한 용건도 없으면서 말을 길게 이어갔다. 바쁘다며 할 얘기가 있으면 빨리하시라고 했지만, 과장은 자꾸 딴 얘기만 늘어놓았다.

묘한 기분이 들어 옆자리를 둘러보니 아주머니 한 명과 아가씨 한 명이 앉아 유심히 나를 쳐다보고 있는 것이 아닌가. 퍼뜩 며칠 전 총무과장의 얘기가 머리를 스쳤다.

"김 계장도 이제 결혼해야지. 내가 참한 아가씨 한 명 소개해줄까?" 그때는 농담으로만 들어 넘겼다. 내가 선을 본 셈이었다. 여성 과장에게 별다른 얘기가 없으면 가겠다는 얘기를 남기고 자리를 떴다. 그게 아내와의 첫 만남이었다.

당시 아내는 서울에 있는 일본 회사에 다니다 퇴직한 때였다. 그 후 우리는 몇 차례 만났고 1년 후 결혼하기로 약속하고 아내는 일본으로 돌아갔다. 막상 식을 올리려고 보니 모자란 게 한둘이 아니었다. 결혼하면 살 집 방세 마련도 어려웠고, 웨딩드레스, 신부 화장, 결혼식장 임대료, 사진 촬영비, 자동차 임대료 등 돈이 들어갈 곳이 너무 많았다. 웨딩드레스는 아내가 친척이 입었던 것을 빌려 직접 세탁하고 수선해 해결했다. 신부 화장 역시 아내가 손수 하기로 했다. 자동차는 아는 분에게 찾아가 하루만 빌려달라고 사정해 빌렸다.

예식장은 지금 당장 돈이 없으니 결혼식 후에 주기로 하고 외상으로 빌렸다. 지금 생각하면 너무나 어처구니없는 결혼식 준비였다. 그렇게 어렵게 결혼식을 치렀다.

1977년 3월 결혼식을 치르고 축의금에서 누님에게 빌린 돈을 갚고 나니 46만 원이 남았다. 이마저도 반년 치 사글세 방세를 물고 나니 바닥이 났다. 이불은 한 채만 마련하고 나머지는 내가 쓰던 이불을 껍데기만 교체해 사용하기로 했다. 흑백 TV, 소형 냉장고는 아내가 쓰던 것을, 그리고 옷장(캐비닛)과 책상은 내가 쓰던 것을 그대로 사용했다. 결혼 후 1년 동안 열심히 모아도 집세를 물고 나면 남는 게 없었다. 참 어렵고 힘든 시기였다.

1978년 4월에 첫 딸이 태어나고 얼마 되지 않아 나는 내무부(지금은 행정자치부로 명칭 변경) 중견 간부 양성 과정에 들어가기 위하여 제주와 서울에서 각각 시험을 보고 합격하여 6개월 장기 합숙 교육을 받고 있을 때였다.

하루는 교육 중에 아내가 울면서 전화가 왔다. 남의 집 2층에 세 들어 살고 있었는데 딸애가 쿵쿵거리며 돌아다니고 집주인 딸 세발자전거를 빌려 타고 다닌다고 싫은 소리를 여러 번 듣게 되자 화가 났던 모양이었다. 집주인으로부터 여러 차례 싫은 소리를 듣고는 속이 많이

상한 것이다. 딸에게 조용히 다니라고 자주 주의를 주지만 애들이야 곧 잊어버리는 것이 보통이다. 아무리 힘들어도 애들만큼은 구김살 없이 키우고 싶은 것이 부모의 마음일 것이다. 아내에게 미안하고 안쓰러웠다. 나 역시 속이 상했다. 어떻게 해서 라도 아내에게 집을 마련해주고 싶었다. 부모님이 막내 몫이라며 남겨준 고향 땅 350평을 팔아 누님과 함께 땅을 샀다. 내 지분은 60평이었다. 우리는 몇 년 동안 더 허리띠를 졸라매 얼마간의 자금을 마련할 수 있었다.

3년 후 아내와 나는 모험을 감행했다. 국민 주택 융자금을 받고 모자란 돈은 은행 대출을 받아 변두리에 집을 지었다. '그래 15년이다.' 마음속으로 다짐했다. 15년만 고생하면서 상환하면 내 집이 된다. 내 인생에서 처음으로 집을 지은 것이다. 이제 애들이 아무리 시끄럽게 뛰어놀아도 걱정할 필요가 없었다. 비록 빚은 많았지만, 대문에 당당하게 문패도 붙이고 살게 된 것이다. 당시만 해도 지금 살고 있는 우리 동네는 허허벌판이었다. 주변에 집은 달랑 2채뿐이었다. 가로등도 없었다. 도로는 포장이 안 돼 비가 오는 날이면 항상 신발이 흙투성이였다. 내가 퇴근을 늦게 하거나 출장을 가면 아내는 무서워서 고모를 모셔와 함께 지내곤 했다.

주변에 다른 집들이 없어 딸애는 항상 혼자 외롭게 풀밭에서 놀았다. 그래도 아빠가 명색이 사무관이 되었는데도 애들 옷 하나 제대로 사주지 못했다. 아내는 지인들에게 옷을 얻어다 입혔다. 기저귀 값을 아끼기 위해서 시장에서 천을 사다가 만들어 썼다. 애들 터진 양말은 늘 기워 신겼다.

융자금을 갚느라 아내는 10여 년 동안 옷 한 벌 제대로 사 입지 못했다. 언젠가 아내는 오일장에서라도 옷을 한 벌 사고 싶다고 했다. 그 뜻이 무슨 말인지 몰랐다. 오일장에서는 값이 좀 비싼 옷은 옷걸이에 걸어놓고 팔고 싸구려 옷들은 좌판에 널어놓고 고객들이 골라서 샀다. 아내는 그런 옷을 사고도 기뻐했다. 한참 후에야 옷 구매 사실을 알고 나는 할 말을 잃었다.

새 집으로 이사를 가서 얼마 안 돼 아들이 태어났다. 어렵지만 가장 행복한 시기였다. 박봉을 쪼개어 융자금을 상환하느라 변변한 외식 한 번 못했으나 빚이 줄어들면서 살림도 조금씩 나아지기 시작했다. 40년이 지난 오늘에도 나는 그 집에서 살고 있다.

그러나 불편한 생활은 여전히 나아지지 않고 있었다. 우리는 남들이 모두 기름보일러를 쓸 때도 연탄에서 벗어나지 못하고 있었다. 아내는 한밤중에 일어나 연탄불을 가는 일을 20년 동안 계속하면서도 불평 한 번 하지 않았다. 연탄가스에 중독돼 고생한 적도 있었다.
제주도청 국장으로 승진했을 때도 우리 집 보일러는 연탄보일러에서 기름보일러로 승진하지 못하고 있었다. 좀 창피하기도 했다. 어쩌다 집에 찾아온 손님들이 "이제는 좀 갖춰놓고 살라."고 타박하기도 했지만, 형편이 그럴 처지가 되지 못했다.

은행 융자금을 다 상환하고서야 석유 보일러로 바꾸었는데 아내가 너무 좋아했다. 이제는 한밤중에 일어나지 않아도 된다고 하는 말에 나 자신이 너무 한심하다는 생각이 들기도 했다.

아내는 나에게 무척이나 신경을 써 주었다. 오랜만에 일요일 날 집에서 쉬고 있으면 애들이 좋아서 아빠에게 매달렸다. 그럴 때마다 아내는 "아빠가 피곤하니까 귀찮게 하지 말라."며 하나는 등에 업고 하나는 손을 잡고 밖으로 나가곤 했다.

지금은 애들도 성장하여 모두 결혼하였으며, 큰애(딸)는 모 대기업에서 차장으로 근무하고 있고 사위는 금융 수학으로 박사 학위를 받아 현재 금융 회사 임원으로 일하고 있다. 아들도 건축 분야를 전공하여 건설 회사 초급 간부로 근무하고 있으며 건축 시공 기술사 자격증까지 획득하였고, 며느리는 관광학 박사로 국책 연구 기관에서 연구원으로 근무하고 있다. 그리고 눈에 넣어도 안 아프다는 나에게 가장 소중한 두 명의 손자도 건강히 자라고 있다.

많은 어려움을 이겨내면서 내조해 준 사랑하는 아내와 가족들 희생이 오늘의 나를 있게 한 가장 큰 힘이었다.

아내가 가장 좋아하는 사진이다.
결혼 전에 찍은 사진으로 아내의 고운 자태가 고스란히 담겨 있다.

(위) 어렵게 한 결혼이었지만 남부럽지 않은 선남선녀의 행복함만이 보인다.
(아래) 결혼사진에서 바람에 날리는 면사포를 잡은 나의 손과 당황한 아내의 모습에 웃음이 난다.

아내가 그린 그림, 내 고향 형제섬과 산방산

좌절, 그리고 사무관 승진

분유통 시험

2개 동사무소 사무장을 거쳐 제주시청 계장으로 자리를 옮겼다. 외형적으로는 20대 "젊은 총각 계장이다."라며 부러운 눈으로 쳐다보는 사람도 많았지만 개인적으로는 고통의 시기였다. 대학의 꿈은 좌절되었고, 빚보증으로 인해 경제 사정은 나아지기는커녕 매우 어려운 시간을 보내고 있을 때였다.

본청 계장으로 발령받은 후 두 번째로 받은 보직이 위생계장이었다. 당시 시청 위생계는 막강(?)한 권한을 가진 부서였다. 유흥업소를 비롯해 식당 · 다방 · 숙박 · 식품업소 허가, 단속은 물론 사법 경찰 업무까지 수행하고 있었다. 위생계로 가기 위해 청탁을 하는 공무원도 많았다. 당시에는 소위 이권이 있는 노른자위 보직이었다.

"위생계장은 식당이든 술집이든 심지어는 이발소까지 모든 게 공짜가 아니냐?"는 농담 반 진담 반의 얘기도 서슴없이 나돌던 시기였다. 그러다 보니 위생계 직원들을 바라보는 시각도 좋지 않았다. 내가 위생계장으로 발령받자 시중 다방가에서는 "애기 총각 계장이 왔다."면서 화제가 됐다.

업무도 그렇지만 행동도 늘 조심하면서 근무했다. 그러나 늘 불안했고 싫었다. 이해관계가 많았기 때문에 잘못 처신하면 부정이나 특혜시비에 휘말릴 수가 있었다. 직원들에게 밥 한 끼, 술 한 잔도 공짜로 먹지 말라고 강조했지만 언제 어디서 사고가 터질지 모르는 지뢰밭 같은 곳이 당시 위생부서였다. 늘 긴장한 상태로 근무해야 했다. 그나마 다행인 것은 나는 술을 전혀 못 하는 체질을 갖고 있어 공짜 술 오해는 한 번도 일어나지 않았다. 나는 소위 일반인들이 말하는 이권 부서를 떠나고 싶었다. 총무과장과 부시장에게 부서를 옮겨줄 것을 여러 차례 요청했다. 그러나 대답은 한결같았다. "남들은 가지 못해 안달이 나는 자리를 왜 당신은 떠나려고만 하느냐."는 것이었다.

그런데 자연스럽게 기회가 왔다. 당시 내무부에서 실시하는 중견간부 양성반 교육(6개월 교육)이 있어 시험에 응시하기로 했다. 합격하면 장기 교육을 가야 하기 때문에 자동으로 위생계장 보직에서 벗어날 수 있는 것이다. 더구나 교육을 수료하면 사무관 시험에 응시할 기회도 주어지고 교육 기간에는 마음 놓고 공부할 수 있다. 운이 좋았는지 2차례에 걸친 시험에 모두 합격하여 교육받게 되었다.

이런 과정에서 문제가 하나 발생했다. 내가 중견간부 양성 과정 시험을 치르는 시기에 마침 사무관 자리가 하나 나왔는데, 나를 추천에서 배제하기 위해 서울에 시험을 보러 간 사이 응시 포기서를 본인 동의도 받지 않고 날인해 제출해 버린 것이다. 특정 인사에게 응시 기회를 주기 위해 내 인장을 도용해가면서까지 포기서를 제출한 사실을 뒤늦게 알고 충격을 받았다. 당장도 문제지만 포기서를 제출하면 1년 동안 사무관 승진 시험이 있어도 당시에는 응시할 수 없도록 하는 규정이 있었기 때문이었다. 배경이 없는 시골 출신이라 동사무소 발령에 이어 두 번째 받는 설움이었다. 입교 후 교육을 받으면서 많은 갈등을 겪었다. 피교육생 40명 중 응시 자격을 제한 받은 사람은 나밖에 없었다. 화를 삭일 수 없었다. 오기가 발동했다. 다음에 기회가 오면 한 번에 합격해 버리자. 그러기 위해 실력을 쌓아 놓자.

6개월 동안 열심히 공부했다. 교육생 대부분이 주말이면 집에 다녀왔으나 교육원에 남아 공부에 전념했다. 지금 돌이켜보면 그때가 내 인생에서 가장 열심히 공부하고 보람 있게 보낸 시기가 아니었나 생각이 든다. 평일에도 밤 10시 이후 도서관까지 불을 끄면 건물 입구에 있는 갓이 씌워진 작은 등불 아래서 모기와 싸우면서 책을 보았다.

당시 사무관 승진 시험은 1, 2차로 나누어 시행됐다. 1차는 객관식으로 헌법과 국사, 2차는 행정법은 필수 과목이었으며 행정학 지역 개발론 중 1개를 선택하여 보는 논문 형식이었다. 1차는 큰 걱정이 없었다. 이전에 출제되었던 문제나 예상 문제를 풀어보면 무난히 합격 점수가 나왔다. 2차에 중점을 둬 준비를 해나갔다. 2차 시험은 주관식 문제였고 과목은 행정법은 필수였고, 행정학과 지역 사회 개발론 중 하나를 선택하게 돼 있었다. 그러나 3과목 모두 준비키로 했다. 우선 교육 받을 때 만든 예상 문제를 다시 정리하여 만들었다. 과목당 예상 문제는 50개 내외가 됐다. 변형 문제까지 포함하면 과목당 60~70개가 됐다. 3개 과목 예상 문제는 200개가 됐다. 나는 과목당 분유통 2개씩을 준비해 예상 문제를 만들어 넣고 하나씩 뽑아가면서 실전처럼 답안을 작성하고 자신이 있다고 생각되면 다른 통으로 문제만 옮겨 넣는 방식으로 공부를 해나갔다. 3과목 전 문제를 쓰는 데 2~3개월이 걸렸다.

200문제를 다 푼 후에 실제 시험을 보는 방식대로 2문제를 무작위로 뽑아 답안을 작성했다. 이러한 방식으로 여러 번 반복하다 보니 어떤 문제가 나와도 쓸 수 있겠구나 하는 혼자만의 자신감이 생겼다.

교육을 마치고 시청으로 돌아오자 다시 사무관 응시 기회가 생겼다. 그런데 이번에도 사무관 응시를 포기해 달라는 것이었다. 지난번에 타의에 의해서 포기했던 기억이 자꾸 떠올랐다. 응시 기회가 항상 있는 것도 아니고, 지난번에도 포기했기 때문에 이번에는 내가 '시험은 응시하되 이름만 쓰고 나오겠다'는 중재안을 냈다.

얼마 후 시장이 나를 불러 도청으로 전출 가라고 한다. 명분은 좋았다. "자네는 젊으니까, 시청보다는 상급 기관인 도청에 가는 것이 앞날을 위해 훨씬 좋지 않겠나…." 그러나 내가 왜 모르겠는가. 나에게 더이상 시험포기를 종용할 수 없을 터이니, 미리 선수를 쳐서 경쟁자를 멀리 보내려는 의도인 것을…. 서글펐다. 아무리 주변에 사람이 없다고 하지만 이건 너무하는 처사였다. 항의도 소용없었다. 며칠 후 나는 1978년 1월 제주도청 서무과로 발령받았다.

그러나 그해 드디어 기회가 왔다. 도청에 사무관 자리가 한꺼번에 5자리가 생긴 것이다. 3배수 15명 추천에 포함되었다. 1차 시험에서 5명이 떨어져 2차에는 2대1의 경쟁이 됐다. 당시 응시생들은 한 달이나 두 달 전에 서울에 가서 학원 강의를 받으며 시험 준비를 하는 것이 관레였다. 그러나 나는 바쁜 업무로 시험 며칠 전에야 서울에 올라가 준비했다.

여관에서 공부하는데 중학교 때 은사님이 찾아왔다. 은사님은 도청에 근무하고 계셨는데 자신은 그때까지 여러 번 낙방하여 이번이 마지막이라며 도와달라고 했다. 내가 만든 모범 답안을 복사해주고 같이 공부를 시작했다. 매일 저녁 식사를 같이 하면서 문제별 토론을 하는 방식으로 공부를 해 나갔다. 나는 6개월 동안 연수원에서 공부를 해서 큰 부담이 없었다. 선생님으로서는 마지막 기회인 셈이었다.

시험은 그런대로 큰 부담 없이 치렀다. 분유통 전략이 큰 도움이 되었다. 시험을 마치고 먼저 나온 나는 선생님을 기다렸다. 점심을 같이 하면서 얘기를 해보니 선생님도 답안을 잘 쓰신 것 같았다.
"선생님, 저와 같은 운명인가 봅니다. 합격하면 같이 되고 떨어져도 같이 떨어질 것 같은데요." 하니, 선생님은 빙그레 웃으면서 좋아하셨다.

1978년 5월 다행히 선생님과 나란히 합격했다. 합격자 발표 후 선생님은 사모님과 같이 셋방살이 하는 우리 집까지 찾아와 아내에게 양산을 선물로 주고 가셨다. 매우 기쁘고 유쾌한 추억이다. 선생님은 지금은 고인이 되셨다.

나는 한동안 사무관 승진 시험을 '분유통 시험'이라고 농담을 하였다.

말단 공무원 시절

대통령의
행사

미국 대통령 만찬 재료 준비

사무관 시험에 합격하고 통계 계장으로 발령을 받고 근무하고 있었는데 도지사가 바뀌어 새로 오신 도지사 비서실장으로 발령받았다. 당시에 도지사는 대통령이 임명하던 시절이었다. 비서실에는 비서실장과 수행비서, 일반직 직원 3명, 운전기사, 공관 관리자 2명 등 모두 8명이 근무했다. 비서실장 자리는 생각보다 일거리가 많았다.

도지사의 모든 일정을 짜고 행사 중요도에 따라 참석 여부, 면담 대상자들에 대한 내용을 사전에 파악해 실·국과 협의하여 결정하는 것은 기본 업무였다. 도지사 개별 지시사항을 실·국장들에게 전달하고 주요 업무 추진 상황을 해당 부서에서 도지사에게 보고하도록 하는 것도 비서실장의 일이었다. 특히 내무부(지금은 행정자치부)와 도내 주요 동향, 중앙 정부 주요 인사 공식, 비공식 입도 상황, 유관 기관장 비서실과 업무 협조, 정보 공유 등 항상 일들이 많았다.

비서실 업무는 당연히 도지사 중심으로 모든 일들을 처리해야 하지만 너무 도지사 중심으로 일을 처리하다 보면 직원들에게 미움을 받고, 반대로 직원들의 입장만 헤아리다 보면 비서실장 업무가 소홀해질 수밖에 없어 균형을 잘 맞춰야 했다. 도지사와 운명을 같이하는 별정직 비서실장이면 도지사 중심으로 일을 할 수가 있다. 그러나 제주 출신 일반직 공무원으로서는 도지사가 바뀌면 다시 현업으로 복귀해야 하므로 도지사 중심으로 일을 처리할 수만도 없었다. 더구나 말단 조직에서 근무하다 도청에 온 지 1년밖에 안 된 입장에서는 부서별 업무 내용, 직원들은 물론 과·계장 얼굴도 잘 몰라 어려움이 많았다.

나는 두 분 도지사(고 강신익, 박상열)를 모셨다. 지금은 작고하셨지만 처음 모신 도지사는 경상북도 출신으로 산림청 차장과 내무부 지방행정 연수원장을 지내신 분이었다. 두 번째 모신 도지사는 전남 고흥 출신으로 노동청장으로 있다 발령받고 온 분이었다.

처음 모신 도지사 재임 기간에는 신제주 개발 사업과 도청 이전 사업이 한창 추진 중이어서 신제주를 특성 있는 도시로 만드는 데 심혈을 기울였다. 특히 향토 수종을 가로수로 심기 위하여 고심을 많이 하였는데 지금도 신제주에 심어 있는 가로수를 보면 그분 생각이 난다. 그리고 지금 생각해 보면 웃음이 절로 나는 일들도 많이 있었다. 당시에는 열대 과일 수입이 안 될 때라 청와대가 행사에 필요한 마스크 멜론을 제주도 농촌진흥원에서 재배하게 하여 청와대로 보내는 일도 업무 중 하나였다.

한 번은 미국 카터 대통령 순방 때로 기억한다. 제주도에서 닭새우 100여 마리를 잡아서 지정한 날짜에 맞추어 가져오라는 지시가 떨어졌다. 대통령 주재 만찬에 사용한다는 것이었다. 그때 수산과에서는 금채기라 잡을 수 없다고 했지만 지정된 날짜까지 도착하도록 강한 지시가 내려왔다. 도지사는 할 수 없이 수산과장이 직접 어선을 타고 나가 잡도록 하고 비서실장인 나는 항구에서 인수하여 청와대까지 수송 책임을 맡도록 하였다.

나는 닭새우를 살려서 가야 하므로 2일 전부터 바닷물에 숯을 담그고 해초를 준비함과 동시에 운반용 상자도 미리 만들었다. 한림항에서 닭새우를 인수한 나는 공항으로 운반하여 서울로 떠날 준비를 마쳤다. 그러나 기상 관계로 비행기가 연착하는 바람에 2시간이나 늦게 출발하였다. 김포 공항에 도착했더니 경찰이 대기하고 있었고 운반 자동차가 출발하자 오토바이 2대가 신호등을 무시하며 고속으로 질주했다.

청와대에 시간에 맞게 도착하자 검식관이 한 상자를 뜯어보는데 닭새우는 죽었는지 꼼짝도 하지 않는다. "살려서 오라고 했는데 왜 죽은 걸 가져왔냐?"고 큰소리로 화를 냈다. 걱정도 되고 뒷일을 생각하니 막막하다. 나 혼자 당할 일이 아니고 도지사에게도 영향을 미치게 된다고 생각하니 큰 문제가 아닐 수 없었다. 금채기에 추운 바다에 나가 삼일 동안 어렵게 잡고 완벽한 준비를 하여 수송하였는데….

문득 "이 정도면 2~3일은 아무 걱정 없다."라던 어부들 얘기가 떠올랐다. 상자에 다가가 한 마리를 건드려 보았다. 한 마리가 부스럭하면서 움직이자 모든 닭새우들이 꿈틀거리면서 움직이는 것이 아닌가. 어떤 놈은 "깩깩"거리는 소리까지 낸다. 그 부스럭거리는 닭새우들이 그렇게 고마울 수가 없었다.

그때야 검식관과 경호실 직원이 수고했다고 하면서 커피를 마시라고 한 잔을 건네주었으나 나는 그대로 나와버렸다. 추운 바다에서 삼일 동안 얼마나 고생하면서 잡고 힘들게 운반했는데….

업무 보고

　종전에는 새해가 되면 대통령이 중앙 각 부처는 물론 시도까지 순시하면서 업무 보고를 받고 직접 국정을 챙기던 시절이었다. 임명권을 가진 대통령 지방 순시 준비는 시·도지사가 가장 심혈을 기울일 수밖에 없는 매우 중요한 업무였다.

　도지사 고유 업무인 지역 발전, 주민소득 증대, 환경 보전, 각종 주요 현안 문제 해결도 중요하지만, 임명권자인 대통령에 대한 업무 보고의 성패는 도지사의 자리와 직결되는 경우도 가끔 발생하였다. 준비는 철저히 하였으나 업무 보고를 잘하지 못하거나 의전에서 실수하면 곧바로 도지사 자리를 내놓아야 하는 일도 생기기 때문이었다.

　그러다 보니 대통령 연두순시가 있는 매년 초에는 중앙 부처는 물론 각 시·도마다 모든 일을 제쳐놓고 업무 보고 준비에 매달렸다. 대통령은 중앙 부처부터 시작해 각 시·도까지 당해 연도 업무 보고를 직접 받는 한편 종전 지시 사항 추진 상황을 직접 점검하였다.

박정희 대통령 때부터 시작한 정기 연두순시는 김대중 대통령까지
이어졌다. 비서실에 근무했던 1970년대 후반까지만 해도 업무 보고는
군대식이었다. 전지에 차트로 보고 내용을 작성하여 대통령 앞 5~6m
지점에 걸어 놓고 도지사가 지휘봉을 들고 한 장, 한 장 넘기면서 보고
하였다.

박정희 대통령 때에는 차트를 서울에 가서 써와야 했다. 박 대통령
이 특정 한 사람이 쓴 글씨를 선호했기 때문이었다. 중앙부처, 각 시
도는 물론 순시 대상 모든 기관이 그 차트사에게 의뢰하므로 보고서를
만들어 적기에 보고용 차트를 만드는 일까지 경쟁이었다. 장관, 시도
지사들이 차트를 보면서 미리 보고 연습해야 하기 때문에 차트를 적기
에 만드는 것도 실무자들의 능력이었다. 그러다 보니 차트를 빨리 만
들기 위해 차트사에게 선물을 건네기도 했다. 한 번은 보고 연습을 하
다 찢어지는 바람에 한 장을 다시 쓰기 위하여 서울 출장을 가는 해프
닝이 벌어지기도 했다.

대통령에게 보고할 업무 계획은 기획관리실에서 주관이 되어 작성
했다. 1980년대 후반부터는 인쇄한 보고서로 대체되었다. 종전처럼
차트 보고가 없어지면서 서울까지 차트를 쓰러 가는 수고는 덜게 되었
다. 도지사도 한쪽 면에 시나리오를 만들어 붙이면 도지사는 앉아서
그것을 읽기만 하면 되었다. 예상 질문 사항도 만들어 붙여 놓으면 그
만이었다.

당시 기획계장이었던 나는 주요 사업과 새로운 사업을 발굴하고 그

것을 토대로 여러 차례 회의를 통해 보고서 초안을 만들었다. 여기에 중앙 부처나 타 시·도 업무 보고에서 대통령으로부터 칭찬을 들은 내용, 그리고 전문가들 자문을 받은 내용을 포함하여 제주 실정에 맞게 수정 최종안을 확정하였다.

전두환 대통령 때였다. 기획계장으로 있었는데 며칠 동안 밤을 새다시피 하면서 보고서 확정, 인쇄, 보고장 준비 등 모든 준비를 마쳤다. 대통령과 장관들이 볼 보고서 페이지까지 확인하고 마지막으로 보고장 준비 상황을 최종 점검하고 나오는데 경호관이 나를 불렀다.

"기획계장, 당신 그 의자에 앉아 보세요."
경호관이 의자를 가리킨다. 경호관이 가리키는 의자는 10분 정도 있으면 대통령이 입장하여 앉을 의자가 아닌가.
나는 눈이 휘둥그레지면서 당황한 표정으로 경호관을 쳐다보았다. 경호관은 다시 "앉으세요." 하고 말한다. 무슨 영문인지 몰라 우물쭈물 했다.
'조금 후에는 대통령이 들어올 시간인데….'라고 생각하는데 이번에는 경호관의 목소리가 호통으로 변한다. "왜 말을 듣지 않는 거야!!"
목소리가 높아지고 화를 내자 하는 수 없이 대통령 의자에 앉았다. 경호관은 나보고 몸을 이리저리 움직여 보라고 한다. 시키는 대로 몸을 움직이면서도 불안하기만 했다. 웬일일까?
이유는 보고가 끝난 후에야 알았다. 대통령이 앉을 의자는 새로 구입한 것이었기 때문에 대통령 옷에 혹시 무엇이 묻거나 바늘 같은 이물질이 있어 찔리는 일이 있을까 점검하는 데 나를 막말로 실험 도구로 이용한 것이었다. 참! 어처구니없는 일이었다.

그때는 감기에 걸리기라도 하면 보고장에 의무적으로 배석해야 할 실·국장 일지라도 입장할 수 없었다. 온도와 습도도 체크 사항이었다. 감기가 대통령에게 옮기면 안 되기 때문에 기침을 해서도 안됐다. 한 번은 보고장에 들어온 국장 한 분이 업무 보고 중 기침을 하는 바람에 내가 크게 혼이 난 적도 있었다. 감기 걸린 사람은 보고장에 입장시키지 말라는 지시를 어겼다는 것이었다.

속으로 혼자 투덜거렸다.
'감기에 걸리지 않은 사람도 기침은 할 수 있는데….'

현장 시찰

업무 보고와 오찬이 끝나면 대통령은 현장 시찰을 하였다. 현장 시찰 대상 사업장을 2~3개월 전에 3개소 이상 선정하고 이동 코스를 만들어 청와대에 제출했다. 청와대는 이를 사전에 검토하고 현장을 답사한 후 시찰 대상지를 결정하게 된다.

최종안이 확정되면 본격적인 준비에 들어간다. 대통령이 방문할 현장 정비는 물론 동선별로 도로변 풀베기, 화단에 꽃 심기, 가로수 정비, 파손된 도로포장 또는 보수, 차선 도색, 불량 건물 도색은 물론 심지어는 훼손된 농가나 창고 개축까지도 했다. 이런 작업이 연례행사처럼 이어지다 보니 어느 날 갑자기 차선 도색작업이 시작되면 주민들도 '아, 대통령이 오는구나.'라고 생각할 정도였다.

제주시청에 근무할 때였다. 그때는 양력으로 설 명절을 하던 시절이었다. 12월 31일 정오에 종무식을 마치고 전부 고향으로 가거나 설 준비로 집에 서 바쁜 시간을 보내고 있었는데 오후 4시경 비상 소집 연락이 왔다. 부랴부랴 사무실로 가니 신제주 입구 도로 정지 작업을 공무원들에게 하라는 명령이 떨어졌다. 신제주 신시가지 진입도로 도로 개설 공사가 진행 중이어서 비포장 상태라 며칠 동안 비가 내리는 바람에 질척거려 대통령 전용 차량이 지나갈 수 없다는 것이었다.

대통령은 제주는 관광지이기 때문에 겨울철에도 골프를 칠 수 있는 골프장을 만들도록 지시하였다. 대통령이 지시한 겨울철에도 골프를 칠 수 있는 골프장(오라골프장) 조성 사업장과 신제주 공사 현장을 직접 보러 간다고 하여 황급히 도로 정비를 하여야 하는데 공사 인부들은 설을 지내기 위하여 모두 고향으로 가버린 상황이라 인부들을 구할 수 없어 할 수 없이 시청 공무원들이 급히 동원되어 함덕 백사장 모래를 실어다 대통령 전용차가 지나갈 수 있도록 정비하게 되었다.

저녁 늦게까지 작업을 하였으나 마무리하지 못하여 다음 날은 명절날(당시에는 1월 1일 양력설)인데도 불구하고 새벽 6시에 비상 소집을 다시 발령하였다. 정초부터 웬 비상이냐고 뒤에서는 투덜거렸지만 대놓고 불만을 표현할 수는 없었다. 조상님들 명절까지 포기하면서 더구나 아침 점심을 차가운 우유와 빵으로 때우면서 작업을 하였다. 그러나 사전 시범운행을 하였을 때 대통령 전용차는 무거워 지나갈 수 없어 고생한 보람도 없이 헛일이 되고 말았다.

대통령 현장 순시 시 코스 정비는 시·군에서 맡아서 했다. 시장·군수는 도지사가 임명하기 때문에 시·군에서도 총력을 기울여 현장 준비를 했다. 특히 시계(市界), 군계(郡界) 지역은 경쟁이 더욱 치열했다. 옆에 있는 시·군보다 눈에 띄게 정비를 잘해야 도지사로부터 칭찬을 들을 수 있기 때문이었다.

그리고 도지사는 대통령이 지나갈 동선별로 예상 질문서를 만들어 공부하여야 했다. 혹시 질문에 답을 못하였을 경우에는 큰 낭패로 이어질 수도 있기 때문이다. 나무, 오름 이름, 주요 건물, 목장, 주요 사업장, 심지어 마을 설화 등에 대한 내용을 파악하여 대통령이 질문을 하면 막힘 없이 대답할 수 있도록 준비해야 했다. 도지사는 이를 토대로 동선을 따라 최종 점검하면서 현지 공부를 하는 것도 중요한 업무 중 하나였다.

오래전 대통령 순시에 대비하여 가로수가 없자 소나무를 베어다 밤중에 식재한 것처럼 만들었던 일도 있었다. 이러한 대통령 지방 순시 준비는 전국 어느 지방에서나 일어나는 일이었고 도·시군 전 공무원들이 총력을 기울이는 매우 중요한 업무가 될 수밖에 없었다.

의전

대통령 순시가 가까워지면 비서실도 바빠진다. 업무 보고, 현장 순시 오·만찬 준비 외에 의전 부서와 같이 대통령이 머물 방 도배, 꽃, 분재, 그림, 병풍 등 실내 장식, 이불 준비는 물론 밤에 먹을 간식, 지역 인사 접견장 준비 등 할 일이 많아진다.

대통령이 머물 방은 먼저 청와대에 가서 도배지를 선택받고 호텔 측과 협의 하면서 도배를 하고 실내 장식, 화분 등은 임대하여 배치하는 등 하나하나 꼼꼼히 체크해야 했다. 특히 비서실에는 도지사와 비서관 그리고 여비서만 아는 주의사항이 있었다. 차트로 업무 보고를 할 때의 얘기다.

대통령에 대한 업무 보고는 대개 오전 10시에 이뤄진다. 일주일 전부터 업무 보고 예정 시간 전후에는 도지사가 물이나 차를 일체 마시지 못하도록 해야 했다. 사람은 물이나 차를 자주 마시는 시간대에는 생리적으로 침이 난다고 하였다. 업무 보고를 하거나 얘기를 하다 보면 침이 튈 수 있다는 것이었다. 차트를 걸어 놓고 보고하다 대통령이 앉아 있는 방향으로 침이 튈 경우에는 그 뒷감당이 얼마나 무섭다는 것을 모두가 알고 있었다. 실제 그러는지는 아직도 잘 모르겠다. 하지만 당시 장관이나 도지사는 모두가 그렇게 한다고 했다. 보고 도중 대통령에게 침을 튀긴다면 그야말로 불경이 되는 것이다. 이 때문에 이 시간대에는 손님이 올 경우에도 도지사에게는 물 등 마실 거리를 주지 않았다.

대통령 업무 보고를 앞둔 도지사의 스트레스는 상상을 초월할 정도다.

보고용 연습 차트를 따로 만들어 혼자 연습하기도 하고 간부 몇 사람을 배석시켜 실제 상황과 같이 연습하여야 했다. 그러나 순시일이 가까워져 오면 순시 3일 전부터 긴장을 풀기 위해 우황청심환을 먹기도 했다. 3일 전에는 한 알, 전날과 당일에는 반쪽씩 먹어 긴장을 풀도록 했다.

모 대통령 순시 때 일이다. 지방 청와대라고 불리는 도지사 공관을 만들고 모든 집기를 청와대가 지시하는 대로 구입하고 관리를 하였다. 그리고 도지사 전용 공간도 같이 있었는데 작은 집이어서 우리는 농담으로 머슴 집이라고 부르기도 하였다. 대통령이 지방 순시를 오고 수행원들까지 묵게 되면 도청 간부 부인들은 차출되어 식사를 준비하고 도지사 부인은 대통령 내외가 먹을 야식을 준비하였다.

그러나 야식 종류, 차, 과일 등 모든 것은 검식관의 지시를 받아야 하므로 그 사람에게 잘못 보이는 날에는 큰 봉변을 당하기 일쑤였다. 검식관을 모시고 시장에 나가 그가 정하는 식재료를 구입하는 데에 수행해야 하고 경비도 전부 지급하여야 했다. 모든 정성을 들여 만들었지만, 출입을 통제하여 못 들어가게 하든가 메뉴를 바꾸라고 하면 큰 낭패를 당하는 경우가 있어 전담 직원을 두고 잘 보이게 하는 일도 있었다.

야식을 준비하라고 하여 도지사 부인이 정성들여 만들었는데도 검식관이 못 들어가게 하는 바람에 촌지를 주어야 통과된 경우도 있었다. 그런 일들은 비서실 전담으로 큰 부담이 되는 남모르는 어려운 일 중 하나였다.

한 번은 이런 일도 있었다. 민속자연사박물관 준공식 때 일이었다. 전날 청와대 의전실에서 개관 행사 준비 상황을 점검하는데 우리가 준비한 테이프 커팅용 가위가 대통령이 쓰는 게 아니라고 바꾸라고 지시한다. 그 가위가 어떻게 생겼는지 우리는 알 수 없어 우왕좌왕하는데 서울 모 백화점에서만 판매한다고 알려 주었다.

백화점에 연락했더니 문 닫은 시간이라 다음 날 10시 이후라야 구입할 수 있다고 한다. 할 수 없이 의전 담당관에게 얘기했더니 백화점 전무에게 전화하여 10개를 구입하고 다음 날 아침 첫 비행기로 가져와서 행사를 무사히 마쳤다.

행사 종료 후 우리는 그 가위 특성을 알아보니 조금 큰 것 말고는 다를 게 없었다. 참 어이없고 기막힌 일이었다.

한·소 정상 회담 뒷얘기

　지방 과장으로 근무할 때 당시 소련(지금은 러시아) 고르바초프 대통령과 우리나라 노태우 대통령과의 양국 정상 회담을 서귀포시 중문 관광단지 내에 있는 신라호텔에서 개최하게 되었다. 나는 모든 업무를 지원하기 위하여 임시 연락소를 설치하고 그 책임을 담당하고 있었다.

　호텔에 방 하나를 빌려 행사 지원은 물론 소련 대통령 부인 라이샤 여사가 방문할 마을을 선정하고 준비하는 일을 담당하였다. 그리고 고르바초프 대통령에게 줄 선물도 선정하라는 지시를 받았다. 선물은 제주를 상징하면서 고유의 특성을 살린 것이어야 했다. 아무리 생각해도 마땅한 것이 없어 여러 차례 협의를 거친 끝에 돌하르방을 선물하기로 하고 당시 돌하르방 제작 장인에게 부탁하여 만들었다.

　그러나 돌하르방의 무게가 너무 무거워 고민하다 속을 파서 무게를 줄이고 받침대를 만들어 제주도지사가 증정한 것이라 표기하기로 하였는데 당시에는 러시아어 아는 사람이 없어 영어로 표기하고 선물하였다. 아마 지금도 크레믈린 궁이나 고르바초프 대통령 집에 돌하르방이 진열되어 있지 않을까 생각한다.

고르바초프 대통령은 밤 9시에 우리나라 대통령과 만찬을 하기로 계획이 되어 참석자들은 저녁 7시까지 만찬장에 입장을 완료하였다. 그러나 고르바초프 대통령 일행의 일본 출발이 늦어져 밤 11시가 지나 제주 공항에 도착하여 중문으로 이동하다 보니 양국 국가 원수 만찬은 자정이 되어서야 개최되는 해프닝도 발생하였다. 저녁 7시에 입장한 참석자들은 배고픔과 지루함을 이기면서 기다려 아마 가장 배고픈 만찬이었을 것이다.
나는 농담으로 식게(제사)밥 만찬이라고 불렀다.

대통령 부인 라이샤 여사가 방문할 농가를 서귀포 시장과 협의하여 신라호텔과 가까운 마을의 감귤 농가를 선정하고 준비에 들어갔다.
도착 이틀 전에 주변 청소와 농가 살림살이 등을 확인하기 위하여 외교부 의전실, 소련 경호실 직원들과 같이 점검하고 있었다. 중산층 농가로 당시에는 귀한 대형 자가용과 중형 TV, 냉장고를 고루 갖추고 있었다. 이 정도면 손색이 없겠다고 판단하고 그 집을 나오는데 감귤나무 형태가 이상한 느낌을 주었다. 감귤나무에 매달린 열매가 하늘을 향하고 있었다. 다시 돌아가 면밀히 살펴보니 감귤을 나무 끝에 다른 종류의 감귤(하귤)을 꽂아 놓아 보기 좋게 만들어 연출한 상태였다.
만약 수행 기자들에게 노출되는 경우에는 해외 토픽감으로 국제적인 망신을 당할 수밖에 없다고 판단하고 당장 그 농가 방문을 취소시켰다.

그런데 새로운 방문 마을을 선정하는 데 시간은 매우 촉박하였다. 중문단지에서 가까운 농가를 찾기가 어려워 어촌 마을을 선정하기로 하고 서귀포시 법환리와 고향 마을인 안덕면 사계리를 놓고 협의를 거듭했다. 그 결과 경치가 아름다운 사계리로 정하고 마을 입구, 해안변 청소와 환경 정비를 남제주군 협조를 받아 하루 만에 마무리하였다. 그리고 방문하기 전날 사계리 어촌계 해녀들을 동원하여 소라, 전복, 문어를 잡고 미리 바닷속에 보관하였다. 아침에 해녀들을 미리 바다에 들어가도록 하고 신라호텔에서 소련 대통령 부인과 우리나라 대통령 부인이 출발했다는 연락을 받고 도착 시간에 맞추어 해안으로 올라오도록 했다.

일행이 도착하면 해녀들이 있는 장소로 안내하도록 사전 준비를 마쳤는데 라이샤 여사는 차에서 내리자 도로변에 있는 군중들을 향해 손을 흔들면서 걸어왔다. 거기에는 면사무소에서 나온 여직원이 한복을 곱게 입고 서 있었다. 한복의 아름다움에 매료되었는지 라이샤 여사는 옷을 만지면서 러시아어로 얘기를 했다.

수행 통역은 아마 신혼여행을 온 것으로 착각하고 얘기를 했는지 라이샤 여사가 선물을 주는 것이 아닌가. 이어서 우리나라 영부인도 급한 김에 비서에게 지시하여 청와대 표시가 있는 시계를 선물로 주면서 신혼을 축하한다는 말까지 한다. 그러나 신랑(?)이 없어 옆에 서 있던 면사무소 동료 직원이 잠바를 입고 청소를 하러 왔다가 졸지에 신랑으로 변하는 해프닝이 벌어졌다. 이어서 해녀들이 있는 바닷가로 간 라이샤 여사는 여자들이 산소통도 없이 바다 깊은 곳에 들어가 해산물을 채취한다는 말을 듣고 매우 놀라워한다.

그런데 문제가 발생했다. 지방 모 일간지에서 엉터리 신혼부부 사실을 알고 보도한다는 얘기가 들리는 것이 아닌가. 지사로부터 '절대 보도가 되지 않도록 하라'는 지시를 받고 그 기사를 막느라 애를 먹었다. 마침 고향 선배가 당시 그 신문사에 간부로 근무하여 보도되는 것을 막기는 했는데 지금은 웃을 수 있지만 당시에는 심각한 문제가 아닐 수 없었다.

대통령 부인이었던 라이샤 여사가 고인이 되셨다는 것을 언론을 통하여 알게 되었는데 그 보도를 보면서 혼자 그때를 생각해 본다.

개발의 현장에서

중산간 개발의 시발점 중산간 도로 개설

1979년 박정희 대통령의 갑작스러운 서거로 인해 한창 불붙던 새마을 운동이 갈림길에 접어들었다. 당시 내무부에서는 새마을 운동을 지속하려는 생각이었으나 새로 집권한 전두환 대통령이 어떻게 생각할지 몰라 방향을 정하지 못하고 전전긍긍하고 있었다.

도청 새마을 계장으로 근무할 때였다. 박정희 대통령은 전국 새마을 지도자 대회만이 아니라 경제기획원이 주관하는 분기별 경제 동향 보고회에서도 새마을 운동 성공 사례를 보고하도록 했었다. 그러나 대통령이 바뀐 후 새마을 운동 주관 부서인 내무부에서는 종전처럼 경제 동향 보고회에서 새마을 성공사례를 보고 하자고 했으나 경제기획원에서 난색을 표하는 상황이었다. 새마을 운동 성공사례 보고는 내무부와 경제기획원에서 오랫동안 중요 행사로 진행해온 사업이라 한번 보고해 보고 대통령의 의중을 파악해 진행 여부를 결정하기로 최종 합의가 되었다.

이에 따라 내무부에서는 시·도별 한 건씩 우수사례를 보고하도록 하고 그중 가장 성공적인 사례를 선정하여 대통령이 참석하는 경제 동향 보고회에서 최종 보고하기로 방침을 정했다.

시·도별 우수사례 공모에서는 전라북도와 제주도가 선정됐다. 내무부에서는 장관과 모든 간부가 참가한 가운데 2개 도를 대상으로 최종 심사를 하여 제주도가 보고한 '북제주군 한림읍 옹포 마을 성공사례'가 최종 선정되었다. 고인이 되신 당시 북제주군 현치방 군수가 보고하였는데 제주도의 사례를 보고받은 전두환 대통령은 "우리가 잘 사는 길은 새마을 운동이다."라고 말하고 새마을 운동을 지속적으로 추진할 것을 지시했다.

대통령의 지시에 내무부와 제주도는 매우 고무되었다. 이창수 도지사는 당장 새마을 운동 활성화 계획 수립을 지시했다. 나는 여러 가지 계획안을 구상하다 제주시청 구호 계장으로 근무할 당시 취로 사업(미국이 제공하는 잉여 농산물 480-2)으로 추진하였던 중산간 도로 개설, 확장 사업 구간(제주시 : 삼양 – 봉 개 – 아라 – 노형 구간)을 제외한 나머지 미시행 구간 확장 개설을 새마을 운동 활성화 사업으로 추진할 것을 도지사에게 보고드렸다.

본 사업은 새마을 운동 활성화는 물론 중산간 일대 개발을 촉진하고 중산간 지역에 거주하는 주민들 교통 편의를 위해서도 매우 중요한 사업이라고 도지사에게 보고하니 잘 계획된 사업이라 칭찬하고 곧바로 추진토록 하였다. 이에 구체적인 추진 계획을 수립하고 시군, 읍면동과 여러 차례 회의를 거쳐 시작하였으나 중산간 도로 확장 개설 사업은 험난했다.

편입 토지에 대한 토지 보상비가 없어 무상 기증 동의를 받아야 했고, 돌담이 설, 암반 정비, 평탄 작업 등은 엄청난 사업 물량이었다. 예산은 한 푼도 없었다. 당시 중산간 도로는 대부분 5~7m 농로 형태였고 어떤 구간은 아예 도로가 없는 곳도 있었다. 지금 생각하면 어떻게 그런 사업을 구상하고 추진했는지 상상할 수조차 없는 일이었다. 시군, 읍면동, 마을별로 구간을 정하고 사업을 추진하기로 하고 여러 차례 회의를 통하여 문제들을 하나하나 해결해 나갔다.

그러나 사업 추진에는 상당한 어려움이 있었다. 토지를 무상으로 제공한다는 것은 농민 입장에서 토지는 즉 생존과도 직결되기 때문에 임야는 그런대로 동의를 받았으나 농지나 대지인 경우에는 동의를 받기가 쉽지 않았다. 특히 농지가 적은 농가인 경우는 반대가 극심하였다. 새마을 사업으로 추진하였기 때문에 인건비도 전혀 지급되지 않았다. 도로가 개통되는 마을은 자발적으로 모두 참여하였으나 인력이 부족한 지역은 중산간 도로가 지나지 않는 인근 마을에서도 구간을 정하고 노력 봉사를 하였다.

당시에는 대중 교통수단이 부족했다. 그 많은 사람을 운송할 지원 차량도 없었다. 도로 개설 현장까지 4~5km를 걸어서 다니는 마을도 많았다. 마을 별로 정한 구간 돌담 이설과 도로 부지 정리 사업도 예산이 없는 상황이라 점심 도시락까지 갖고 와서 곡괭이, 삽, 맨손으로 사업을 추진하였다. 이러한 주민들의 희생, 자발적인 봉사 정신이 없었으면 불가능한 사업이었다.

2년 여 동안 제주도민들은 총연장 179킬로미터를 개설·확장하였는데, 도로 부지 27만 6천 평을 무상으로 기증하고 연인원 21만 명이 노력 봉사를 했다. 다만 정부에서는 인력으로 도저히 할 수 없는 '암반 제거 사업비 10억 원'이 지원되어 정비됨으로써 차량 통행이 가능하게 되었다.

당시 도청에는 3000번 번호를 단 초록색 새마을 지프 자동차가 있었는데 아마 나는 그 차를 이용하여 100번 이상 현장을 다닌 것으로 기억된다. 자동차가 지나가다 잘못하여 빠지거나 하면 주민들은 모여들어 우리 차가 빠졌다고 하면서 밀어주던 일들이 지금도 주마등처럼 지나간다.

그때 생각을 하면 우리 도민들이 자랑스럽고 한편으로는 매우 죄송스럽고 고맙기만 하다. 이 기회를 통하여 다시 한번 고생했던 도민들에게 감사를 드린다. 오늘을 살고 있는 우리는 물론 후손들도 반드시 기억해야 할 것이다. 그 수많은 어려움과 희생이 있었기에 오늘의 중산간 발전의 시발점이 됐었다는 것을….

다음 해 이런 내용을 새마을 사업 성공 사례로 정리하여 다시 정부에 보고 했다. "제주도민들은 경부고속도로 절반에 해당하는 길이의 도로를 토지를 무상으로 제공하고 자발적 노력 봉사를 통하여 개설, 확장했다. 이것은 오직 지역 발전을 위하겠다는 도민들의 확고한 의지와 희생정신, 그리고 많은 어려움을 극복한 힘이 가장 큰 성공 요인이었다."라고 보고하였다.

그 후 정부에서는 지방도인 중산간 도로를 '준 국도'로 격상시키고 이어서 국도로 승격시킴과 동시에 국비로 포장 사업까지 마무리되어 중산간 지역 거주 주민들 이용은 물론 감귤 산업, 관광산업 발전에 크게 기여하고 있으며 제주도 핵심 동선 역할을 하고 있다.

그때의 힘든 과정을 기록으로 남기기 위하여 애월읍 광령리 무수천 변에 '새 마을路' 비석을 세워 마무리하였다. 사업이 마무리되자 나는 그 공로를 인정받아 새마을 훈장을 받았다. 그러나 지금은 행정에서조차 큰 관심을 두지 않는 것 같아 매우 안타깝기만 하다.

탑동 매립 사업과 제주도 개발 특별법 제정

　제주도청 계장 때까지는 내무국과 기획관리실에서 새마을, 기획, 서무, 예산, 행정계장 업무를 담당하였다. 지방과 행정계장에서 승진하며 도시과장 발령을 받았다. 개발 업무는 매우 생소했다. 당시 도정의 가장 큰 이슈는 탑동 공유수면 매립 관련 사항이었으며 도시과가 그 업무를 담당하고 있었다. 더구나 탑동 공유수면 매립 사업 반대 운동이 강하게 벌어지고 있는 상황이었다. 업무도 생소하고 집단 민원의 소용돌이 속에서 하루하루가 정신없이 지나갔다.

　면허는 정부 소관으로 당시 건설부 장관이 허가한 것인데도 시민사회단체는 물론 어촌계, 정치권까지 도지사에게 화살을 집중하고 있었다. 탑동 매립 사업은 탑동 앞바다의 경관 훼손, 제주 특유의 아름다운 먹돌 매립, 생활 오수로 인한 환경오염, 공유 수면 매립에 따른 해녀 생계 문제 등 많은 논란을 일으키고 있었다. 더구나 면허 자체 특혜시비가 쟁점이 되며 시민단체, 어촌계, 종교계까지 참여하는 '범도민 반대 대책위원회'가 형성되어 지역 집단 민원은 점점 확산되었다.

도청 앞마당은 반대 시위 장소가 되었고, 도지사 퇴진 운동까지 이어졌다. 국정 감사에서까지 탑동 문제가 큰 이슈였으며 날짜를 변경하면서 새벽까지 감사를 받기도 했고 건설부 국정 감사 시에는 서울까지 출석하여 감사를 받았다.

담당 과장으로 힘들고 바쁜 시기였다. 본연의 업무는 뒤로 밀리고 어려운 협상을 3년여 동안 계속하여 피해 해녀들에 대한 개별 보상, 그리고 개발 이익 지역 환원 차원에서 제주 시내 병문천 복개 공사, 장학금 지원을 하는 선에서 마무리됐다.

탑동 매립 사업 갈등은 지역사회에 큰 상처를 남겼지만 많은 교훈을 주었다. 주민들이 지역개발 사업에 많은 관심을 갖는 계기가 됐으며 지방자치가 실시되기 전이었지만 지역 개발과 환경 보전에 주민 참여의식이 매우 높아졌다. 시민단체들도 상당한 역할을 하기 시작했다. 개발 과정에서 발생한 피해 당사자는 물론 불특정 주민들에게도 보상되어야 한다는 사례를 남기기도 했다. 특히 충분한 의견수렴 없이 진행된 사업이 얼마나 많은 사회 · 경제적 비용을 지불해야 하는가 되돌아보는 계기가 된 사업이었다.

탑동 공유수면 매립사업에 따른 문제가 대부분 해결되자 곧바로 지역계획 과장으로 전보됐다. 2년여 동안 집단 민원을 어렵게 해결했는데 영전은 시키지 못할망정 국 주무과장에서 서열도 낮은 지역계획과장으로 발령이 난 것이다. 같은 국 안에서 주무과장이 다른 과장으로 옮기는 것은 누가 봐도 좌천이었다. 탑동 문제 해결을 위해 그렇게 고

생했는데 인사권자인 도지사에게 섭섭한 마음도 들고 몸 아프다는 핑계를 대고 병가를 내고 결근하였다.

그러자 온종일 도지사 비서실에서 찾는 전화가 빗발쳤다. 다음날 출근하자마자 도지사에게 불려갔다. 도지사는 "다 생각이 있어 당신을 그 자리에 보냈는데, 나에게 정말 이럴 수 있어." 하면서 호통을 친다. 그러면서 도지사는 현재 추진 중인 종합개발계획 문제를 파악하여 보완계획 수립을 마무리하고 대통령이 지시한 '제주도 개발 특별법'을 만들라는 특명을 내렸다.

제주도에서는 법 제정을 추진한 경험을 가진 공무원이 한 사람도 없었다. 전 국적으로도 지역에 한정된 지역 개발 특별법을 제정한 사례가 없었다. 이러한 사정을 잘 아는 도지사는 "내일부터 출근하지 않아도 좋다. 어디 조용한 여관에라도 가서 작업을 해."라고 말했다.
당시에는 대통령 업무 보고 준비나 중요 계획을 세울 때, 예산 작업을 할 때는 곧잘 여관방을 빌려 밤낮으로 일하던 시대였다. 당분간은 아무도 모르게 작업하라는 지시도 덧붙였다. 며칠을 고민하다 직원 1명과 함께 작업을 시작했다. 지금이라면 인터넷으로 검색을 하면 자료가 줄줄이 나오겠지만 당시는 자료 구하기가 매우 어려웠다. 우선 국내법과 우리와 유사한 외국 지역 사례를 먼저 파악하기로 하고 자료수집에 들어갔다.

국내법으로는 개발의 기초가 되는 국토계획법, 국토이용관리법, 도서 낙도 개발법, 오지 개발법, 특정 지역 개발 촉진에 관한 특별조치법, 도시계획법, 건축법, 관광진흥법, 체육시설설치 이용에 관한 법 등을 우선 파악했다. 외국법으로는 일본의 북해도개발특별법, 오키나와 산업진흥특별법, 교토경 관조례, 하와이 토지이용법과 해안선보호법을 수집하여 유사한 내용을 조문별로 비교하여 제주 실정에 맞게 조정한 후 '시안'을 작성했다.

당시 홍영기 도지사와 법제처에서 근무했던 부지사가 내가 만든 초안을 보고 매우 흡족해했다. "김과장, 대학에서 법학을 전공했느냐"면서 칭찬과 더불어 수고했다고 촌지까지 주셨다. "고등학교밖에 졸업하지 못한 동 서기 출신"이라고 대답을 하면서도 기분이 무척 좋았다.

시안이 만들어지자 본격적인 초안 작성 작업에 들어갔다. 고문 변호사의 자문을 거쳐 제주도 시안을 잠정 확정했다. 내무부 · 건설부 등 관련 부처와 제주지역 3명의 국회의원에게 먼저 설명을 하고 의견을 들어 초안을 확정하고 주민설명회를 개최키로 했는데 의견 제시는 없고 언론에 보도되는 사건이 터지고 말았다.

지역 국회의원 한 분이 지역 모 일간지에 특별법 초안을 먼저 줘버린 것이다. 특별법을 만든다는 보도가 나가자 '밀실 행정이다', '제주를 팔아먹는 악법을 만든다'는 비판과 함께 도민들의 반발 여론이 거세게 일었다. 지역 발전을 위한 특별법을 만드는데 관련 부처 의견 수렴, 주민 의견과 전문가 의견 수렴은 당연한 것이었다. 그런데 시안을 만들고 빠진 내용은 없는지? 법률 상 하자나 다른 법률과 상충되는 것은 없는지? 내용에 문제가 없는지? 내부적 협의를 거치는 과정이었는데 보도가 되면서 오해를 사고 만 것이었다.

당시만 해도 탑동 공유수면 매립 문제로 인한 갈등의 불씨가 남아 있는 시기였다. 언론 보도는 여기에 기름을 부은 격이었다. 제주개발 특별법 논란은 급기야 제주 사회의 가장 큰 이슈로 비화됐다.

하지만 억울했다. 주민 의견을 배제하려는 의도는 전혀 없었기 때문이었다.

지금도 당당하게 밝힐 수 있다. 법률안에는 지역 환경 보존과 발전에 필요한 조항들이 많았다. 협의 과정을 거치면서 많은 부분들이 추가되었다. 우리나라에 처음 도입하는 제도도 많이 포함됐다. 예를 들면 지하수 보존 관련 조항, 절대, 상대 보존 지역 지정 제도, 경관 영향 평가제도, 개발 사업 시행 시 지역 주민 우선 고용제도, 정부 보조금 일정 비율 추가 지원 등 획기적인 조항들이 들어 있었다.

반대론자들은 '제주를 팔아먹는 악법'이라고 몰아붙였다. "도지사가 투기를 했다", "외지인을 위한 법이다"는 내용은 약과였다. 대통령과 관련된 온갖 유언비어까지 나돌았다. 근거가 없는 내용들이었다. 여론은 급속도로 점점 악화됐다. 당시 야당이던 평민당에서는 조사반을 만들어 급기야 현지 조사를 나오기까지 했다.

이 일로 도지사가 교체됐다. 나는 당시 홍영기 도지사는 사심이 없이 추진 했다고 지금도 확신하고 있다. 그러나 정부에서는 여론을 잠재우기 위해 도지사의 교체를 선택했다. 지금도 그때를 생각하면 안타까운 마음을 금할 수 없다.

나는 탑동 문제 해결, 특별법 준비에 온 힘을 쏟다 보니 건강이 악화

되어 급성 폐렴으로 피를 토하고 1주일 동안 입원하는 일까지 발생하였다. 입원 이튿날 공청회를 주최했던 국토개발연구원 친구들이 문병을 왔다. 나는 공청회를 그렇게 만든 서운함 등 여러 가지 감정이 섞여 국토개발연구원 친구들에게 화풀이하였다. 그로부터 몇 개월 뒤 나는 제주도에 출장 온 국토개 발연구원 친구들과 저녁 식사를 하였다.

"우리는 여태까지 제주도는 삼다(三多), 삼무(三無)만 있는 줄 알았는데, 삼(三)바리도 있더군요."
"……."
"비바리, 다금바리, 그리고 악바리."
그렇게 그들은 한동안 나를 '악바리 과장'이라고 부르기도 하였다.

큰애가 초등학교 4학년으로 기억된다. 선생님이 애를 불러 아버지는 도청에 다니는데 왜 특별법을 만들어 시끄럽게 하냐는 얘기를 듣고는 아연할 수 밖에 없었다. 제주 시내 모 초등학교 선생님은 학생들에게 특별법의 나쁜 점을 적어 오라는 숙제를 내기도 하여 교육청에 항의 전화를 하기도 했다. 특히 도민들이 주장한 '외지인 논쟁'은 중앙부처나 다른 시·도 인사들에게 제 주도는 매우 배타적인 지역이라는 인식을 갖게 했다.

우리나라 헌법은 거주이전의 자유를 보장하고 있다. 주민등록법 상에는 1개월 이상 거주하면 주민등록을 옮기도록 하고 있다. 그러나 제주도에서는 주소를 옮겨 거주를 해도 외지인의 딱지를 뗄 수 없었다. 그러면 제주인은 누구인가? 제주인이 생각하는 제주인의 개념은 무엇일까? 제주대학교에 의뢰해 연구용역을 시행했다. 그 결과 제주도민이 생각하는 제주인은 '제주에서 3대 이상 거주한 자, 제주에서 출생하고 성장한 자'라는 답이 가장 많이 나왔다.

이 내용을 보고 너무 안타까운 생각이 들었다. 지금은 고인이 되었지만 당시 모 언론사 간부는 "이런 폐쇄적인 사고로는 제주가 결코 발전할 수 없다"고 문제를 제기했다가 봉변을 당하기도 했다. 나는 지금도 그분을 존경한다.

이런 논란을 거치면서 언론에서는 "외지인들이 땅을 사면 안 된다", "행정당국에서는 외지인 토지 소유 현황을 밝혀라"는 주장까지 하기에 이르렀다. 외지인 토지 소유 논란은 한동안 계속됐다. 외지 자본을 끌어들이지 말고 도민 자본으로 제주를 발전시켜야 한다는 주장이 도민사회에 높게 나타나기 시작했다. 많은 학자들까지 이런 주장을 내세웠다. 당시 야당에서는 외지인 토지 현황 조사를 위한 특별 조사반을 구성하여 현지 조사까지 한 일이 있었다.

그러나 현실은 그렇게 간단하지가 않았다. 도민 자본은 한계가 있었다. 현실적으로 가능한 일이 아니었던 것이다. 외환 위기를 겪으면서 이제는 외자 유치가 필요하다는 여론이 일기 시작했다. 지금 행정에서는 많은 경비를 쓰면서 외자 유치에 총력을 기울이고 있다. 그때 반대했던 사람들은 세월이 지난 지금은 어떤 생각을 하고 있는지 궁금해질 때가 있다.

우리에게는 외지인도 없고 토착인도 없고 오직 제주인만이 있을 뿐인데….

　나는 도시과장으로 근무하면서 탑동 공유수면 매립 갈등 문제를 마무리하고 이어서 지역계획과장 때에는 제주도개발특별법 제정을 마무리하여 지방공무원들의 꽃이라는 지방과장으로 발령을 받았다. 당시 도청 지방과장 자리는 서기관 승진 1순위였다. 그리고 지방과는 매우 중요한 업무들을 하였는데 예를 들면 시, 군간 인사 조정, 지도 감독, 심지어는 지방 의회가 없는 때여서 시·군 예산 승인까지 담당하는 부서였다.

　지방과장 재직 시 지방 자치법이 개정되어 시도지사, 시장 군수, 의회 의원을 선출하는 업무를 담당하였다. 지금은 고인이 되신 둘째 형님은 "너는 지방과장하고 나서 고향인 남제주군의 부군수를 했으면 좋겠다고 저에게 여러 번 말씀하셨다." 돌아가시고 반년도 안되어 지방과장으로 발령을 받았는데 형님 산소에 가서 "형님, 지방과장 발령을 받았습니다." 말씀을 드린 기억이 난다.

　지방과장을 거쳐 공무원 교수부장으로 발령을 받았다. 도지사도 바뀌고 이제는 특별법에서 떨어져 후배 공무원들 교육에 전념할 수 있는 보직으로 옮겼는데 다시 도지사 지시가 떨어졌다. 교육원 교수 부장과 제주도 개발특별법 기획단장 겸직 발령을 받고 특별법 후속 조치인 시행령과 조례를 마무리하라는 지시를 받았다. 특별법 제정에 직접 참여했던 직원들로 기획단을 구성하고 시행령과 조례 작업을 마무리하자 준 국장급인 공보관 발령을 받았다.

참고로 제주개발 특별법의 위상에 대하여 설명하면 우리나라 개발계획은 크게 국가계획과 지방계획으로 구분된다. 국가 계획으로는 국토종합계획, 부문별 계획(공항, 항만, 고속도로 등)이 있고 지방계획으로는 광역계획, 도계획, 도시 계획 등이 있다. 제주도 개발 계획은 지방계획에 속한다. 그러나 제주개발 특별법에서는 건설부, 국무총리를 거쳐 대통령 재가를 받아 확정토록하여 지방계획인데도 '국가 계획 성격으로 격상'시켰다.

이외에도 주요 특징 몇 개를 소개하면 일본의 북해도 개발법에서 벤치마킹하여 국무총리를 위원장으로 하고 각 부처 장관을 위원으로 한 '제주도개발 지원 위원회'를 설립하도록 하였으며, 오키나와법을 참고하여 국가 보조금 특별 지원 조항, 하와이 해안선 보호법을 참고한 절대, 상대보전지역 지정, 이외에도 경관영향 평가, 지하수 보존 및 원수값 결정 등 많은 조항들을 만들었다.

엄청난 반발과 우여곡절을 겪으면서 제주개발특별법과 시행령, 조례가 제정되고 지금은 '제주특별자치도 설치 및 국제 자유 도시 조성을 위한 특별법'으로 대폭 바뀌어 제주 개발의 근간이 되고 있다.

동남아시아 섬들과 자매결연

제주도청 관광문화국장으로 근무할 당시 나는 관광지 섬들이 어떻게 관광사업을 추진하는지 알아보기 위해 여러 섬들을 돌아 다녔다. 동남아에 있는 섬들은 대부분 관광 산업을 기반으로 발전하고 있었다. 제주도가 최초로 자매결연한 미국 하와이 그리고 동남아 섬들인 인도네시아 발리, 일본의 오키나와, 중국의 해남성 등이었다.

해남성과 자매결연 사업은 작은 일에서 시작되었다. 공보관으로 근무할 때 중국 리난칭 부총리가 제주를 방문했다. 마침 추석 연휴와 겹쳐 수행 간부가 필요한데 국장들 모두가 기피하는 바람에 가장 젊다고 차출되어 1박 2일 동안 수행했다. 당시 공보관실에는 전속 사진기사가 있어 제주공항 도착에서부터 마지막 방문지인 한림 공원까지 사진을 찍어 정리한 후 세 권의 앨범을 만들어 떠날 때 공항 휴게실에서 선물로 드렸다.

중국 부총리는 깜짝 놀라면서 어떻게 1시간 전에 가본 관광지(한림 공원) 사진까지 있느냐면서 감탄을 한다. 그때도 15분이면 사진 현상이 완료되는 시기였다. 지금은 5분이면 되지만…. 그러면서 중국에도 작고 아름다운 관광지 섬이 있다고 하면서 자매결연을 하도록 귀국하면 지시하겠다고 얘기를 하였다. 마음속으로 고마우니 그냥 하는 말로 생각하고 잊어 버렸다.

그런데 한 보름이 지나는 시점에 해남성으로부터 자매결연을 하자는 문서가 도착했다. 도지사에게 보고하기 위해 당시 해남성 현황을 살펴보니 면적은 남한의 3분의 1정도에 인구는 7백만이 넘는 큰 섬이었다. 그러나 특별한 내용도 알 수 없고 성으로 승격된 지 10년도 안 되고 도움이 될 만한 것도 안 보여 보고만 하고 그냥 흘려버렸다.

두 달이 지나는 시점에 해남성 부성장 일행이 제주도청을 방문하겠다는 연락을 받았다. 부총리 지시로 반드시 자매결연을 해야 한다는 것이다. 중앙 정부의 지시를 해남성에서는 무시할 수가 없었던 모양이었다. 자매결연은 해남성 승격 10주년 행사에 현지에서 도지사가 참석하기로 합의를 하였다.

해남성에서는 홍콩을 거쳐 해남성 하이커우시에 도착한 우리 일행을 매우 당혹스럽게 했다. 공항에는 국가 원수에 준하는 의전용 빨간 양탄자를 비행기 트랙 밑까지 깔고 도지사가 탑승한 자동차가 시내 주행 시 경찰 호위를 받으며 교통 신호등을 끄고 논스톱으로 숙소까지 도착했다. 그런데 문제는 입국 과정에 발생하였다. 도지사 이하 수행 공무원들은 여권만 주면 입국 심사 없이 그대로 통과시키는데 수행 기자들은 정상적인 입국 심사를 받으라면서 줄을 세우는 것이 아닌가? 우리가 줄을 설테니 기자들은 제외시켜 달라고 했지만 막무가내였다. 당시 우리가 생각하는 언론인들과 그들이 생각하는 언론인 관에는 큰 차이가 있었다.

융숭한 대접을 받고 시작한 자매결연 사업은 지사, 성장 교환 방문, 문화 교류, 그 후 동아시아 섬 관광 정책 포럼으로 이어지고 한라문화제, 세계 섬 문화축제 참가, 발리, 해남성 축제 교차 참가 등 문화 교류가 활발히 이어졌다.

동아시아 섬 관광 포럼을 창립할 때 인도네시아 발리주에서는 동아시아라는 명칭을 변경하지 않으면 불참하겠다고 했다. 동티모르가 인도네시아로부터 독립을 하려 했고 인도네시아는 이 문제로 골치를 앓고 있어 인도네시아 측이 강력히 반대 의사를 밝혀왔기 때문이다.

해남성 측에서는 인도네시아를 제외하자고 하고, 오키나와에서는 중국 해남성이 꼭 그렇게 주장한다고 하면 해남성을 제외시키라고 참가 지역 모두가 강력히 주장하는 바람에 창립 전날 밤까지 어려움에 봉착했다. 동아시아 섬 관광 정책 포럼 창립은 언론 보도를 통하여 전 도민들이 알고 있고 지사 성장들이 모두 제주에 도착해 있어서 나는 어떠한 일이 있어도 이 문제를 풀어야 했다.

먼저 오키나와 고오끼 국장을 설득하고, 고오끼 국장과 함께 발리주 국장을 설득하는데 밤 10시가 지났다. 나는 신구범 지사에게 보고하고 마지막 남은 해남성 성장 숙소를 밤 10시가 지난 늦은 시간인데도 방문하여 새벽까지 해남 성장과 논쟁을 하면서 설득하였다. 그렇게 우여곡절 끝에 출범한 '동아시아 관광포럼' 창립일이 주마등처럼 지나간다.

당시 오키나와 오따 마사히떼 지사는 제주 흑돼지 삼겹살을 먹어보고는 오키나와 주민들도 돼지고기를 소고기보다 좋아하기 때문에 이렇게 맛있는 흑돼지 암수 한 쌍 보내달라고 계속 요구하였지만 나는 끝까지 거부했다. 만약 한 쌍을 줄 경우 제주 흑돼지보다 더 좋은 흑돼지를 만들어 역수출할 수 있기 때문에 제주 조랑말 한 쌍을 주는 것으로 정리했다. 그런데 조랑말은 기념물로 지정되어 있어서 일본으로 보내는 데에는 문화재청에 신고하고 국무회의 심의를 거쳐야 반출이 가능하여 절차를 밟는 데 6개월이 소요되었다. 우여곡절을 겪으면서 보낸 조랑말은 오키나와시 공원에서 관광객들을 위한 동물로 사육되고 있다.

그 후 10여 년이 지나 행정부지사로 있을 때 중국 해남성에서 '섬 관광 정책 포럼과 보아오 포럼'이 열려 해남성을 방문했는데 엄청나게 발전한 모습을 보면서 중국의 저력을 다시 알게 되었다. 처음 방문 때를 회상했다. 조그만 어촌이던 쌍야시가 이제는 세계적인 국제관광지로, 세계 부호들의 별장 지대로, 세계 최대 내국인 면세점과 많은 관광 시설들을 보면서 '천지개벽이라는 말이 이거구나.' 하는 생각을 하게 되었다.

그때 같이 고생했던 해남성 외사 판공실 첸치 국장은 하이커우 시장으로 승진해 있었다. 그 후 섬 관광 정책 포럼에는 회원국 10여 개 국가 섬들이 참여하고 있으며 아시아를 넘어 유럽, 아프리카 국가까지 참여하는 포럼으로 발전하고 있는 모습을 보면서 큰 보람을 느낀다.

섬 관광 정책 포럼은 행정부지사로 근무할 때 마지막으로 스리랑카 남부주에서 열린 포럼 참가가 끝이었다. 이제는 멀리서 섬 관광 정책 포럼이 계속 발전되기를 기원한다.

(위) 섬 관광정책포럼 오키나와, 해남성, 발리 간부들과
(아래) 섬 관광정책포럼 실무협의 모습

21세기를 향한 국제 자유 도시 추진

제주도청 관광문화국장으로 근무할 때 PATA 총회 참석차 뉴질랜드에 출장을 여러 차례 간 적이 있었다. 처음 출장을 갔을 때는 오클랜드 시내 호텔에서 행사를 하는 바람에 외곽지역을 돌아보지 못하였는데 세 번째 갔을 때에야 뉴질랜드의 참모습을 알게 되었고 지금까지 봐 온 외국의 어떤 나라와도 비교할 수 없는 뉴질랜드만의 특별함을 갖고 있었다.

남섬을 다녀오면서 하늘에서 내려다본 뉴질랜드는 온 국토가 푸른 초원이었다. 사람들조차 매우 여유롭게 보였다.
아름다운 자연환경, 양떼가 몰려다니는 푸른 목장, 항구에 정박해 있는 수많은 요트들….
모든 것이 부러웠다.

총회가 끝나고 만찬장에 놓인 사과는 우리나라와 달리 껍질을 깎지 않은 채 쌓아 놓고 있었다. 그대로 먹으라는 것이었다. 이유를 물어보니 농약을 쓰지 않기 때문에 사과는 껍질을 깎지 않고 그대로 먹는다고 했다. 처음 보는 신기한 장면이었다.

회의가 없는 날 오클랜드 시내 관광을 위해 시티투어 터미널에 갔다. 마침 버스가 막 출발한 후라 30분 후에야 버스가 있다고 한다. 관광 안내 데스크에서 이런저런 홍보 책자를 보면서 시간을 보내고 있었다. 그런데 벽에 걸려 있는 세계 지도 모양새가 이상했다. 뉴질랜드가 우리가 흔히 보아왔던 하와이 위치에 표시되어 있었고 우리나라는 아래쪽에 있었다. 이상한 생각에 한참을 들여다봤더니 세계 지도를 거꾸로 만들어 걸어 놓은 것이었다. 우리가 흔히 보는 세계 지도는 한반도가 위에 있고 태평양 중심에 하와이가 있는데, 그 지도에는 하와이 자리에 뉴질랜드가 지도 중앙에 자리 잡고 있는 것이다.

'아, 이거구나.' 손뼉을 쳤다. 반대로 놓인 지도에서 제주도는 대륙의 끝에 매달려 있는 섬이 아니라 태평양으로 뻗어나가는 곳이었다.

당시 학계나 정치계에서는 21세기는 "아시아 태평양 시대"라고 얘기할 때였다. 우리나라가 태평양으로 나가기 위해서는 지정학적으로 제주도의 위치가 매우 중요하다. 지도를 거꾸로 놓고 보면 제주도는 한반도 남쪽 끝에 있는 섬이 아니고 태평양으로 나가는 최북단 길목에 위치하고 있기 때문이었다.

출장에서 돌아오자 그 지도를 활용하기 시작했다. 그 지도는 제주도의 위상을 높이는 자료로 여러 곳에서 활용하였다. 그 후 1997년 대통령 선거에서 당시 모 후보가 TV토론에서 그 지도를 활용하는 것을 보고 흐뭇한 생각이 들기도 했다.

기획관리실장으로 근무하던 1997년 우리나라에 금융위기가 몰아쳤다. IMF로부터 구제 금융을 받는 등 국가적으로 큰 어려움에 처했다. 국가 경제는 파산 직전이었다. 온 국민들이 참여하는 금 모으기 운동까지 벌어졌다.

제주도 역시 큰 어려움을 겪고 있었다. 더구나 제주는 관광을 중심으로 한 경제구조였기 때문에 외부 의존도가 높아 관광객이 급감하고 투자 길이 막혀 다른 지역에 비해 사정은 더 어려워졌고 관광산업은 붕괴 직전까지 가는 상황이었다.

이 어려운 시기를 어떻게 극복해야 할 것인가? 21세기 제주는 무엇으로 먹고 살 것인가? 그러면 현 시점에서 제주 미래 비전은?

21세기는 아시아·태평양 시대라는데 우리는 무엇을 해야 할 것인가? 감귤을 중심으로 한 1차 산업은 작은 면적으로 생산성에 한계가 있고 더구나 외국산 농산물 수입으로 소비가 줄어들고 관광 산업인 3차 산업만으로 제주가 살아갈 수 있을까?' 고민에 고민을 거듭했다.

그때 동북아의 정세 판도도 크게 변하고 있었다. 영국과 포르투갈령이었던 홍콩과 마카오가 1998년, 1999년 중국에 귀속되게 되어 만약 중국이 1국가 1체제로 간다면 동북아 지역에서 새로운 자유 도시가 필요할 것으로 판단했다. 당시만 해도 홍콩이 중국에 귀속되면 동북아 지역에 자유무역지대가 없어질 것으로 보는 시각이 많았다. 홍콩의 역할을 제주가 대신하면 어떨까?

제주도는 1963년 5.16 이후 국가재건최고회의에서 제주시, 서귀읍을 중심으로 한 자유 무역지대, 또는 제주항과 서귀항을 중심으로 한 자유지역 구상을 시작으로 1970년대 석유 파동을 거치면서 자유 무역

지대와 전략 물자 비축기지로 무려 4차례나 '자유지역' 계획을 수립하였으나 실행되지는 못 하였고 계획으로만 종결되었다.

나는 21세기 발전전략으로 제주를 '국제자유무역지대'로 발전시키면 좋겠다는 생각을 하고 있었는데 당시 신구범 도지사가 미래발전 전략으로 자유 지역 기본 구상을 다시 하자고 지시하여 그 업무를 담당하였다. 당시 미래 학자들은 21세기는 아시아 태평양 시대라고 예언했다. 그 중 특히 동북아지역이 그 중심에 설 것이라고 예견하고 있었다.
제주도는 지정학적으로 중국, 일본 가운데에 위치하고 있다. 특히 제주도는 홍콩이나 싱가포르에 없는 아름다운 자연 환경, 독특한 전통 문화, 섬으로 본토와는 다른 법령과 제도 시행이 용이하고, 공항 항만 도로 등 기반시설은 물론 호텔 골프장 등 관광 시설도 풍부하여 좋은 여건이 갖추어진 곳이다. 계획 수립을 위하여 싱가포르, 홍콩 사례와 새로 개발 중인 상해 푸동 지구 그리고 중동지역 두바이 등을 참고했다.

지방선거에서 도지사가 바뀌고 당시 김대중 대통령 초도순시 시 업무 보고 주요 내용을 '국제 자유 도시 조성계획을 중점 보고'하였는데 대통령께서는 국가 경제위기를 극복하기 위해서도 꼭 필요한 계획이라고 말씀하셨다. "제주 국제 자유 도시 구상은 제주 지역을 발전시키고 외자 유치를 통하여 IMF 극복은 물론 국가 경제를 살릴 수 있는 길"이라면서 "참 좋은 계획이다. 구체적인 안을 만들고 청와대에 와서 보고하라"고 지시했다. 이것이 국제 자유 도시로 가는 첫 걸음이었다.
청와대에서 대통령께 보고 후 대통령 특별 지시로 국비 10억 원, 지방비 1억 원을 합해 미국에 있는 '존스 랑 라사르사'에서 용역을 추진하고 당시 국토 개발 연구원과 합동으로 본격적인 계획을 수립하였다.

제주 국제 자유 도시 기본 방향은 사람과 상품, 자본 이동이 자유롭고 관광, 교육, 물류, 금융, 첨단 산업 중심으로 발전시키는 안을 기본으로 하였다. 나는 계속하여 싱가포르, 홍콩의 관련 제도와 법령을 연구하면서 국제 자유 도시 조성 사업을 효과적으로 추진하고 중앙 정부의 관심과 지원을 체계적으로 받기 위해서는 반드시 중앙 정부 산하 전담 기관이 필요하다는 생각으로 연구기관과 협의하였는데 처음에는 일본의 북해도 개발청처럼 우리도 국토교통부 산하 '제주 개발청'을 검토하였으나 토지매입, 민자 유치를 위해서는 공기업으로 만들어야 한다고 안을 확정하고 계획에 반영하였다.

설립되는 공기업을 지방자치단체 산하로 하자는 일부 의견도 있었으나 중앙정부의 관심과 지원 없이는 사업 추진이 매우 어렵기 때문에 정부 산하 '국가 공기업'으로 설치하는 것이 바람직하며 국무총리가 위원장으로 있는 지원위원회와 연계하여 체계적인 지원을 받는데도 효과적으로 판단하여 탄생한 기관이 제주 국제 자유 도시개발센터(JDC)다. 나는 지금도 국토부 산하 국가 공기업 구상안을 별 의견 없이 추진해준 우근민 도지사에게 감사를 드린다.

한편 홍콩, 싱가포르 국가 시스템 및 상해 푸동 지구, 말레이시아 라부안 지구 개발 계획 자료 수집에 들어갔다. 국내 전문가들을 수소문해 찾아다니면서 조언을 구했다. 그러나 당시에는 우리나라 자유무역 관련 전문가들은 미미했고 국제 자유 도시는 국내용이 아닌 만큼 외국 전문가들 시각이 매우 중요했다. 우리 관점에서 아무리 좋은 계획을 세워 추진해 본들 정작 외국에서 관심이 없거나 잘못되었다고 할 경우 무용지물이 되기 때문이다.

인접 자유무역지대를 살펴보기 위해 도지사를 모시고 싱가포르와 홍콩에 출장을 갔다. 첫날 싱가포르 관광청 방문까지만 일행과 동행하고 다음날 관광지를 둘러보는 일정에는 빠져 관련 자료 수집을 시작했다. 우선 관련 법령을 구하기로 했다. 전화번호부를 뒤져 큰 서점을 찾았다.

싱가포르 중심가 오차드 로드에 있는 싱가포르에서 가장 큰 서점을 찾아가 매니저에게 싱가포르 법전이 어디 있느냐고 물으니 고개만 갸우뚱거린다. 우리나라는 소위 6법 전서라면 누구나 잘 아는데 큰 서점의 직원이 모르는 게 이상했다. 대사관에 문의해도 모른다고 한다. 숙소에 돌아와 곰곰이 생각하다 '아차' 하는 생각이 머리를 스쳤다. 싱가포르는 말레이시아에서 1965년에 독립했지만 영국의 지배를 받았던 국가다. 우리나라처럼 성문법 국가가 아니라 영국의 영향을 받은 불문법 국가이기 때문에 통합된 법전이 있을 리가 없는 것이다.

무식하면 용감하다고, 내가 그 장본인이었다. 혼자 곰곰이 생각하니 창피하고 얼굴이 화끈거렸다. 다시 전화번호부를 뒤져 정부간행물 판매소를 찾았다. 거기에는 단행 법령은 물론 정부계획 등 많은 것을 팔았다. 우리나라에 서는 그냥 국민들이 필요하면 행정기관에서 받아 볼 수 있는 간행물까지도 돈을 받고 팔고 있었다.

우선 출입국, 보세 가공, 물품 수출입, 금융 분야 등 자유 도시와 관련된 내용의 법령 30여 가지 목록을 체크하고 구매하려는데 이건 또 무슨 일이지. 싱가포르 달러가 아니면 받지 않는다는 것이다. US 달러도 안받고, 카드도 안 된다고 했다. 오직 싱가포르 달러만 받는다는 것이다. 다음 행선지는 말레이시아였는데 비행기 시간은 1시간밖에 남지 않아 마음만 급해진다. 어쩔 수 없이 비행기 시간을 늦추고 싱가포르 달러로 환전을 해 관련 자료를 구입했다. 어렵게 수집한 만큼 계획을 세우는 데 큰 도움이 되었다.

그러나 국토개발연구원이 용역회사에 대한 감독에 소극적인 태도를 보임으로써 직접 계획 수립 상황을 하나하나 체크해야 했다. 처음에는 도청에 소속된 자문대사에게 이 일을 맡겼으나 도지사는 기획관리실장인 나에게 이 일을 모두 맡아 마무리하라고 특별 지시를 내렸다.

외국인 회사 '존스랑라사르사'와 일하면서 가장 어려웠던 것은 지역에 대한 이해 부족이었다. 비현실적인 구상들이 많이 나왔다. 예를 들면 서귀포 해안가 절경인 과수원 지대에 골프장을 건설하겠다는 계획이 대표적인 사례다. 물론 외국인의 시각에서 보면 가장 적지가 될 수 있다. 경치가 빼어나고 해안가에다 겨울에도 따뜻해 땅이 얼지 않는 서귀포시 지역이 자연환경만 보면 그럴 만도 했다. 하지만 어디 자연환경만으로 계획을 세울 수 있는가. 비싼 토지가격, 주민 반발, 환경 훼손과 오염 등 많은 문제들이 예상되는데 이렇게 제주 지역 정서를 잘 모르고 세워진 계획들을 수정하는 데 많은 노력이 필요했다.

본 계획의 수립과 추진을 담당했던 나는 제주 국제 자유 도시 개발 계획이 지금 시각에서 보면 미흡한 부분들이 많고 현실과 다소 먼 부분도 있다. 하지만 당시는 국내·외 여건에 알맞은 좋은 계획이었고 21세기 제주도 발전 방향의 기틀을 만들고 추진했다는 보람도 갖고 있다.

　후배들이 이 부족한 부분들을 보완하면서 후손들에게 자랑스럽고 살기 좋은 제주를 물려주는 길잡이가 되기를 빌어 본다.

우리나라 최초 제주국제컨벤션 센터 건립 추진

제1차 ASEM(아시아·유럽정상회의)이 1996년 3월에 태국의 수도 방콕 퀸 시리키드 컨벤션 센터에서 개최됐다. ASEM은 아시아와 유럽 20여 개 국가 정상이 참가하는 대규모 국제회의로 2년마다 한 번 열린 다고 국내 모든 언론이 일제히 보도하였다. 그리고 ASEM 3차 회의는 우리나라에서 개최하기로 결정됐다는 보도를 같이 접했다.

관광문화국장으로 근무하던 나는 출근하자마자 ASEM 회의를 제주 에 유치하면, (1) 제주도를 전 세계에 알리는 계기가 되고, (2) 관광 산 업의 획기적인 발전, (3) 회의 및 전시 산업 육성을 위해 '컨벤션 센터 건립'을 추진하는 것이 좋겠다는 내용을 신구범 도지사에게 보고드렸 다. 도지사는 좋은 생각이라 하면서 강력히 추진할 것을 지시했다.

지금은 제주를 비롯하여 서울, 부산, 일산, 광주, 대전 등지에 컨벤 션 센터가 건립 운영되고 있지만 당시만 해도 우리나라에는 전문 회의 시설인 컨벤션 센터가 하나도 없었다. 기껏해야 특급 관광호텔 연회장을 국제회의장으로 활용하고 있는 정도였다. 서울에 있는 회의 시설을 확인한 결과 가장 큰 것이 남산에 있는 힐튼호텔 회의장으로 그 규모로는 ASEM 회의를 개최하기에는 턱없이 부족한 시설이었다. 컨벤션 센터라는 용어조차 생소한 때였다. 규모나 운영 등을 아는 전문가도 국내에는 거의 없었다. 우선 외국의 컨벤션 센터부터 운영 실태를 알아보기로 하고 싱가포르의 SICC, 홍콩에서 신축한 홍콩 컨벤션 센터, 일본 미야자키 컨벤션 센터, 도쿄 인근 지바현 마꾸하리 컨벤션 센터를 둘러봤다.

싱가포르 컨벤션 센터를 제외하면 모두가 적자로 운영되고 있었다. 컨벤션 센터를 건립하는 것도 어려운 일이지만 적자 운영 문제를 해결하는 것이 큰 관건이었다. 신구범 도지사에게 이런 문제점을 보고하고 한국관광연구원, 삼일회계법인 등 전문 기관에 용역, 자문을 구하면서 구체적인 건립 운영 방안을 검토하기로 했다. 먼저 한국관광연구원에 컨벤션 센터 건립 추진 용역을 의뢰했다.

용역에서는 몇 가지 부대사업을 추진하면 적자를 보전할 수 있으며, 제주 관광산업발전에 크게 기여할 것이라는 결론이 나왔다. 규모는 5,000석으로 제시됐다. 정상회의나 대규모 국제회의를 유치하려면 이 정도는 돼야 한다는 것이었다.

제시된 부대사업은 (1) 면세점, (2) 외국인 전용 카지노, (3) 쇼핑 아울렛, (4) 아이맥스(eye-max)영화관, (5) 야간관광 활성화를 위한 쇼, (6) 주상절리 인근 노천카페 운영 등이 제시됐는데 이런 사업들만 제대로 추진되면 충분히 적자를 보전할 수 있다는 결론에 도달했다.

그러나 컨벤션 센터 건립은 우리나라에서는 처음 추진되는 데다 막대한 자금이 소요되는 사업이었다. 더 확실한 보증이 필요했다. 우리나라 3대 회계 법인 중 하나인 삼일회계법인에서도 부대사업만 정상 운영된다면 손익 계산에 문제가 없다는 결론이 나왔다. 막상 추진하려고 하니 예산확보가 가장 큰 문제였다. 사업비가 1,800억 원이 넘는 대규모 사업이었다. 제주도 자체 재원으로는 충당이 불가능했다. 먼저 재원 확보 계획을 세웠다.

사업비의 50%인 900억 원은 공공부문에서 조달하기로 했다. 그 중 450억 원은 국비 지원을 받고 나머지 450억 원은 도와 4개 시군에서 부담키로 했다. 나머지 50%인 900억 원은 기업 참여와 도민 주를 공모키로 했다. 제주 경제의 규모로 볼 때 900억 원의 도민 주를 모으는 것은 간단치가 않았다. 우선 도내 인사들과 서울, 부산 도민회, 재일동포를 포함한 재외 도민들로 컨벤션 센타 건립 추진위원회를 구성해 공동 모금에 들어갔다. 1주 가격은 주당 5,000원으로 정했다. 당장 현금이 없는 사람을 위해 금융권과 협의해 도민 주 통장을 발급했다. 일단 청약을 하고 일정 기간 정기예금을 부어 납입하도록 하는 금융 상품이었다.

열심히 노력한 결과 도민 주 1차 청약 통장 계약만도 100억 원이 넘을 정도로 호응이 컸다. 재일동포를 비롯 재외제주도민들도 적극 호응했다. 100만 원에서부터 몇 천만 원 그리고 10억 원에 이르는 거액을 흔쾌히 투자한 분들도 있었다.

우리는 도민 주 공모에 심혈을 기울였다. 서울, 부산은 물론 일본 도쿄, 오사카에서 설명회도 여러 차례 열었다. 고향 발전에 기여하고, 투자를 해도 손해를 보지 않도록 하겠다는 도의 설명을 듣고 많은 분들이 출자를 결정했다. 생활이 어려운 분들도 많은 참여를 했다.

그러나 이런 도의 설명은 결과적으로 거짓말이 되고 말았다. 도지사가 바뀌면서 약속했던 컨벤션 센터 규모가 줄어들고 수익 사업이 제대로 추진되지 못하여 컨벤션 센터는 오랫동안 적자를 면치 못했기 때문이다. 너무나 안타깝고 출자한 분들에게는 죄송할 뿐이다.

아무리 도지사가 바뀐다고 해도 당초 출자자들에게 한 약속은 반드시 지켜 행정의 영속성이 보장되어야 하는데 도정에서 거짓말을 한 셈이 되어 버린 것이다.

그 후 도지사가 또 바뀌면서 출자자들이 가장 기대했던 면세점 사업마저 제주관광공사 수익 사업으로 주는 바람에 행정의 신뢰는 땅에 떨어져 버렸다. 거듭 얘기하지만 제주 도정을 믿고 투자한 분들에게는 너무나 죄송할 따름이다. 결정 권한이 없는 참모의 한계를 느꼈지만 달리 방법이 없었다.

ASEM(아셈) 정상회의 유치마저 실패로 돌아갔다. 무역협회에서 강남 삼성동에 컨벤션 센터를 건립하고 서울시와 공동으로 아셈 정상회의를 유치한다는 보도가 나왔다. 우리는 긴장하지 않을 수 없었다. 서울이 경쟁 도시로 나올 경우 지방인 제주도는 불리할 수밖에 없었다.

그래도 우리는 컨벤션 건립에 박차를 가했다. 컨벤션 센터는 우리나라에서 설계 경험이 없어 해외 공모를 실시했다.

10년 이내에 컨벤션 센터 설계 경험이 있는 외국 설계 회사를 찾아 공모 참가를 의뢰한 결과 4개 업체가 안을 제출했다. 이중 미국의 SOM사(社)와 일본 니혼세께이사(社)가 최종 결선에 올랐다. 2개 회사를 대상으로 한 결선 심사에서는 니혼세께이사의 작품이 선정됐다. 이 작품은 지역의 경관과 잘 어울리는데다 삼다(三多) 삼무(三無) 전통문화와도 잘 연계(호텔과 컨벤션 3동으로 구성)됐다는 평가를 받았다.

기본 설계가 추진되고 있는 중에 정부에서는 아셈 정상회의 유치 공모를 진 행했다. 그런데 황당한 일이 벌어졌다. 아셈 정상회의 개최 위치 결정 심사 위원장에 무역협회 회장이 선정되었다. 당시 무역협회에서는 서울 삼성동에 컨벤션 센터 건립을 준비하고 있었는데 심사위원장에 경쟁 상대인 무역 협회 회장으로 결정된 것이다. 기막힌 일이었다. 이미 서울로 내정해 놓고 진행하고 있다는 느낌을 떨칠 수 없었다.

나는 "축구 경기에서 상대팀 출전 선수가 어떻게 그 경기에서 심판을 보느냐? 사전에 내정해 놓고 형식적인 절차만 거치는 것은 잘못"이라고 중앙 일간지에 기고도 하고 대놓고 항의를 했다. 여러 기관에서 압력이 들어왔다. 그러나 유치 신청서를 제출했고 공정하게 심사해줄 것을 요청했다.

"제주 지역은 많은 장점이 있다. 외국 국가원수가 타고 올 비행기 착륙시설인 국제공항이 있고 관광 숙박시설도 충분하다. 특급호텔도 많다. 외국 정상들에 대한 경호가 용이하다. 이동 시 교통통제를 하지 아니해도 된다." 이런 장점을 설명하고 설득에 나섰으나 이미 결과는 탈락이었다. 제주도의 한계를 새삼 느끼면서 울분을 삼켜야 했다.

그러나 컨벤션 센터 건립사업을 멈출 수는 없었다. 아셈은 계기였을 뿐 앞으로 수많은 국가 정상회의, 국제회의를 유치하고 관광산업이 한 단계 발전하려면 반드시 필요한 시설이기 때문이다. 1차 설계가 마무리되고 예산이 어느 정도 마무리되는 시점에 지방선거가 실시되고 도지사가 바뀌었다. 제주도의 많은 정책들에도 변화가 있었다. 나 역시 행정자치부로 자리를 옮겼다. 어렵게 추진한 컨벤션 센터 준공식에는 꼭 참석하고 싶었지만 나에겐 초청장도 없었다.

몇 년이 흐른 후 행정부지사로 발령을 받고서야 컨벤션 센터를 볼 수 있었다. 컨벤션 센터는 규모가 3,500석으로 축소되고 말았다. 도지사가 약속했던 많은 부대 사업들은 흐지부지된 상태였다. 이로 인해 일본 출자자들과 출자금 반환 소송 문제가 불거졌다. 이런 문제들로 도민들에게는 더 많은 신뢰를 잃었고, 재일동포들에게도 많은 상처를 안겨줬다.

이런 어려움 속에 탄생한 제주국제컨벤션 센터는 제주 관광을 한 차원 높이는 역할을 하고 있다. 아세안 정상회의, 국제회의 등 수많은 대규모 회의를 유치할 수 있었던 것은 컨벤션 센터가 있었기에 가능한 것이었다.

지금도 제주국제컨벤션 센터가 제주 관광 산업을 선도하는 첨병 역할을 하고 있는 것이다. 이제부터라도 부대사업을 만들어 제주국제컨벤션 센터가 보다 내실 있게 운영돼 제주 관광 산업을 선도해 나가는 데 일조하기를 기대해 본다.

(위) 컨벤션 센터 건설계획 설명회
(아래) 제주국제컨벤션 센터 전경

축 국가기록원 개원기

2004. 6. 1(화)

제주를 떠나 새로운 경험

4 · 3 문제 해결의 중심에서

제주도 기획관리실장으로 바쁜 나날을 보내고 있을 무렵 행정자치부 차관으로부터 전화를 받았다. "제주 4 · 3문제 해결을 위한 특별법이 제정되고 그에 따라 〈제주 4 · 3사건 진상규명과 희생자 심사를 위한 진상 규명위원회〉가 만들어지며 그 실무를 담당할 〈제주4 · 3사건 처리지원단〉을 설치하게 되는데 지원 단장에 당신이 적임자로 장관님과 협의를 하였다. 그 일을 맡아 처리하는 것이 좋겠다."는 것이었다.

개인적으로 오래전부터 다니다 말다 반복해 온 방송통신대학을 꼭 마치고 싶은 생각이 있어 발령이 나면 열심히 하겠다고 즉석에서 대답했다. 또한 4 · 3사건은 우리나라 현대사의 큰 비극 중의 하나다. 억울하게 희생된 제주도민의 한을 푸는데 일익을 담당하는 것도 매우 뜻깊은 일이라 생각했다.

제주 4 · 3사건 처리지원 단장 발령장을 주면서 당시 최인기 장관은 "나도 광주 시장으로 있으면서 광주 문제를 풀어 보았지만, 제주 4 · 3사건 역시 상당히 어려움이 많을 것"이라면서 객관적이고 공정하게 업무를 처리해줄 것을 당부했다.

4·3지원단은 신규 조직이라 할 일이 많았다. 사무실 확보부터 시작해 자잘한 일들은 담당 과장이 처리해 줬지만 국무총리를 위원장으로 하는 제주 4·3사건 희생자 명예 회복 및 진상 규명 위원회와 보고서 작성을 위한 기획단 구성은 매우 어려운 일이었다.

4·3특별법에서는 위원회의 위원을 20인 이내로 구성토록 하고 정부위원은 국무총리가 위원장, 위원은 법무, 국방, 복지부 장관 그리고 제주도에서는 도지사를 당연직으로 하였다. 민간 위원으로는 근 현대사 전공 역사학자, 법률 전문가, 군경대표와 유족대표를 포함해 학식과 경험이 풍부한 자 중에서 대통령령에 따라 위원장이 위촉토록 하고 있어 심사숙고하여 위원회를 구성했다.

위원회 구성이 마무리되자 진상조사보고서를 작성할 기획단을 구성했다. 기획단은 모든 자료를 바탕으로 위원회에 상정할 4·3진상조사 보고서를 작성하는 실무를 맡아야 하기 때문에 제주 4·3과 관련된 전문가, 현대사 전공 학자 그리고 군과 경찰에서 추천한 인사를 중심으로 구성했다. 기획단장은 그 후 서울 시장으로 있었던 고 박원순 변호사(당시 참여연대 사무처장)가 맡았다. 박 기획단장은 각계각층의 대립을 원만하게 풀어가면서 보고서를 작성하는 데 큰 역할을 했다.

이와 함께 기획단에서 작성할 〈진상규명 보고서〉 초안을 작성하는 전문위원도 채용했다. 전문위원은 4·3문제를 잘 아는 제주 출신 3명, 국방부에서 추천한 인사, 우리나라 근, 현대사 전공한 학자, 정치학자 등으로 채용하고 자료 수집부터 시작하였다.

인적 구성이 마무리되자 현판식을 갖고 본격적인 업무에 들어갔다.

현판 하나에도 많은 의미를 부여하였다. 현판은 검은 바탕에 양각으로 하고 색상은 금색으로 만들었다. 어둠의 역사를 밝은 양지로 끌어낸다는 의지를 현판 하나에도 소중하게 담은 것이다. 희생자 신고, 진상규명을 위한 자료 수집, 위령공원 조성 계획 수립 등 많은 일들이 추진되면서 체계가 조금씩 잡히기 시작했다.

그러나 그 당시에도 50년 전 일들을 거슬러 올라가 실체를 규명하는 작업은 쉬운 일이 아니었다. 당시에는 무엇보다도 4·3에 대한 편향된 시각, 고정된 관념이 문제였다. 각종 자료 확인과 수십 차례의 회의 과정에서 위원들 간에 의견 충돌도 많았다. 반대 의견과 고성이 오가면서 험악한 분위기가 연출되는 것은 다반사였다.

일부 인사들은 '당시 제주도민은 대부분 빨갱이'라는 시각을 갖고 있었다. 군·경측 인사들은 '당시 희생자들은 모두가 폭도'라는 관점에서 4·3을 바라보고 있었다. 그런데다 주무부서인 행정자치부에서는 "제주 4·3문제와 우리 부가 무슨 관계가 있느냐."며 소극적인 태도를 보이면서 정상적인 업무마저 외면하는 경우가 허다했다.

초대 위원장인 모 국무총리는 아예 보고를 받는 것조차도 부담스러워 했다. 분위기가 이러하니 총리실 간부들도 협조하려고 하지 않았다. 관련 부서에 업무 협조를 수차례 요구하였으나 편향된 시각으로 어느 기관도 협조를 해 주지 아니하였다. 심지어 총리실 모 간부는 "당신은 공무원이냐, 도민 대표냐, 유족 대표냐."하는 얘기까지 들어야 했다.

국방부와 경찰에서는 4·3문제 해결에 부정적이고 4·3 자체를 편향된 시각으로 보고 있었으며 행정자치부와 총리실에서는 골치 아픈 업무로 생각하여 방관 상태에 있었다. 국방부와는 업무 처리 과정에 언성을 높이며 다투는 일도 많았다.

참으로 힘들고 어려운 시기였다. 너무 힘들어 고민을 하다 사표를 쓰고 행정자치부 장관에게 그만두겠다고 말씀을 드렸다. 그러자 장관께서는 그 업무 자체가 매우 힘들고 어렵다는 것을 잘 알고 있다. 열심히 일하고 있는 것도 잘 알고 있는데 당신이 그만두면 더 어렵다고 하면서 단장 업무를 계속해 달라고 하였다.

그러다 국무총리가 고건 총리로 바뀌면서 총리가 직접 업무 보고도 받고 관심을 표하기 시작하자 총리실에서 협조하기 시작하였다.

중앙위원회를 소집하여 희생자 심사 결정, 생존 부상자 치료비 보상, 진상보고서 심사 마무리, 국내외 자료 수집, 공원 조성 부지 및 사업비 확보 등 많은 일들이 속도를 내기 시작했다.

자료 확보를 위해 군경 출신 등 개인 자료 소장자들을 만나 자료 제공을 요청했으며 당시 정부기록보존소(현 국가기록원)뿐만 아니라 미국·러시아까지 직원을 파견해 자료를 수집해 나갔다. 다행히 미국에서 많은 자료를 확보할 수 있었다. 전문위원 중에 미국에서 한국 근현대사로 학사부터 박사까지 받은 분이 있어 미국 국가기록관리청에서 많은 자료를 수집하였다.

4·3 주역인 김달삼 무력부장이 1948년 황해도 해주에서 열린 남로당 전당 대회에서 발표한 4·3 관련 발표 전문, 9연대 창설 관련 자료, 주한 미 대사 본국 보고서 등은 큰 수확이었다. 그리고 러시아에서도

우리가 생각지도 못했던 많은 자료를 확보할 수 있었다. 이러한 노력 덕분에 진상조사 보고서와 자료집 발간이 어느 정도 가닥을 잡아갈 수 있었다. 그러나 이 중에서도 가장 보람이 있었던 일은 두 가지가 있는데 현직 대통령의 사과와 공원 조성 사업이었다.

오래전 국가 공권력의 남용에 대해 현재의 국가 원수가 사과를 한다는 것은 결코 쉬운 일이 아니었다. 남아공의 만델라 대통령이 만든 '용서와 화해 위원회'에서도 국가원수의 사과는 없었다. 우리는 전문위원들과 관련 자료를 찾기 시작했다.

다행히 몇 가지 사례가 나왔다. 대만 장개석 총통 때에 발생한 2.28 사건과 관련하여 이등휘 총통이 사과를 했으며 미국의 클린턴 대통령이 하와이 합병 100주년 행사에서 원주민들에게, 부시 대통령은 2차 세계대전 당시 일본계 미국인들을 사막으로 강제로 이주시킨 데 대해 사과를 한 기록을 찾아낸 것이다.

이런 자료를 접하고 대만의 2.28사건 처리 과정을 더 알아볼 필요가 있다고 느꼈다. 대만 현지로 출장을 가서 대만 공무원, 유족대표들을 만나 해결 과정을 파악했다. 2.28 사건은 여러모로 제주4·3사건과 유사한 면이 많았다. 발생 시기, 희생자 수, 오랫동안의 금기, 국가원수 사과 등 거의 판박이라고 해도 과언이 아닐 정도였다. 대만 2.28 사건의 해결 과정은 이후 4·3문제를 풀어가는 데 큰 도움이 되었다.

당시에 대만 유족들은 우리를 상당히 부러워했다. 한국에서는 '중앙정부가 앞장서 진상 규명'을 하는데 대만에서는 불가능한 일이라는 것이다. 대만 2.28 사건을 일으켰던 국민당 정부에서 민진당 정부로 바꿰었지만 공무원들은 대부분 국민당 당원(대만에서는 공무원도 정당 가입이 허용된다.)이기 때문에 자료를 하나도 주지 않는다고 불평하고 있었다.

이런 내용을 청와대 정무수석에게 보고를 했다. 이에 따라 청와대에서는 본격적인 검토에 들어가 노무현 전 대통령이 제주에 와서 유족들에게 직접 사과하는 기록을 남겼다.

둘째는 포괄적 보상 차원의 위령 공원 조성 사업이었다. 공원 부지는 봉개동에 있는 도유지로 정했다. 당초 공원 부지는 위패가 모셔있는 지금의 부지가 아니라 그 아래쪽에 있는 땅이었다. 현지 확인 결과 공원의 위치가 도로 아래에 있어 위령 제단을 설립하는 데 적절치 못하다는 생각이 들었다. 이에 따라 도로 위쪽인 지금의 부지를 매입하여 위령 제단을 설치하고 당초 부지에는 다른 시설을 배치키로 하고 공원 조성계획에 들어갔다.

우리는 공원 조성비로 1천억 원을 요청했다. 이 같은 규모에 기획예산처가 난색을 표했다. 경남지역의 거창·산청·함양의 공원 조성 지원 금액인 190억 원 이상은 안 된다는 것이었다. 제주 4·3사건은 희생자 수나 규모 면에서 경남과 비교할 수 없을 정도로 크다는 점을 들어 여러 차례 설득했으나 담당 공무원들은 요지부동이었다. 정말 어려운 일이었다.

다른 설득 논리를 개발했다. "4·3특별법에서는 희생자 묘지를 조성해 준다고 명시되어 있는데, 당시 신고자 1만 5천 명에 이르는 희생자 묘지를 이장하고 정비하려면 더 많은 예산이 들어간다."며 설득에 총력을 기울였다. 결국 공원 사업을 3단계로 추진키로 하고 예산을 확보할 수 있었다.

나는 공무원 생활을 하면서 4·3 희생자와 유족들에게 조그만 힘이나마 보탤 수 있었던 일이 개인적으로는 큰 보람이었다고 생각한다.

그러나 아직도 채 아물지 않은 많은 상처들, 4·3을 바라보는 시각, 편견, 이 모든 일들이 용서와 화해를 통하여 풀어나가는 시간이 하루빨리 오기를 기원해 본다.

국가기록원 초대 원장

2003년 5월 행정자치부 산하 기관인 정부기록보존소장으로 발령받았다. 제주 4·3 사건처리지원 단장을 맡아 업무를 무난히 처리한 것으로 판단을 하였는지 차관이 이번 인사 때에 가고 싶은 부서가 있느냐고 물었다. 당시 고려대학교 정책대학원 도시행정 석사과정을 이수하고 있을 때여서 공부할 시간 여유가 있는 중앙공무원교육원 기획부장으로 보내줄 것을 요청했다. 그러나 막상 인사 뚜껑을 열어보니 대전에 있는 정부기록보존소장으로 발령이 났다.

기록관리 업무는 처음이었다. 얼떨떨하기도 하고, 섭섭하기도 하고 걱정도 됐다. 그러나 발령이 나는 대로 가는 것이 공무원 아닌가. 임명장을 받고 4·3 업무와 관련이 있던 총리실과 행정자치부, 기획예산처 사무실을 돌며 그동안 협조해 주어 고맙다는 인사를 하였다.

행자부 간부 공무원들은 기록보존소장으로 간다고 하자 "거기는 편한 부서로 크게 할 일도 없는 부서인데 축하합니다."라고 농담 섞인 덕담을 건넨다. 이 정도는 그나마 나은 편이었다. 외부기관을 돌며 인사를 하는데 일부 지인들이 "거기 뭐하는 곳이죠? 기록물 보관소요?"라고 되묻는다. "보관소가 아니고 보존소"라고 설명을 하지만 돌아오는 답변은 걸작이다. "서류를 보관하는 보관소, 쉽게 말해 서류 창고지기 아닙니까? 좋은 열쇠를 사서 문이나 잘 잠그고 골프나 열심히 치면 되겠네."라고 넉살을 떤다. 어떤 간부들은 아예 노골적이다. "골프 8학군에 가는 것을 축하합니다."

답답하고 화가 나기도 해서 전임자, 관계자 등을 찾아 자문을 구했더니 정부기록보존소는 외부에서 보는 것보다 골치 아픈 곳이라고 조언을 해준다. 직원들 간 갈등이 심하고 자기중심으로 행동하며 투서도 잘하는 곳이라 잘 못하면 그런 일에 휘말려 곤욕을 치른다는 것이다. 조용히 있다가 돌아오는 것이 상책이라고 친절히(?) 가르쳐 준다. 부정적인 시각은 전임자들 대부분이 갖고 있었다.

도대체 어떤 기관이기에 이런 말들을 하는 걸까. 의아스럽기도 하고 실망스럽기도 했다. 대전에 있는 임지로 가는 자동차 속에서 어떤 일이 있어도 정부기록보존소의 대대적 개혁을 통하여 위상을 한 단계 높이겠다고 다짐했다. 전임자들처럼 임기 중 사고나 나지 않으면 다행이라는 말이 없어지고 오고 싶은 기관으로 만들기 위하여 모든 문제를 확실하게 개선해 놓겠다는 각오로 부임했다.

지방에만 근무했던 나는 중앙부처 4·3사건 처리 지원 단장을 맡으면서 속앓이를 많이 해야 했다. 당시에는 지금처럼 고위 공무원단을 운영하지 않고 9급에서 1급까지 계급별로 직책을 부여해서 인사를 하고 있었다. 중앙부처 국장들은 2급 이사관으로 보임하고 있었다. 행정자치부와 중앙인사위원회는 한 기관이나 다름이 없었고 차관보를 비롯 1~2급 이상인 간부들은 10명이 넘었다. 그중 나도 2급 이사관이지만 유일하게 비고시 출신이었고 학력도 고졸이었다.

더구나 제주도에서 주로 근무했던 터라 동료들이나 하위 공무원들로부터 비고시 출신이라고 보이지 않게 차별을 당하기도 했다. 더구나 고향마저 인구가 가장 적은 제주도가 아닌가. 행정자치부에 제주도 출신은 사무관 몇 명이 고작이었다. 상의하거나 하소연할 언덕도 없었다. 나는 열심히 일했다. 그 결과 당시 최인기, 허성관, 김두관 장관, 김재영 차관, 조영택 차관보 그리고 청와대 행정비서실에서 나의 일처리 능력을 인정해주었고 그 여론이 퍼지면서 주변 분위기가 달라지고 그 때문에 많은 어려움을 이겨낼 수 있었지 않나 생각한다.

당시 나는 나에게 주어진 업무를 제대로 처리하지 못하거나 무능하다는 인식을 심어주면 제주도 후배 공무원들에게도 영향이 미칠 것이라는 생각에 더 열심히 일하고 노력했다. 지금도 당시 힘들었던 일들이 떠오르곤 하지만 나를 인정해 주셨던 그분들에게 매우 고마운 생각을 갖고 있다.

정부기록보존소의 첫 인상은 내가 들었던 것과는 전혀 달랐다. 직원들의 표정은 밝았으며, 무엇을 물어보면 소신 있게 대답을 했다. 업무에도 모두가 열성적이었다. 전임자들이 조직 관리를 제대로 하지 못했거나, 기록보존소에 대한 잘못된 정보들이 밖으로 나간 것이라는 생각이 들었다.

보름 동안 직원들이 일하는 모습을 유심히 관찰했다. 유능한 직원들이 평가를 제대로 받지 못하고 있다는 판단이 섰다. 기록물관리 전문가와 일반 행정직 공무원이 일하는 행태는 다를 수밖에 없다. 행정직 공무원 시각에서 보면 전문직들이 일하는 행태가 마음에 들지 않을 수 있다. 이들이 게으르거나 업무를 잘 못하는 것이 아니라, 행정공무원의 눈에 그렇게 보였을 뿐이었다.

나는 먼저 조직을 활성화시키면서 기록물 관리 개혁을 추진하기로 방침을 정했다.

첫째, 조직의 근무 기강을 바로 잡고 소외된 직원들의 사기를 진작시키기로 했다. 점심시간은 가능한 한 외부 약속은 피하고 부서별로 식사를 하면서 직원들 의견을 청취하고 애로 사항을 개선해 주면서 쉬운 것부터 해결해 나갔다. 예를 들면, 당시 국내에는 기록물 관리 전문가들이 적어 팀장급 중에서 여러 대학에 시간 강사로 나가는 직원이 많았다. 강의 준비로 업무에 소홀해지다 보면 다른 직원과 갈등을 일으키는 요인이 되기도 했다.

우선 대학 강의를 나가는 직원들에게 업무를 소홀히 하지 말 것을 주문했다. 무엇보다 자기가 맡은 일이 우선이라는 점을 주지시키고, 대학 강의도 몇몇에 치우치지 않고 모두에게 고루 기회가 부여될 수 있도록 제도적으로 조치하였다. 대학 강의 요청은 반드시 담당 부서인 행정과에 의뢰하도록 하고 개인적 결정은 인정하지 않으면서 자격있는 직원들간 안배를 하여 불만들을 해소시켰다.

일당으로 근무하는 임시 직원들도 150여 명이 있었다. 이들의 처우는 매우 열악했다. 한 달 동안 일해야 1백만 원도 채 안되는 보수를 받고 있었다. 그러다 보니 중점적으로 추진하고 있는 기록물 전산화 작업, 주요 기록물 복제, 보수 작업도 지지부진한 상태였다. 임금 인상을 계획하였지만 내가 부임 시기가 하반기 때여서 다음 연도 본예산에서나 건의할 상황이었다. 추경안이 정부에서 국회로 넘어간 후였기 때문에 인건비 증액 예산은 국회 심의 과정에서 확보하기로 하고 행전안전위원회 소위원회 의원들을 설득하여 필요한 예산을 상정하고 통과시켰다.

임시 직원들도 4대 보험료 혜택을 받을 수 있도록 하고 보수도 최소한 월 1백20만 원 수준에 이르도록 했다. 예상치 못했던 예산이 증액되자 해당 직원들 사기도 높아지고, 외부에서 비정규직 노조 설립을 종용하던 노조 단체를 해당 직원들이 스스로 막아주는 역할을 하여 고마움을 표하기도 하였다.

나는 이와 병행하여 관련 경비 예산도 증액하여 기록물 전산화 작업에 박차를 가했다. 그리고 장관께 보고를 드려 자체 승진하는 선례를 처음 남겼다. 서기관 승진은 대부분 본부에서 승진시켜 보내는 바람에 사무관들은 본부에 잘 보이기 위한 일에 몰두하는 경향이 있었다. 장관에게 수차례 건의하여 과장까지는 자체 승진 기회를 주어야 직원들 사기가 높아 업무 처리가 더욱 원활하다는 건의가 받아들여지고 한 계장이 승진하여 과장이 되자 직원들 분위기가 달라지기 시작하였다.

두 번째는 서고 신축이었다. 대전에 있는 서고는 종합청사 지하 주차장을 개축하여 서고로 쓰고 있었고 부산에 20여 년 전에 지어진 서고가 있기는 하나 균열이 가고 협소해 더 이상 문서를 보관할 공간이 없었다. 새 서고가 필요했다. 조선왕조실록 등 세계 문화유산을 갖고 있는 우리나라가 제대로 된 전용 서고 하나 없는 것이 안타까웠다.

그러나 새 서고 신축에는 1천억 원이 넘는 막대한 예산이 필요했다. 부임하기 전 서고 신축 계획은 있었으나 500억 원 이상의 경우 거쳐야 하는 예비 타당성 조사를 피하기 위하여 450억 원 소규모 서고 신축 계획을 수립 추진하고 있었다. 현황을 면밀히 파악하고 장관에게 대규모 서고 신축 계획을 보고했다. "모든 것은 제가 책임지고 추진하겠습니다. 장관님께서는 힘이 부칠 때 도와주십시오."라고 말했다.

장관으로부터 허가를 받아냈다. 이제부터는 예산 확보가 문제였다. 기획예산처에 가서 예비타당성 용역을 발주해 줄 것을 요청했다. 수차례 요청에도 기획예산처 담당자는 예비타당성 용역을 맡고 있는 KDI가 여러가지 용역을 하고 있어 예산을 지원해줘도 할 여력이 없다며 거절했다. 그리고 더구나 새로운 서고 신축은 여건상 예산 확보가 어렵다고 거절했다. 나는 부산 서고에 보관 중인 조선왕조실록, 건국 당시 국무회의 자료 등 국가 주요 문서가 보관되고 있으나 건물에 균열이 많고 인근 지역으로 고속철도 지하 공사로 있어 붕괴 위험이 있다고 강조했다. 특히 부산 인근 지역 지진 발생 빈도가 점점 증가하고 강도가 높아가고 있기 때문에 잘못되면 큰일이 발생할 수 있다고 지진 발생 통계자료를 제시하면서 설득하였다.

그리고 "용역을 담당하는 KDI는 내게 맡기고 용역 발주만 해달라."고 요청하고 KDI를 찾아갔다. 마침 잘 아는 분이 책임연구원으로 있어 도움을 요청하니 "나는 도와줄 수 있으나 관련 교수들이 시간이 없어 할 수 없을 것"이라고 했다.

다시 담당 위원 중 가장 중요한 건축 분야를 맡은 서울시립대 교수를 찾아갔다. 그는 내 얘기를 듣는 둥 마는 둥 하더니 "올해는 용역이 많아 내년에나 검토해 보겠다."며 역시 같은 말로 거절하였다. 그런데 몇 마디 말이 오가는 중에 제주 억양이 섞여 있었다. "혹시 제주도가 아닌가요?" "어떻게 아셨습니까?" "제주 사람끼리는 다 알죠."

알고 보니 고교 후배였다.

어려운 관문을 이렇게 통과했다. 이렇게 해서 예비타당성 용역이 발주되고 다음 해 예산을 확보할 수 있게 되었다.

예산 문제가 해결되자 나는 곧바로 설계 준비에 들어갔다. 외국 국가기록청과 서고 등의 실태를 파악해 세계 최고 수준의 기록관을 설립하는 것을 목표로 세웠다.

미국 국립문서기록관리청, 마이크로 필름을 보관하고 있는 유타주 솔트레이크시 몰몬교 인조 동굴, 캐나다 국가기록청, 유럽 각국의 기록물 보존 관리 실태를 파악하여 보존 방법, 설계 기준 등을 준비했다. 그 결과 기록물 보관 서고 건립 방향이 하나씩 잡혀나가기 시작했다.

한편 신축 부지로는 경기도 성남시 세종연구소 내 외교부 부지를 확보했다. 서고 신축 사업에는 모두 1천 300억 원이 투입됐다. 이렇게 해서 경기도 성남시에 연면적 2만 평 규모의 최첨단 '나라기록관'을 갖게 됐다.

아쉽게도 이 기록관이 완공되기 전에 제주도 행정부지사로 발령을 받았다. 그러나 기록관 준공식 때 행자부 장관이 제주도 행정부지사는 꼭 참석하게 하라는 지시가 있어 준공 테이프를 내 손으로 끊는 기쁨을 맛볼 수 있었다.

당시 그 어려운 일들을 불평 없이 해 준 윤대현 부장, 김재순 과장과 담당 직원들, 그리고 준공식에 초청해준 많은 분들께도 감사를 드린다. 지금도 성남시에 갈 일이 있어 이곳을 지나다 멋진 나라기록관이 눈에 들어오면 감회가 새롭다.

한편으로는 지금까지 대전 제3 정부청사 지하와 부산 서고에 보관 중인 자료들 중 중요한 것들을 한 곳에 모아 과학적이고 체계적으로 관리할 시스템을 만들기로 했다. 우선 중요한 종이 기록물은 탈산처리 항온, 항습 처리를 통하여 완벽하게 보존하는 한편 국민들이 손쉽게 접할 수 있도록 마이크로 필름으로 만들기로 했다. 만약에 대비하여 CD로도 별도로 제작해 보관하도록 했다.

셋째, 해외 기록물 수집이었다.

일본 기록청에 보관돼 있는 한일 합방 전후 기록물, 미국, 러시아, 몽골 등에 흩어져 있는 우리나라 관련 자료 수집에 총력을 기울이는 한편, 이전에 기관별로 국내에 반입된 자료를 한데 모으는 작업 계획을 세우고 추진했다. 러시아와 몽골 국가기록청과는 우호 협력 협정을 체결했다. 국사편찬위원회, 독립기념관, 정신문화 연구원 등 각 기관이 보유하고 있는 자료들을 이관받아 보존하는 노력을 기울이면서 한편 국민에게 공개하는 작업을 해나갔다.

제2차 세계대전 종전과 더불어 우리나라에 있던 일본군은 물론 관료들도 본국으로 황망히 귀국하는 바람에 한일 합방 당시 조선 총독부 기록물들은 대부분 우리나라에 남았다. 일본 학계에서는 조선총독부 자료를 얻기 위해 수시로 국가기록원과 관련 자료 보관 기관을 방문하여 자료를 수집하고 있었다.

우리나라 국민이라면 누구에게나 공개된 자료라도 일본 반출은 제한하도록 지시했다. 만일에 대비하기 위함이었다. 우리가 일본에 빼앗긴 자료나 우리에게 없는 자료들과 맞교환하는 상황을 만들기 위해서도 필요했다.

한편으로는 일본에서 공부한 직원을 일본 국가기록청에 파견해 우리가 없는 일제 강점기 때의 문서를 복사해 오도록 했다. 구한말 외교문서, 한일 병합 관련 문서를 비롯하여 폭도문서(독립운동가), 상훈, 서훈 문서 등 700권 분량의 자료를 확보할 수 있었다. 그 중에서 가장 눈길을 끄는 문서는 상훈 명부였다.

일본 정부로부터 훈·포장을 받은 사람들의 공적 조서를 보고는 아연할 수 밖에 없었다. 그 자료들 중에는 우리가 독립운동가로 알고 있는 인사 중에서 일본 정부에 협력하여 훈·포장을 받은 사실들이 확인되었으며 수상자 명단에 올라 있는 사람들이 다수 있었다.

만주에서 일본 경찰 정보원, 끄나풀 등이 독립운동 인사의 동향을 파악해 일본 경찰에 밀고한 사람, 일본 괴뢰 국가인 만주국 건설에 앞장선 사람 등을 우리는 독립운동을 한 사람으로 알고 있었다니 어처구니가 없었다. 일부 인사의 후손들은 자기 조상이 떳떳한 독립운동을 한 것으로 알고 있는 사람들이었다.

역사 이면을 보는 것 같아 씁쓸한 마음을 금할 수 없었다. 이러한 사실들이 밖으로 알려졌을 경우에는 큰 파장이 발생할 수 있기 때문에 보안을 유지토록 했다. 국가기록원은 그러한 것을 판단하는 기관이 아니기 때문에 역사학자의 몫으로 남겨 두었다.

그 외에도 몽골, 러시아 등지에서 의미 있는 기록물들을 많이 찾아낼 수 있었다. 기록원 근무에서 큰 보람이었다.

넷째, 각급 기관이 보유하고 있는 기록물을 전산 정리하도록 하고, 보존 가치가 있는 문서를 분류하여 보존기간이 지난 중요 국가기록물을 이관 받는 작업이었다. 담당 과장을 반장으로 하고 팀을 구성했다. 중요한 사업이었지만 기관들의 무관심과 비협조로 직원들의 고생이 말이 아니었다. 협조 요청을 하고 기관을 방문해도 냉대하는가 하면 아예 대답조차 해주지 않는 경우가 허다했다.

장관에게 이런 어려움을 보고했다. 장관은 관련 부처 장관이나 차관에게 직접 전화를 걸어 협조를 요구하는가 하면 "대통령이 주재하는 국무회의에서 정식으로 협조를 요청하겠다."며 적극 지원을 해 주었다. 참으로 존경스럽고 고마운 분이셨다. 지금도 당시 허성관 장관이 제주에 올 때면 연락을 하고 식사를 함께하며 지난 일을 얘기하곤 한다.

다섯째, 기록물 관리의 체계화였다. 기록물 관리 10대 개선책을 만들어 추진했다. 먼저 이를 국무회의에 보고하고 중요 기관의 기록물 제출을 의무화했다. 각 부처와 지방자치단체, 국립대학 등 각급 기관에 이를 통보하고 기록물 수집을 체계화했다. 이러한 사업은 정부기록보존소의 위상을 높이고 우리의 기록물을 후손에게 남기기 위한 것이었다.

이 같은 업무 외에 기록물보존소에 대한 외부의 시각을 교정시키고 직원들의 긍지를 심어주는 조치도 필요했다. 더 이상 기록물보존소가

'좋은 열쇠나 하나 구입해 잘 보관만 하면 되는 기관'에 머물러서는 안 되기 때문이었다. 당시 허성관 장관에게 기회 있을 때마다 두 가지 사항을 건의했다. 하나는 직원 승진 자리가 나오면 본부에서 내려보내지 말고 자체 승진의 길을 열어 달라는 것이었다. 두 번째는 정부기록보존소의 명칭 변경과 기관 확대, 직급 상향이었다. 명칭 변경은 소장으로 발령을 받고 오면서 마음속으로 결심한 것이었다. 우선은 '국가기록원'으로 명칭을 변경하고 장기적으로는 '국가기록청'으로 승격시켜야 한다는 점을 강조했다.

이러한 건의가 받아들여져 2005년 국무회의에 정부조직법 시행령이 개정되고 '국가기록원'으로 명칭이 변경됐다. 그리고 '초대 국가기록원장'으로 발령을 받았다. 이제 국가기록청으로 승격되는 날이 오기를 기대해 본다.

우리는 세계문화유산으로 등재된 세계 최대 최고의 조선 500년 왕조 실록 등 찬란한 기록 문화를 갖고 있다. 그 기록 문화의 명맥을 후손들이 끊어서는 안 된다.

그런 일의 기초를 다진 초대 원장으로 이름이 남겨져 이 또한 뿌듯한 일이 아닐 수 없다.

정부기록보존소장 취임식

정부기록보존소가 국가기록원으로 승격, 초대원장 취임

우리는 세계문화유산으로 등재된 세계 최대 최고의 조선왕조 500년 실록 등 찬란한 기록 문화를
갖고 있다. 그 기록 문화의 명맥을 후손들이 끊어서는 안 된다. 그런 일의 기초를 다진 초대 원장
으로 이름이 남겨져 이 또한 뿌듯한 일이 아닐 수 없다.

대통령의 기록물들

　왕도정치를 이상으로 삼았던 조선 시대 정치문화의 두드러진 특징 중의 하나가 '기록 정치'였다. 국가 정책 과정을 철저하게 기록으로 남 김으로써 세계에서 유래를 찾아보기 힘든 기록을 갖게 됐다. '기록 문 화의 극치'라고 해도 과언이 아닐 것이다.

　국가의 기록은 통치의 투명성과 책임성을 보증하는 매우 중요한 수 단이다. 떳떳하지 못한 행위일수록 기록으로 남기기를 두려워하게 된 다. 요즘 우리 정치에서는 '독대'라는 용어가 흔히 사용된다. 주요 정책 결정 과정에 있었던 분들이 대통령과의 독대에서 있었던 일들을 후일 회고록에 남김으로써 세상에 알려지기도 하지만, 진위 논란이 심심치 않게 일기도 한다. 두 사람 외에는 아는 사람이 없기 때문이다.

　조선 시대의 경우 왕과의 독대란 있을 수 없는 일이었다. 항상 사관 2명이 배석하여 왕과 신하들의 말과 행동을 기록했다. "왕이 화가 나 서 부들부들 떨었다. 왕이 부스럼이 나서 등을 북적북적 긁었다."라는 등 아주 사소한 부분까지 기록으로 남겼다. 왕이 죽으면 이렇게 만들어진 사초들과 승정원 일기·일성록 등 각종 자료들을 모아 실록을 편찬했다. 실록의 진실성과 공정성을 확보하기 위해 왕은 생전에 이런 내용을 볼 수 없도록 했다. 왕이 선대 왕의 실록을 보는 것도 결코 허용되지 않았다.

태조 이성계는 건국 과정을 어떻게 기록하였는지 궁금해 사관을 조용히 불러 사초를 보자고 했으나 사관은 당당히 거부하였다. 왕은 당신과 나만 알면 비밀이 유지되니까 보여 달라고 재차 하명하자 사관은 "하늘이 알고 땅이 안다."면서 거절했다는 일화가 있다. 사관들이 얼마나 기록을 공정하게 기록하고 관리했는지 잘 알 수 있는 대목이다.

태종이 어느 날 사냥을 갔다가 말에서 떨어지는 사고를 당했다. 태종은 일어서면서 수행원들에게 "사관이 와 있느냐."고 물었다. 사관이 오지 않았으면 모르게 하라고 당부했다. 사관은 이런 말까지 모두 기록했다.

그리고 세종 때에는 왕과 왕비, 후궁과의 잠자리 얘기까지 밖에서 듣고 기록하는 일도 있었다. 신하들이 논쟁 끝에 3년 만에 없어지기는 하였으나 왕이 사랑 얘기를 쓰기 위한 것이 아니고 소위 속된 말로 '베개 송사'를 없애자는 데 목적이 있었다. 즉 외척이 정치에 관여하는 것을 방지하기 위한 수단이었던 것이다.

이런 기록은 세계적으로도 거의 없는 것이다. 중국의 명·청 실록과 일본의 3대 실록이 남아 있기는 하지만 그 방대함이나 내용에 있어서는 조선왕조실록에 비교가 되지 않는다. 나라기록관에 있는 조선왕조

실록은 848책으로 1997년 유네스코 세계기록유산으로 등록됐다.

그러나 일제 강점기와 현대사의 굴곡 속에서 기록 문화의 전통은 없어지고 이제는 몇 년 전 기록까지도 찾아볼 수 없는 형편이 되고 말았다. 특히 대통령의 기록은 너무 빈약하여 향후 역사 서술 과정에서 많은 문제를 야기할 것이다.

부임 후 상황을 파악해보니 당시 우리나라 대통령 관련 기록은 약 27만 건 정도밖에 없었다. 그것도 공공기관의 기록물 관리에 관한 법률이 제정돼 김대중 대통령의 기록 12만 건이 있어 그 정도였다.

앞서 얘기한 서고를 신축하면서 대통령별로 부스를 설치키로 하고 관련 자료 수집에 나섰다. 초대 이승만 대통령의 자료는 현재 각 기관이 보유한 자료들을 모아 정리하기로 했다. 대통령들의 자료는 생각보다 더 미미했다. 우선은 돌아가신 대통령 자료부터 수집하기로 했다. 김대중 대통령 자료를 제외하면 15만 건 정도에 불과했다. 임기가 끝나는 시점에서 대부분 소각을 하거나 가져가버려서 그랬을 것이라는 생각이 든다.

예를 들면 5공화국 출범 당시 국가 보위 비상 대책 상임 위원회가 설치되고 입법, 사법, 행정 등 모든 권한이 집중되었는데도 비상대책위원회를 해체하면서 당시 정부기록보존소에 이관한 것은 달랑 현판과 직인뿐이었다. 이 시점에서라도 전직 국가원수들의 자료를 수집하여 정리하지 못한다면 영원히 찾지 못할 자료들이었다.

그래서 자료 수집과 병행하여 추진한 것이 전직 대통령들을 만나 직접 녹취하였다. 1차로 각 기관에 보관 중인 대통령 자료들을 수집하고 부족한 부분들은 대통령 가족이나 당시 연고자들을 찾아 수집하는 방식으로 추진했다. 김대중 대통령은 많은 기록이 보관되고 있어서 제외키로 하고 이승만 대통령 기록부터 시작하였다.

이 과정에서 의미 있는 몇 가지 자료를 영국에서 찾아냈다. 이승만 대통령이 미국에서 독립 운동할 때 옆집에 살던 분이 경무대에서 비서로 근무하면서 찍은 전 직원 사진, 필리핀 방문 자료, 대통령 부인 프란체스카 여사와의 편지 등이 있었다.

윤보선 대통령 기록은 자제분이 미국에 살고 있어 귀국 시 두 차례나 방문해 설득한 결과 본인이 보관하고 있는 기록물을 주기로 했다. 사과 상자 10개 정도로 많은 분량은 아니었다. 필요 시에는 언제라도 복사해 주기로 하고 기록원에서 정리하여 보관하기로 하였다. 여기에는 정말 중요한 기록들이 있었다. 5.16 직후 국가원수인 윤보선 대통령이 국가재건최고회의 의장 앞으로 보낸 대통령 사직서, 그 유명한 명동성당 선언문, 미 해군함정 방문 사진, 대통령 집안 문양이 그려진 그릇 사진 등이 있었다. 특히 5.16 혁명 당시 대통령 사직서는 그 시절의 모든 상황을 그대로 보여주는 자료가 아닐 수 없었다.

아울러 생존한 국가원수들에 대해서는 국가 정책에 대해 증언을 녹취하기로 계획을 세웠다.

이러한 사업은 전직 대통령의 녹취에도 큰 성과가 있었다. 전두환 전 대통령은 일정을 이유로 녹취를 거절하여 할 수 없었다. 국가 기록원을 떠난 후 후임 원장이 녹취했다는 소식을 들어서 그나마 다행이라고 생각한다.

그러나 지금은 고인이 되셨지만 노태우 · 김영삼 전 대통령은 상당 부문 녹취를 할 수 있었다. 노태우 대통령은 중국, 소련과의 수교, 남북 동시 유엔 가입, 국토통일 계획 등 중요한 국가 정책 추진 과정을 증언해 주었으며, 김영삼 대통령의 녹취에는 금융실명제, 하나회 사건, 3당 합당 비화, 개인적인 결혼 얘기, 골프 금지 얘기 등을 녹취하였다.

김영삼 전 대통령 녹취는 세 번에 걸쳐 이루어졌다. 상도동에서 연락이 오면 나는 직원 2명을 동반하고 녹화를 하였다. 갈 때마다 점심을 같이 하였지만 칼국수만 먹고 왔다. 두 번째 갔을 때 칼국수를 먹으면서 "대통령님 대전까지 가다 보면 배가 고파 고속도로 휴게소에서 라면이나 김밥 간식을 먹는데 다음에는 갈비찜이라도 만들어 달라."고 했더니만 그다음 갔을 때는 갈비찜이 준비되어 있었다.

필자가 행정부지사로 온 후에도 김영삼 대통령은 제주에 올 때마다 연락이 와서 식사를 같이 하였다. 언젠가는 공개가 될 것이다. 그나마 다행인 것은 대통령 기록물 관리법이 만들어져 이제는 상당한 기록들이 보존되고 사료로 기록되고 후세에 전해질 것이다.

이 업무를 추진하다 보니 우리나라의 국가기록 체계가 엉망이었다는 사실이 속속 파악됐다. 정부기록보존소가 엄연히 존재하는데도 기관 이기주의 때문에 주요 기관에서는 자료들을 각각 보관 관리하여 상호 교환이 안 되고 정보 공개도 안 되고 있었던 것이다.

조선왕조실록, 건국 초기 국무회의자료 등 정부 주요 기록물은 국가기록원이 보관 관리하고 있지만 역사 자료는 국사편찬위원회, 일제 강점기 일부 문서는 독립기념관, 정신문화연구원, 중앙선거관리위원회, 국회, 각 대학도서관 등에 자료가 분산되어 있었다. 그러다 보니 해외에 자료를 수집하는데도 어려움이 많았다. 부임 후 이 사실을 파악하고 여러 차례 관계기관 간 협의도 하고 정리 방안을 제시했지만 마무리 하지 못하였다.

또 하나는 당시 법령에 회계자료는 보존 기간이 5년으로 되어 국가 주요 사업에 관련된 회계자료마저 소각되는 바람에 최종 총공사비를 확인할 수가 없는 형편이었다. 경부 고속도로 사업을 비롯하여 주요 사업들이 수차례 설계 변경으로 사업 예산이 증가되었으나 최초 계획서에 나와 있는 사업비 외에는 확인할 수가 없었다.

조선 시대 정조 임금이 어머니 혜경궁 홍氏를 위한 화성 신도시 건립 시 노임 지급 문서는 아직도 보존되고 있는데 경부 고속도로 회계문서는 폐기된 상황이었다. 장관을 통하여 국무회의에 보고한 후 기관 협조를 얻어 각 부처 별로 국가 주요 사업 회계 문서 폐기를 중단시켰다.
첫 번째 성과로 나타난 것이 인천공항 공사비 회계문서가 폐기 직전에 보존될 수 있었고 이제는 제도화되어 많은 문서들이 정리되고 전산화되어 기록물 관리 체계가 잘되고 있어 다행이라고 생각한다.

미국 국립문서기록관리청을 방문하여 청장과 대화하는 과정에서 우리나라 기록물 수집 활용 상황을 이해할 수 없다는 얘기를 들었다. 일본에서는 "국가 기록물 전담 기관(일본 국가 기록청)이 수집하여 본국에 보내면 정리한 후 필요 기관에 배부해 주고 있는데 한국은 각 기관마다 와서 같은 기록물들을 수집해 가는데 한국에서 복사하면 될 일을 구태여 미국까지 온다는 것은 자기가 보는 시각에서는 효율성도 떨어지고 인력과 예산이 많이 들어 이해할 수 없다."고 했다. 어느 기관이 가져갔는데 거기서 복사해 보면 될 것을 왜 기관마다 미국까지 자꾸 와서 같은 자료를 복사해 가느냐고 불만스런 표정으로 얘기를 하였다.

기관 이기주의, 기관 간에 정보 교류가 전혀 없다 보니 발생한 해프닝이다.

청와대에 이를 보고하고 국가기록원에서 주관하여 조정 방안을 모색하던 중에 제주행정부지사로 발령받았다. 나중에 알고 보니 흐지부지되고 말았다고 한다. 안타까운 일이다.

그리고 러시아, 몽골 기록원과 업무 협정을 체결하여 필요한 자료들을 수집하였으며 몽골인 경우는 기록물 전산화 사업을 추진하는 데 많은 도움을 주었다. 아울러 러시아에서는 해방 당시 소련군 진주 후의 관련 정보 자료들을 수집 정리하였으며 몽골에서는 6.25 전쟁 관련 자료들도 많이 수집하였다.

인생 최대의 숙제

대학 졸업

30년 만에 졸업한 방송통신대학

　고등학교를 겨우 졸업한 나는 어떠한 어려움이 있어도 대학교는 반드시 졸업하겠다는 소망을 한시도 버린 때가 없었다. 대학 졸업은 내 인생에서 가장 중요한 꿈이고 소망이었다.

　공무원 생활을 하면서도 대학 진학의 꿈은 버리지 못하여 학비 마련을 위한 적금을 들고 시간을 억지로 만들면서 대학 입시 공부도 꾸준히 하였다. 말단 공무원 생활을 하면서도 대학입학 예비고사(지금의 수능시험)를 보기 위해 열심히 공부를 했다.

　어렸을 때 꿈은 법학을 전공해 어렵고 억울한 사람을 위하는 법조인이 되고 싶었다. 누구에게도 말한 적은 없지만 마음속 깊이 간직해 온 가장 소중한 꿈이었다. 그러나 모든 여건은 너무나 열악했고, 어려움 속에서 한 푼 한 푼 돈을 모으면서 키워가던 대학의 꿈도 친구 보증 잘못으로 무산되고 말았다. 그러나 마음 한구석에선 늘 대학 진학의 꿈이 자리 잡고 있었다.

그러던 중 1973년에 서울대학교 부설 한국방송통신대학이 설립됐다. 가정 형편이 어려워 진학을 못하는 사람들을 위해 정부에서 2년제 대학을 설립한 것이었다.

마음속으로 얼마나 기뻐했는지….

혼자 공부하면서 흥분되기도 했다. 방송통신대를 졸업하고 4년제 대학교에 편입한다는 계획을 세우고 한국방송통신대학 행정학과에 입학하였다. 나름대로 열심히 공부했다. 출강과 결석을 반복하면서도 마지막 졸업 시험을 보았다. 졸업장을 받기 위하여 학교에 갔는데 출석 수업 부족으로 졸업장을 받을 수 없었다. 가장 안타깝고 슬픈 날이었다.

출석 수업 일수가 부족했다는 이유였다. 당시에는 여름방학과 겨울방학 때 일정 기간(9일 이상) 학교에 나가 수업을 받아야 했고, 시험도 며칠에 걸쳐 치러야 했다. 그러나 사무실 일이 바쁘다 보니 휴가를 받아 수업을 받다가도 사무실에서 호출하면 달려가야 했다.

공무원으로서의 바쁜 일과들, 결혼, 사무관 승진 시험 등을 거치면서 학교를 다닐 수 없어 제적을 당하고 말았다. 그 후 네 차례나 복학과 제적을 반복했다. 대학 졸업이 내 인생에서 가장 큰 목표이면서도 풀 수 없는 큰 숙제가 되고 말았다.

관광문화국장을 거치고 이사관 자리인 기획관리실장으로 승진하니 "대학도 졸업하지 못한 사람을 기획관리실장을 시켰다."며 모함하는 소리가 들려왔다. 정말 가슴이 아팠다. 억울해서 밤잠을 설치기도 하였다.

그 자리는 고졸은 갈 수 없는 자리인가?

고졸을 기획관리실장에 발령하면 안 되는 것인가? 옛날 일까지 떠오른다.

제주시청 계장 당시 시장이 "내가 김 계장 중매를 서겠네."라고 제안한 적이 있었다. 그냥 지나가는 말로 들었는데, 며칠 지나자 시장이 불러 "자네는 모든 것이 다 좋은데 대학을 나오지 않아서….."라며 말끝을 흐린 적이 있었다.

당시 나는 누군지 모르지만 정말 불쾌했다. 결혼하겠다는 말을 한 적도 없고, 중매를 서달라고 부탁한 적도 없는데 자기들끼리 이러쿵저러쿵 얘기를 했다는 것이 아닌가. 그때 기억이 자꾸 떠올라 심하게 가슴앓이를 했다. 고등학교만 졸업했다고 못할 일도 없는데 사회의 편견이 정말 무섭다는 것을 느껴야 했다.

행정자치부로 발령을 받고는 비참함이 극에 달했다. 이사관 국장급 공무원 중에서는 유일한 고졸이었다. 요즘 정부에서는 고졸 채용 확대 정책까지 만들어 차별을 없애는 노력을 하고 있으나, 막상 승진이 되더라도 고졸 꼬리표는 영원히 떠나지 않을 것이다.

행정자치부에 발령받은 후 식사 중 심심치 않게 대학 얘기가 나오곤 했다. 화제는 선후배 관계로 이어지다가 급기야는 "누구누구는 지방대 출신 아니냐."면서 비하하는 얘기가 서슴없이 나온다. 지방대도 못 나온 나는 어쩔 줄을 몰라 머뭇거리다 화장실에 가는 것처럼 하고 자리를 뜨기도 하였다.

특히 부하 공무원들의 보이지 않는 차별도 심했다. 기록원장으로 있을 때는 기록원에는 박사 학위 소지자만 30명이 넘었다. 200명이 넘는 임시 직원들도 70% 이상이 석사 학위를 갖고 있었다. 이런 상황을 극복하는 길은 대학 졸업도 중요하지만 해당 분야에서 이들에게 뒤지지 않는 실력을 갖추는 것밖에 다른 길은 없었다. 이 때문에 기록원장 시절에는 관련 분야 특히 역사 공부를 많이 했다.

어떤 때는 나에게도 강의를 해달라는 요청이 올 때도 있었다. 이럴 때면 강의 준비를 철저히 했다. 직원들은 "어떻게 사학을 전공한 우리보다 잘 알고 강의까지 잘 하십니까." 하고 말하기도 했다. 그럴 때면 '비아냥인지, 칭찬인지' 혼란스런 생각이 들곤 했다.

기획관리실장으로 재직하던 때 마지막으로 복학하기 위하여 방송통신대학을 찾아갔다. 담당 교무처 직원이 "다섯 번 제적 당하면 이제는 복학은 안 되고 학교를 다니고 싶으시면 1학년부터 다시 다녀야 한다."고 설명을 해준다. "예, 이번에는 꼭 졸업을 하겠습니다." 대답은 크게 했다.

그러나 상황은 뜻대로 되지 않았다. 기획실장 자리는 조금만 신경을 쓰면 시간을 낼 수 있을 것이라고 생각해 복학 신청을 했는데 그게 아니었다. 도지사가 "도정의 개발 관련 사업과 주요 현안은 기획관리실장과 반드시 사전 협의, 보고 후 처리하라."고 각 국장들에게 수차례 지시를 하는 바람에 더 바빠져버린 것이다.

이외에도 국제 자유 도시 추진 계획 수립 총괄 책임 등 많은 일들이 나에게 떨어지면서 나는 더 바빠졌다.

복학하고 첫 시험을 보러 학교에 가는데 '도지사가 찾고 있다.'는 연락이 왔다. 도지사가 태풍 피해 현장에 가는데 수행을 해야 된다는 것이다. 할 수 없이 현장으로 달려가서 일을 마친 후 도지사에게는 바쁜 업무가 있다고 핑계를 대고 시험장으로 달려갔다.

시험은 시작된 지 20분이나 지난 후였다. 시험 감독관에게 사정을 설명하고 겨우 시험을 치를 수 있었다. 그 시험을 보지 못했으면 또 제적될 것이 불 보듯 뻔했다.

행정자치부에 근무할 때 마지막 졸업 시험을 보고 같은 과 학생들과 저녁 식사를 같이 했다. 반에서 제일 연장자인데다 명색이 중앙부처 국장인데 내가 저녁을 사기로 했다. 식사를 하다가 앞에 앉은 여학생에게 나이를 물어 봤다. 그 여학생은 27살이라고 한다. 내가 빙그레 웃자 그 여학생은 왜 웃느냐고 반문한다.

"자네가 이 세상에 나오기 3년 전부터 방송통신대학에 다녔네."

식사 자리는 웃음바다가 됐다.

정확하게 1973년에 입학하여 2002년에 졸업했으니 입학에서부터 졸업까지 만 30년이 걸린 것이다. 방송 통신 대학 역사상 가장 오래 공부(?)한 불량 학생이었다고 생각한다.

중매쟁이로부터 결혼 얘기가 나올 때, 사무관, 서기관 승진 때, 2급 고위 공무원이 된 후에도, 그리고 서울대 행정대학원 국가정책과정 입학 때에도 고졸이라는 딱지는 늘 따라다녀 마음이 아팠는데 방송통신대학이라도 졸업하여 이제 인생의 큰 숙제를 해결한 것이다.

졸업식에는 사랑하는 아내와 단 둘이 참석해 빛나는(?) 졸업장을 받고 싶었다. 그때 아들과 딸은 대학교 4학년, 2학년 학생이었다.

그러나 그 호사(?)를 누릴 기회마저도 나에게는 주어지지 않았다. 국무총리가 주재하는 제주 4·3사건 진상 규명 위원회 전체 회의 일정과 중복됐기 때문이었다. 다음 날 혼자 대학에 찾아가 졸업장을 받았다. 졸업장을 받고 나오다 운동장 끝 나무 밑에 홀로 앉아 하염없이 눈물을 쏟았다.

방송대를 졸업하고 곧바로 대학원 입학 준비를 시작했다. 고려대학교 정책대학원 행정학과에 응시했다. 면접 교수가 내가 제출한 원서를 한참 동안 들여다 보다 "중앙 부처 국장이 대학원에 다닐 수 있겠습니까? 참 어렵게(30년) 방송통신대학을 나오셨네요?"라고 물었다. 그리고 한 가지만 질문을 했다. "학교 다니실 수 있습니까?"

"예, 어떤 일이 있어도 열심히 다니겠습니다. 그것만은 교수님께 약속드릴 수 있습니다."라고 대답했다.

나는 고려대학교 정책 대학원에 합격을 하고 학교를 다니게 됐다. 원생들은 대부분 나보다 나이가 아래였다. 열심히 공부했다. 일요일에는 도시락을 싸 들고 도서관에 가서 손자 뻘 되는 애들과 같이 공부를 했다. 집사람이 도시락을 준비하면서 "요즘은 애들도 안 하는데 나이든 남편 도시락을 만든다."라고 즐거운 투정(?)을 하기도 하였다. 과제도 열심히 작성하여 제출하고 결강을 한 번도 하지 않았다. 그 결과 5학기 중 3학기 동안 장학금을 받아 대학교 다니는 아들, 딸에게 경각심을 일으키는 계기가 되기도 하였다.

그러던 중 대전에 있는 국가기록원장으로 발령이 났다. 일주일에 두 번 수업을 받기 위해 서울 나들이를 해야 했다.

KTX가 없던 때라 가장 빠른 기차인 새마을호 기차를 타도 대전에서 서울까지 2시간이 걸렸다. 직원들에게는 매우 미안했지만 퇴근 시간 1시간 전 오후 5시에 대전에서 기차를 타고 서울역에 도착한 후 곧바로 택시를 타고 학교에 도착하면 저녁 7시 50분이 됐다.

서울에서 대전에 가는 마지막 열차는 서울역에서 밤 10시 30분에 있었다. 20분 늦게 강의에 들어가고 20분 일찍 강의실에서 나와야 그 기차를 탈수 있었다. 마지막 강의 교수님들에게 간신히 양해를 얻어 모든 학기를 무사히 마칠 수 있었다.

대전역 광장에 노래비가 하나 있다. 〈잘있거라 나는 간다, 이별에 말도 없이 … 대전 발 영시 오십 분〉 매일 서울에서 수업을 마치고 돌아올 때도 기차에서 내리면 '영시 오십 분'이었다. 나는 노래비를 보면서 오갈 때마다 혼자 마음속으로 그 노래를 흥얼거리기도 했다.

영하 10도가 넘는 겨울에 대전역 앞에서 택시를 기다리며 올려다본 하늘에는 별들이 총총 빛나고 있었다. 엄청 추웠지만 보람 있는 날들이었다. 택시와 기차를 갈아타면서 1년 동안 통학을 했다. 그렇게 어렵게 대학원을 졸업했다. 그리고 꿈에 그리던 석사 학위를 받았다.

석사 학위를 받고 나는 가장 먼저 공무원 인사기록 카드부터 수정했다. '고려대학교 정책 대학원 졸업, 행정학 석사'라고 적어놓았다. 그리고 강의 요청이 있어 강사 소개를 할 때도 당당해지는 것을 느낄 수 있었다. 고졸이 아니고 대학원 졸업에 행정학 석사로….

만 30년 만에 겨우 졸업한 방송통신대학, 남들은 뭐 그게 대단한 일이냐고 하겠지만, 마음속 기간까지 합한다면 1960년대에 고등학교를 졸업하고 40여 년 만에 이룬 한 평생 소망이었다.

나는 지금도 어쩌면 내가 살아온 인생에서 가장 열심히 하고 잘한 일이었다고 생각한다.

제 255095 호

졸 업 증 서

성명: 김 한 욱

1948 년 7 월 1 일생

위 사람은 우리 대학교 소정의 모든 과정 (행정학 전공) 을 이수하여 행정학사의 자격을 갖추었으므로 이 증서를 수여합니다.

2002 년 2 월 23 일

한국방송통신대학교총장

행정학박사 이 찬

학위번호: 방송대 2 0 0 1 학 05830

198622-055042   010

한국방송통신대학교 졸업증서

정확하게 1973년에 입학하여 2002년에 졸업했으니 입학에서부터 졸업까지 만 30년이 걸린 것이다. 방송 통신 대학 역사상 가장 오래 공부(?)한 불량 학생이었다고 생각한다. 만 30년 만에 겨우 졸업한 방송통신대학. 남들은 뭐 그게 대단한 일이냐고 하겠지만, 마음속 기간까지 합한다면 1960년대에 고등학교를 졸업하고 40여년 만에 이룬 한평생 소망이었다.

제2003-015호.

장 학 증 서

성 명 김 한 옥
1948년 7 월 1일생

위 사람은 본교 정책대학원 재학생 중
학업성적이 우수하며 다른 학생의 모범이
되었으므로 이를 포상함

2003년 5 월 13일

고려대학교 정책대학원장
정치학박사 강 성 학

석 제 824 호

학 위 기

성 명 김 한 옥
1948년 7 월 1일생

위 사람은 본 대학교 정책대학원 석사학위
과정을 마치고 소정의 시험에 합격하여 아래의
논문을 제출하고 심사를 통과하여 행정학석사
(도시 및 지방행정)의 자격을 얻었으므로 이를 증명함.

논문제목:  광역계획의 운영실태에 관한 연구

2004년 8월 25일

고려대학교 정책대학원장 정치학박사 강 성 학

위의 증명에 의하여 행정학석사(도시 및 지방행정)의 학위를 수여함.

2004년 8월 25일

고려대학교 총장 경영학박사 어 윤 대

학위번호 : 고려대 2003 (석) 2043

고려대학교 대학원 장학증서 및 학위기

제 1591 호

이 수 증 서

성 명 金 漢 晁
1948년 7 월 1일생

위 사람은 서울대학교 행정대학원
국가정책과정의 전 과정을 이수하고
논문이 통과되었기에 이를 인정함.

이수기간 : 2001년 2월 28일부터 2001년 8월 22일
논문제목 : 환경친화적 국토개발정책방향과 추진전략

서울대학교 행정대학원장
행정학박사 오 연 천

위의 인정에 의하여 본 증서를 수여함.

2001년 8월 22일

서울대학교 총장 공학박사 이 기

표 창 장

성 명 金 漢 晁

위 사람은 본 대학원 국가정책과정을
성실히 이수하고 우수한 논문을 제출
하여 다른 이들의 모범이 되었으므로
이에 우수 수료자로 표창함

2001년 8월 22일

서울대학교 행정대학원장

행정학박사 오 연 천

서울대학교 행정대학원 이수증서 및 표창장

고려대학교 대학원 졸업식

석사 학위를 받고 나는 가장 먼저 공무원 인사기록 카드부터 수정했다. '고려대학교 정책대학원 졸업, 행정학 석사'라고 적어 놓았다. 그리고 강의 요청이 있어 강사 소개를 할 때도 당당해지는 것을 느낄 수 있었다. 고졸이 아니고 대학원 졸업에 행정학 석사로…

행정자치부 행정국장과
바꾼 제주도 행정부지사

낚시하러 도망다니던 막내아들,
행정부지사가 되어 돌아왔습니다

2005년 10월 어느 날 행정자치부 차관으로부터 전화가 걸려왔다. 차관은 "제주도 행정부지사로 갈 의향이 없느냐."고 제안을 했다. 나는 가겠다고 했다. 2년 전 행정부지사 제안은 거절했었다. 30년 만에 방송통신대학을 졸업하고 고려대학교 행정대학원 입학시험에 합격한 때라 꼭 대학원을 졸업하고 석사 학위를 받고 싶은 마음에서였다. 그런데 차관으로부터 제주도 행정부지사 제안을 받은 지 며칠 후 장관이 "김 원장은 제주도로 갈 수 없다."는 연락이 다시 왔다.

그렇다고 감히 장관에게 이유를 물어볼 수도 없다. 처분만 기다리는데 확대 간부회의가 끝나고 장관이 찾는다고 연락이 왔다. 급히 장관실로 갔는데 장관은 본부 행정국장으로 발령 낼 계획이니 그렇게 알고 있으라고 한다.

예상하지 못한 파격적인 얘기를 듣고 망설여졌다. 장관에게 일주일만 시간을 달라고 요청했다. 돌아와서 곰곰이 생각해 보았다. 행정자치부에서 행정국장은 내무행정의 꽃이라고 해도 과언이 아닌 아주 중요한 자리다. 지금은 많이 퇴색했지만 내무부 시절엔 도지사로 가는 확실한 지름길이었지 않은가?

'기라성 같은 S대 법대를 졸업한 고시 출신 국장들이 수두룩한데 잘 해낼 수 있을까?'

그 자리에 고졸에 비고시 출신 기용을 생각해 주셨다니 기쁘기도 하고 걱정도 됐다. 아무래도 장관에게 누가 될 것 같았다. 말미를 요청한 일주일이 되기 전에 장관을 찾아갔다.

"저는 제주 출신에다 비고시 출신, 게다가 학력도 고졸입니다. 제가 열심히 일을 하면 맡은 업무는 처리할 수 있겠지만, 저로 인한 인사 잡음들을 장관님께서 이겨내기가 힘들 것입니다. 조직 전체를 봐서 저에 대한 생각을 철회해 주시기 바랍니다."

장관은 한참 동안 말이 없었다. 그러고는 "정말 사려가 깊구만." 하면서 다시 한 번 더 생각해 볼 것을 주문했다. 장관과 만나고 돌아와 가까운 사람들과 의논을 했다. 의견은 반반이었다. 며칠 후 장관이 나를 불러 물었다.

"생각이 바뀌었나?"

"저의 생각은 변함이 없습니다."

단호하게 답해버렸다. 행정국장 대신 고향 제주를 택한 것이다.

사무실에 돌아와 조용히 하나씩 짐을 정리하기 시작했다. 관사에 혼자 살고 있어 짐은 그다지 없었지만 소란을 떨고 싶지 않았다. 직원들 몰래 짐을 싸서 택배로 보내기도 했다. 그런데 하루는 차관이 전화를 걸어와 또 다시 "당신 제주도에 못가겠어요."라고 했다.

"장관께 말씀드려 허락을 받았습니다."

"이번에는 장관도 어쩔 수 없습니다."

"인사권자인 장관님께서 한다는데, 무슨 일입니까?"

재차 묻자 차관은 청와대에서 연락이 왔다고 한다. 시·도 행정부지사 인사는 대통령 승인 사항이었다. 사연인 즉 당시 국가기록원에서는 청와대와 함께 '기록물관리 10대 시책, 정부 공문서 보존관리 체계 정비, 종이 기록물 전산화, 공문서 이력제' 등 기록물 관리 쇄신을 강력히 추진하고 있었다. 이런 와중에 원장을 바꿀 수 없다는 것이었다. 이 일을 마무리하고 가라는 것이었다. 제주도 행정부지사 자리는 5~6개월 비워두겠다는 것이었다. 다른 방도가 없었다.

청와대 기록관리 비서관실과 공동으로 작업하던 사업들을 조기에 마무리하기 위해 직원 2명을 청와대에 파견하고 휴일도 없이 일을 했다. 3개월이 지나자 누가 기록원장에 와도 사업을 마무리할 수 있을 정도로 궤도에 올랐다.

이런 우여곡절을 겪으면서 2004년 10월 1일 33대 제주도 행정부지사로 취임했다. 취임식장엔 고향 형님과 조카들도 와 있었다.

'부모님이 살아 계셨으면 얼마나 좋아했을까'라는 생각이 들었다.

행정부지사로 발령을 받고 첫 일요일 아내와 함께 부모님 산소를 찾았다. "농사일 하기 싫어, 낚시 핑계를 대면서 도망 다니던 막내아들이 행정부지사가 되어 돌아왔습니다."

인사를 드리고는 울컥하는 마음에 눈물을 흘려야 했다.

"아버님 어머님 막내아들이 며느리와 함께 여기 서 있습니다. 일반 공무원 최고 계급인 1급 공무원이 되었습니다. 그리고 행정학 석사가 되었습니다. 부모님 감사하고 또 감사드립니다. 이 모든 것들이 부모님께서 저에게 물려 주신 지혜와 인내의 결과입니다."

또 부모님께 효도를 못한 것도 용서를 구했다. 그리고 대한민국 국새 바탕에 대통령 직인이 찍힌 행정부지사 임명장을 부모님 산소 앞에 놓고 절을 하였다.

눈물이 뺨을 타고 흘러 내렸다. 아내에게 눈물을 보이기 싫어 고개를 들어 쳐다본 파란 하늘에는 한 조각 흰 구름이 하염없이 흘러가고 있었다.

돌아온 친정, 행정부지사는
과연 필요한 자리인가?

   20여 년 몸담았던 제주도청에 행정부지사가 되어 다시 돌아왔다. 고향 집에서 일하는 기분이었다. 정다운 얼굴들과 다시 근무할 수 있다는 그 자체만으로도 행복했다.

   말단 평직원, 계장, 과장, 국장, 실장 시절 어렵고 힘들었던 일들을 처리하느라 함께 고생하던 동료들이었다. 비가 많이 와도, 가뭄이 들어도, 바람이 불어도, 풍년이 들어도 도민 살림을 함께 걱정하던 그들이었다.

   지방 공무원들에게는 사생활은 거의 없다고 해도 과언이 아니다. 한번은 아르바이트 근무를 마치고 떠나는 대학생들과 간담회를 가진 적이 있었다. 그들은 이구동성으로 안에서 보니 공무원들이 밖에서 보는 것보다 훨씬 많은 일을 하고 사생활을 포기하면서까지 업무를 처리하는 것을 볼 수 있었다는 말을 했다. 제주를 이끌고 있는 동력은 누가 뭐래도 지방공무원들이라고 나는 생각한다. 그런 그들과 다시 일하게 된 것이다.

그러나 행정부지사로 근무하면서 회의가 들기 시작했다. 실·국장 시절에는 느낄 수 없었던 묘한 흐름이 있었다. '제주도정에서 과연 행정부지사가 필요한 자리인가?'라는 의문을 수시로 하게 된 것이다.

부지사로 재직하는 동안 나는 두 번이나 중앙 정부로부터 인사 제의를 받았다. 처음은 '정부에서 〈과거사 진상 규명 위원회〉를 설립하는데 사무처장을 맡아 달라는 것'이었다. '제주 4·3 사건 처리 지원 단장 업무를 처리하는 것을 보았는데 당신이 이 업무에 적임자'라며 청와대 인사 부서에서 연락이 온 것이었다. 〈과거사 진상조사위원회〉는 각 부처에서 파견되는 직원을 포함하여 200여 명으로 조직된다는 설명도 해주었다.

부지사로 부임한 지 1년 조금 넘은 시점이었다. 이 일은 국가적으로 매우 중요한 일이므로 당장 발령을 시키겠다고 한다. 며칠 생각할 시간을 달라고 했다. 여러 사람과 의논을 했지만 뚜렷한 결론이 나지 않았다. 이제 와서 다시 서울로 가서 혼자 살기도 마땅치 않다. 전셋집 구하는 것도 쉬운 일은 아니었다. 겨우 양해를 얻어 그냥 남기로 했다.

얼마 후 도지사 선거가 다가왔다. 지방자치단체 공무원들에게 단체장 선거는 양날의 칼이다. 잘못하면 베일 수 있다. 기획관리실장 때에는 전·현직 도지사가 동시에 출마했는데 중립에 섰다가 회색분자로 몰려 곤욕을 치른 경험도 있다. 그때 아내는 하도 괴로워서 죽어버리겠다고 할 정도였다.

당연한 얘기지만 지금도 나는 공무원들이 선거에 관여하는 것을 탐탁지 않게 생각하고 있다. 자신이 미는 후보가 선거에서 당선되면 소위 좋은 부서로 가고, 지면 4년 동안 엎드려 있어야 한다는 평범한 진리를 잘 알고 있었다. 그러다 보니 능력과 소신이 있는 직원들은 밀려나고 각종 음해에 시달리는 일이 다반사였다.

선거가 막바지를 향해 치닫고 있을 즈음 청와대에서 다시 인사 제안이 왔다. 제주 국제 자유 도시개발센터 이사장으로 추천하니 그렇게 알고 준비를 하라는 것이었다. 도지사에게 그 얘기를 전했다. 도지사는 내가 남아주기를 원했다. 당시 도지사는 출마를 위해 모당에 입당했다가 다음 날 바로 탈당한 상태였다.

도지사는 도지사직을 사퇴하고 무소속으로 도지사에 출마하겠다는 생각이었다. 선거법상 현직 단체장은 사퇴를 하지 않고도 출마가 가능하지만 배수진을 치고 결연한 모습을 보여주기 위해 사퇴를 하겠다는 것이었다.

당시 정무부지사는 발령을 받은 지 보름밖에 되지 않은 데다 도의회 의원 외에는 행정 경험도 없는 분이었다. 이런 마당에 행정부지사까지 그만 두면 어떻게 되느냐는 것이었다. 행정부지사로 남아 일들을 해 달라는 요구를 했다.

친분이 있던 모 기관장과 의논을 했더니 "뭘 망설이느냐"고 국제 자유 도시 개발센터 이사장으로 가라고 한다. "도지사가 지금은 당신을 제주시장으로 보낸다고 하지만 선거가 끝나면 알 수 없다."라는 것이었다.

마침 다음날 업무 관계로 서울에 출장을 다녀왔다. 그런데 일이 이상하게 꼬여가고 있음이 감지됐다. 자리를 비운 사이 도지사가 국장들과 티타임을 했는데 이 자리에서 "부지사는 그대로 있을 것이다. 도지사 권한 대행을 하다 선거가 끝나면 제주시장으로 가기로 했다."고 협의도 하지 않은 말을 해버렸다는 것이다.

나도 모르는 사이에 이러한 얘기가 도청 내에 소문이 파다하게 퍼져 버린 것이다.

혼란스러웠다. 제주국제 자유 도시개발센터는 기획실장으로 있을 때 구상하고 출범하는데 기여한 기관이었다. 마음속으로는 가기로 이미 굳힌 상태였다. 청와대에 의사를 전달하려는데 도지사는 다시 부지사로 있다가 제주시 장으로 가고 나중에 출마를 하면 도움도 줄 것이니까 그냥 남아 달라는 부탁을 했다. 그날의 결정이 후일 나의 진로에 얼마나 큰 영향을 미치게 될지 꿈에도 몰랐다. 덕택(?)에 몇 개월 도지사 권한 대행을 하였지만….

도지사는 어렵게 다시 당선됐다. 당선되자마자 도지사는 달라지기 시작했다. 취임 후 선거에 관여한 공무원들이 득세하기 시작했다.

다른 후보를 지지한 것으로 알려진 공무원들은 각종 주요 인사에서 배제됐다. 정치가 원래 그런 것인지 모르겠지만 측근들을 시켜 부지사까지 감시하는 것이었다. 공짜 골프를 치지는 않았나 골프장까지 조사시키는 것을 보고 참 한심하기도 했다.

심장 판막 수술을 받아 서울대병원에 입원 중일 때 집사람이 무척 힘들어했던 것을 퇴원 후에야 알았다. 도지사가 서울에 수시로 출장은 다녔지만 병문안을 한 번도 온 일이 없었는데 지인 결혼식 참석을 위해 올 때 병원에 위문 온다고 연락이 왔던 모양이었다. 집사람은 온종일 기다리고 있었는데 결혼식만 참석하고 제주로 갔다는 얘기를 듣고 섭섭했다는 얘기를 들려 주었다. 그 결혼식 혼주도 잘 알고 앞집에 사는 분이었는데….

말로는 불이익을 안 준다고 하지만 그것을 믿는 공무원은 거의 없었다. 행정부지사에게는 권한도 없었다. 대담 방송에도 3년 동안 단 한 번도 나갈 기회를 주지 않았다. 주변 측근들은 "호랑이 새끼를 키워서는 안 된다"고 하는 얘기가 들려오기도 했다.

인사에도 부지사의 역할은 없었다. 잘못되는 인사에 제동을 거는 데에도 한계가 있었다.

이럴 즈음 참여정부에서 제주도를 특별자치도로 만드는 정책을 추진하기로 했다. 중앙 정부의 권한을 대폭 이양하고 미국의 주에 버금가는 권한을 주는 새로운 형태의 지방자치 모델을 만들겠다는 것이었다.

지방분권 사업은 참여 정부의 주요 정책 중의 하나였다. 제주도가 그 모델이 된 것이다.

중앙의 권한을 지방에 이양하여 지방을 발전시키는 일은 개인적으로도 대 찬성이었다. 그러나 법령과 제도가 뒷받침 되지 않고 재정 지원이 제도화되지 않은 상태에서 업무만 내려 보내는 것은 매우 위험한 일이었다. 이 사업은 제주도의 입장에서도 시간을 갖고 충분한 검토가 필요한 아주 중요한 사항이었다. 나는 권한 위임과 그에 수반되는 재정 확보 등 이와 관련된 법령과 제도가 갖추어지지 아니한 상태에서는 바람직하지 않다고 반대를 했다.

도지사도 처음에는 같은 생각이었다. 그러나 도지사는 서울 출장을 다녀온 후 강력 추진으로 갑자기 방향을 선회해 버렸다. 그러자 시·군의회를 비롯하여 시장·군수, 시민단체들이 반발하기 시작했다. 행정부지사도 제주시장에 출마하기 위하여 반대한다는 모함까지 받아야 했다.

이런 상황에서 공청회를 개최했는데 순탄하게 진행되기가 어려운 상황이었다. 심장 수술을 받고 퇴원하고 얼마 되지 않은 때라 체력적으로 어려움이 많았지만 공청회를 주관할 수밖에 없었다. 그런데 느닷없이 도지사가 포르투갈에서 열리는 섬 관광 정책 포럼에 참가하기 위해 출장을 가겠다고 했다. 큰 이슈가 있는 것도 아니고 도지사가 못가면 국장이 대신 가도 될 행사였는데 굳이 간다고 하니 달리 방법이 없었다.

주민 설명회 과정에서 몸싸움도 있었다. 당시 비서와 직원들은 부지사가 수술한 지 얼마 안 된 상태이기 때문에 몸싸움은 말아달라고 아무리 얘기해도 들어주지 아니했다.

얼마 후 행정자치부 장관으로부터 전화를 받았다. 요즘 어떻게 지내느냐면서 얘기를 하는데 "당신, 참 힘들겠다."라며 걱정을 해준다.

무슨 말인지 몰라 머뭇거리는데 장관은 제주도지사가 지금 찾아와서 행정부지사를 교체해 달라고 요구했다는 것이었다. 사전에 협의한 일이 있느냐고 말씀하신다.

그런 일이 없다고 하자 알았다고 하신다. 그러면서 임명권자는 대통령 승인을 받고 장관이 임명하는데 거절했다고 말해 주었다.

정말 어처구니가 없었다. 도지사가 행정부지사를 교체할 생각이 있으면 당사자와 만나서 직접 얘기할 것이지, 당사자에게는 한마디 말도 없이 장관에게 찾아가 얘기를 했다는 것이 이해할 수가 없었다. 장관은 "도지사가 선거법 위반으로 재판을 받느라 정신이 없는데, 그래도 행정부지사가 있어 도정이 제대로 돌아간다는 보고를 받고 있으니 신경 쓰지 말고 열심히 일이나 잘하라"고 격려까지 해주었다.

이러한 분위기 속에서 계속 행정부지사로 근무하는 것이 바람직하지 않다고 생각하여 2007년 10월 명퇴 신청을 하였다. 3년 반 행정부지사 근무를 마치고 공직을 떠났는데 퇴직 공무원에게 주는 훈장마저 나에게 넘겨주지 않았다. 훈장은 1년이 지나 도지사가 바뀐 후에야 넘겨받을 수 있었다. 참으로 어이없고 힘든 부지사 시절이었다.

권불십년이라던가. 영원한 권력은 없다. 같은 시대를 살았던 그분도 이제 야인으로 돌아갔다. 지금은 무슨 생각을 하고 있을까. 도지사 자리가 영원할 것으로 생각했을까. 행정부지사 자리가 과연 그에게 필요했을까.

문득 문득 의문을 던져 본다.

섬관광정책포럼
행정부지사 시절 해남성장, 스리랑카 남부도지사와 함께

세상은 아름다워라
(죽음의 문턱에서…)

2005년 행정부지사 시절,
심장 수술을 받은 후 동료들에게 보낸 편지

   도청 2층 계단을 내려 온 저는 1층 로비를 한 바퀴 휘 둘러보았습니다. 현관을 떠난 자동차는 정문을 통과한 후 신제주 로터리를 지나 공항 쪽으로 방향을 잡아 질주하기 시작했지만 저는 여러 번이나 뒤돌아보고 또 돌아보았습니다.

   '정든 이 도청으로 다시 돌아올 수 있을까? 내 발로 걸어 2층 계단을 올라갈 수 있을까?'

   '정다운 동료들과 다시 만나 일을 할 수 있을까?'

   조금 전 저는 세상에 태어나서 처음으로 가족과 동료들에게 마지막 글(유서)을 남겼습니다. 만약 내가 살아 돌아오지 못하더라도 누군가 내 컴퓨터를 정리하다 보아주겠지 하는 마음으로….

   며칠 전 저는 모 단체의 요청으로 강의를 마친 후 도청으로 돌아오다 가벼운 마음으로 친구가 원장으로 있는 병원을 찾았습니다. 감기 기운이 있어 목에 걸린 가래나 제거할 생각이었습니다. 단순 감기로

고 병원을 찾았는데 내과 과장이 청진기를 대보고는 정밀 검사를 하자고 했습니다. X-ray촬영, CT 촬영, 초음파 검사 등을 거치면서 저는 불안해지기 시작했습니다.

심각한 의사 얼굴이 나를 더욱 불안하게 하였습니다. 이어서 떨어지는 한마디.

"폐에도 이상한 것이 보이고 심장에 문제가 있어 큰 병원에 가서 수술을 받아야 되겠습니다."

어안이 벙벙했습니다. 마른하늘에 날벼락이 바로 이것이구나. 지금도 내 몸은 아무 문제가 없는데….

다음 날 저는 예산관계로 서울 출장을 마치고(사실은 무척이나 힘들었습니다.) 여름휴가를 얻었습니다. 서울대 병원에 가서 종합 진찰을 받았습니다. 혹시나 오진이기를 빌었지만 4일 동안 종합 검사를 받은 결론은 그 소박한 저의 희망을 빼앗아갔습니다.

"심장 판막에 이상이 있어 수술을 받아야 합니다. 가능하면 최대한 빨리 하는 것이 바람직합니다. 시간이 늦어지면 인공 판막을 해야 합니다."라는 의사의 말에 한참 멍하니 있던 저는 용기를 내어 떨리는 목소리로 "위험하지는 않습니까?" 하고 물었습니다.

그러나 들려오는 대답은 냉정했습니다.

"100% 보장은 못합니다. 그러나 다른 방법이 없습니다."

무섭고, 두려웠으며, 아무 것도 생각할 수가 없었습니다. 50여 년의 세월이 한 순간이었고 너무 허망했습니다.

죽음 앞에 선 저는 너무 무서워 성당을 찾았습니다. 하느님께 빌었습니다. 사랑하는 가족과 직장 동료 그리고 저를 사랑하는 사람들에게 다시 돌아갈 수 있게 해달라고 간절히 빌었습니다. 그리고 수술을 받기 위하여 입원을 했습니다. 근심스런 얼굴로 쳐다보는 가족들에게 무섭다는 얘기를 할 수도 없었습니다.

아무리 무섭고 두려워도 죽음의 공포가 바로 앞에 있어도 살려달라고 그 누구에게도 말할 수 없었습니다. 그게 가장이고 아버지인가 봅니다. 그러나 마음속으로는 너무너무 무서웠습니다. 누구에게도 말 못할 만큼의 무게가 더해지면서….

아침 일찍 일어나 수술 준비를 하기 시작했습니다. 몸을 깨끗이 씻고 거울을 쳐다보았습니다.

아! 마지막일지 모를 나의 모습이구나. 지친 영혼이 이제는 육체와 이별을 하고 멀리 떠나갈 수도 있겠구나.

수술실로 들어가는 것은 오직 나 혼자였습니다.

"힘내세요. 걱정하지 마세요."

세상에서 가장 나를 사랑하는 아내와 애들의 목소리가 들렸습니다.

오랜 시간 수술을 받고 두 번에 걸친 중환자실을 오가면서…. 옆 침대에 있던 환자가 숨을 거두고 떠나가는 것도 보면서…. 세상의 모든 것이 아름다워지기 시작했습니다.

병실 문틈으로 보이는 푸른 하늘, 풀 한 포기, 나무 한 그루, 먹장 구름까지도. 병원을 오고 가는 모든 사람들, 환자, 가족, 의사, 간호사, 청소부 아줌마, 경비 아저씨 그분들이 그렇게 부러웠습니다. 불행을 모르는 사람들처럼 행복해 보였습니다. 어렵고 힘들었던 지난 일들이 모두 아름답게 비쳐졌습니다.

몸이 회복되기 시작한 저는 가족들이 먹여주는 음식을 먹기 시작했습니다.

수술 후 처음으로 걷기 시작한 저는 복도가 그렇게 긴 줄 몰랐습니다. 50m도 안 되는 거리를 부축을 받고 두 번이나 쉬어야 갈 수 있었습니다.

퇴원하고 집에 오는 길에 먼저 성당을 찾았습니다. 사랑하는 가족과 직장 동료들에게 돌아갈 수 있도록 해 주셔서 너무나 감사하다는 기도를 드렸습니다. 그리고 앞으로는 어려운 이웃을 위하여 필요한 사람이 되겠다고 했습니다.

수술을 담당했던 의사, 간호사, 가족들의 정성어린 기도와 간호, 도청 동료들이 쾌유를 비는 정성, 바쁜 시간을 내어 병문안을 해주신 분들, 전화로 마음속으로 쾌유를 빌어 주었던 그분들이 계셨기에 빠른 회복으로 건강을 찾아가고 있습니다.

행복은 멀리 있는 것이 아니었습니다. 죽음을 앞에 둔 인간은 너무도 연약한 것이었습니다. 우리의 인생이 영겁의 세월에서는 순간에 지나지 아니하고 내가 있으므로 세상이 존재하는 착각 속에 살고 있지만 세상이 보는 나는 먼지만도 못하다는 평범한 진리를 다시 느꼈습니다.

죽음으로 나는 모든 것을 잃지만 세상은 변한 것 없이 돌아간다는 것을….

사랑하는 직장 동료 그리고 저에게 많은 성원을 보내 주셨던 분들 반드시 건강을 지키십시오. 언젠가는 저처럼 모르는 사이에 불행이 찾아올 수도 있습니다. 건강은 자신과 가족을 지키고 세상을 발전시키는 원동력이 될 것입니다.

그리고 행복하세요. 저도 감사하는 마음으로 행복을 생각하며 어려운 이웃을 도우며 제주 발전에 기여하면서 살아가겠습니다. 특별자치도 추진, 국정 감사 준비, 내년도 예산 편성 등 바쁜 시기에 동료들만 고생시키고 저만 쉬는 것 같아 대단히 송구스럽게 생각합니다.

며칠 후면 동료 여러분들에게 건강한 모습으로 돌아가겠습니다. 동료 여러분 다시 한번 진심으로 감사드립니다.

2005년 9월 20일

결자해지? JDC 이사장으로

JDC 이사장 취임식

2013년 6월 1일 청와대 인사 비서관실에서 4일자로 제주 국제 자유 도시 개발 센터(JDC)이사장 발령 통보를 받았다.

월요일 취임식 날(6월 7일) 아침 나는 충혼 묘지와 4 · 3위령 공원을 참배하고 사무실에 도착하여 이사장실에 들어오자마자 노조위원장(나중에야 노조 간부들이라는 것을 알았음)을 비롯한 노조 간부 10여 명이 들어와 아무 설명도 없이 성명서를 낭독한다.

황당하여 듣기만 하였다. 누구 하나 말리는 간부들도 없었다. 노조 위원장이 낭독한 내용은 "JDC 이사장직을 정치적으로 이용하지 말라."는 주장이었다. 즉 도지사 출마를 위한 자리로 이용하지 말라는 뜻이었다.

나중에 생각해보니 한편으로는 이해가 갔다. 전임 두 분 이사장들이 도지사 출마를 했었고 그 과정에 본연 업무가 소홀했던 과거가 있어 노조 측이 그러한 성명서를 발표한 것으로 생각했다.

나는 발령 통보를 받자 취임 날 임원들은 배제하고 노조 간부들과 점심을 하기로 사전 연락을 했었는데 취임식도 하기 전이고 더구나 임명장도 받기 전에 벌어진 일이라 할 말을 잃었다.

앞에서도 얘기했지만 나는 도청에서 기획관리실장으로 근무할 때 21세기 제주도 발전 전략으로 제주도를 '국제 자유 도시'로 만들어 나가는 기본 구상을 하고 계획을 수립하는 업무를 담당했었다. 본 계획에서 전담 기관으로 국토교통부 산하 '제주개발청'으로 하느냐 아니면 별도 '공기업'을 만들어 전담시키느냐, 만약 공기업을 만들 경우 국토교통부 산하로 할 것인지, 도지사 산하로 할 것인지까지 고민했던 실무 책임자였다.

국제 자유 도시 기본 계획을 수립하고 선도 프로젝트 전담 기구를 만드는 실무를 담당한 장본인에게 이사장 자리를 도지사 출마를 위한 자리, 즉 정치적으로 이용하려는 것으로 직원들이 오해하고 있다는 느낌을 받았다. 그러나 한편으로는 노조의 행동을 말리는 간부가 한 사람도 없어 참 이상한 조직이라는 생각도 들고, 아무리 노조라 하더라도 노조 본연의 일과는 다른 것인데 취임도 하기 전 할 일은 아니라는 생각도 들었다.

취임식에는 가족을 포함해 많은 분이 참석해 주셨다. 미리 준비한 취임사를 하면서 '부정과 비리'는 어떠한 경우에도 용서하지 않겠다고 강조했다. 밖에서 JDC의 비리를 여러 차례 들은 바가 있었기 때문이었다.

취임식을 마치고 사전에 연락한 대로 구내식당에서 노조 간부들과 상견례 겸 점심을 같이했다. 즉 그들의 목소리를 가감 없이 듣고 싶었기 때문이다. 나는 한 가지를 부탁 겸 강조했다.

이사장을 비롯한 전 임직원은 제주도를 동북아 최고 국제 자유 도시로 만드는 업무를 담당하는 사람들이기 때문에 "어떠한 어려움이 있어도 주어진 업무를 성실히 처리해야 한다."

"정부나 도민 입장에서 우리에게 주어진 모든 일을 차질 없이 추진해야 한다."라고 강조했다.

그리고 경영자와 노동조합은 '역지사지(易地思之)'로 일을 처리하면 못 할 일이 없다고 말했다. 그러면서 제주도, JDC 발전을 위하여 이사장으로서 맡은 일에 최선의 노력을 다하겠으며 노조도 이사장을 믿고 열심히 일해 달라고 얘기했다.

나는 노조와 오찬을 마치자마자 임명장을 받기 위해 국토교통부가 있는 세종시로 가기 위해 청주행 비행기에 몸을 실었다. 국가기록원장 시절 자주 다니던 항공노선이었다. 만감이 교차했다.

1997년 우리나라는 금융위기에 처하여 IMF로부터 구제 금융을 받는 어려운 상황에 있었으며 제주 역시 큰 어려움을 겪고 있었다. 더구나 3년 후면 21세기가 오는데 그때 제주 사회를 어떻게 발전시켜야 하느냐는 '큰 과제'를 안고 있었다. 당시 나는 기획관리실장으로 재직하고 있었으며 '제주도 국제 자유 도시' 추진 실무를 담당하면서 전담 기구로 JDC를 만드는 역할도 했다. 그 후 행정부지사 재직 시 청와대 인사실로부터 JDC 이사장 제의를 받기도 했으나 사양했고 JDC가 출범한 지 10여 년 만에 이사장으로 취임한 것이다. 감회가 남다르고 깊을 수밖에 없었다. 비행기 안에서 JDC를 국민과 제주도민들로부터 사랑받는 우리나라 최고 국가 공기업으로 만들겠다고 혼자 다짐했다.

이런저런 생각을 하는 동안 어느새 비행기는 청주 공항에 착륙했다. 임명장을 받고 세종시에 있는 국무총리실, 기획재정부, 주무부처인 국토교통부 등 주요 부서에 인사하고 곧바로 서울로 올라가 청와대, 국회 국토교통위원회 의원들에게 취임 인사를 하고 제주로 돌아왔다. 그렇게 취임식과 연관된 바쁜 날들이 지나갔다.

JDC 이사장 취임식
기획관리실장으로 재직할 당시 '제주도 국제자유도시' 추진 실무를 담당하면서 전담기구로 JDC를 만드는 역할도 했던 내가 JDC가 출범한 지 10여 년 만에 이사장으로 취임한 것이다. 감회가 남다르고 깊을 수밖에 없었다. 임명장을 받고 돌아오는 비행기 안에서 JDC를 국민과 제주도민들로부터 사랑받는 우리나라 최고 국가 공기업으로 만들겠다고 혼자 다짐했다.

주말에 첫 출근 못한 이사장

　다음 날 도지사, 도내 주요 기관을 비롯해 언론 기관 등 업무 협조에 필요한 관련 기관들을 방문하여 인사를 하다 보니 또 하루가 지났다. 그날이 금요일이었다. 다음 날은 토요일로 쉬는 날이었지만 업무 파악을 위해 오전 10시쯤 사무실로 출근했는데 JDC 건물 입구 문이 잠겨서 사무실로 들어갈 수가 없었다. 월요일부터 업무 보고가 부서별로 시작되는데 한 사람도 출근하지 않은 것이었다. 내가 몸담았던 조직과는 크게 다르구나 하는 생각이 들었다. 전에 내가 근무했던 도청과 행정자치부와는 영 다른 근무 행태였다.

　도청이나 행정자치부에서는 도지사, 장관이 바뀌면 업무 보고 준비를 위하여 주말이라도 출근하여 보고서 작성 등 많은 준비를 당연히 하여야 하는데 JDC에서는 어느 부서에서도 업무 보고 준비는 물론 사무실에 나온 직원을 한 사람도 볼 수 없었다.

　낮 12시까지 기다렸는데 비서실 직원 외에는 한 사람도 나오지 않았다. 주요 부서장들도 연락이 닿지 않는다. 가족이 서울에 있는 간부들은 제주에 없었다.

'허, 참….' 한심한 생각이 들었다.

이런 국가 공기업도 있나?

'업무 보고 준비를 하다 보니 피곤해서 출근을 못할 수도 있겠지.' 하고 긍정적인 생각도 해봤다. "아무리 그렇다고 해도 이건 아니다." 하는 생각을 떨쳐 버릴 수가 없었다.

이래서 정부 공기업 경영평가에서 몇 년 동안 연이어 꼴찌가 된 것인가? 앞으로 JDC를 어떻게 운영해야 할 것인지를 생각하다 사무실을 나왔다.

월요일부터 업무 보고를 부서별로 받았다. 업무 보고 내용도 부실하고, 간부들이 관련 법령 숙지도 미흡했다. 참 한심한 생각도 들었다.

그리고 두 번째 토요일 나는 지난주와 같이 오전 10시경에 또다시 출근했다. 일부 주요부서 직원들이나 간부들은 출근하여 지시 사항 등 업무 처리를 위하여 근무하고 있을 것으로 생각하고 각 사무실을 돌아보니 홍보실 언론 보도 내용을 수집 정리하는 직원 한 명만 근무하고 있었다.

업무 보고 때 지시한 사항들에 대한 추진 계획을 수립하고 있을 것이라는 내 생각은 여지없이 또 빗나갔다. 임직원의 근무 상태를 한눈에 알아볼 수 있었다. 주요 부서 간부들을 찾으니 대부분 서울에 가고 제주에는 없었다. 공휴일에 쉬는 것은 당연하다고 할 수 있지만 당시 공직 사회 분위기는 바쁘면 출근해서 업무를 처리해야 하던 때였다.

나는 월요일 출근과 동시에 지난 1년 반 동안 실·처장 이상 간부들의 목요일, 금요일 서울 출장 내용을 부서별로 작성해 보고하도록 지시했다. 그리고 제출받은 자료와는 별도로 회계실로부터 여비 지출 내역을 제출하도록 하고 감사실로 하여금 출장 내역과 여비 지출 내역을 비교하여 보고하도록 했다.

각 부서에서 제출한 출장 자료와 회계실 여비 지출 내역을 감사실에서 대조한 결과 많은 차이가 났다.

그러자 일부 간부들은 '제출된 내용이 직원들의 잘못으로 빠졌습니다', '외국인 직원이 잘 몰라 실수한 것입니다' 등 변명을 늘어놓기에 급급했다. 한 달 동안 주말 서울 출장 세 번은 보통이고 네 번 이상도 상당히 많았다. 한 달에 다섯 번 주말마다 출장 간 간부도 있었다. 업무상 일이 있으면 금요일만이 아니고 일요일에도 출장 가야 하겠지만 간부들이 가족이 있는 서울 집에 가면서 출장 처리하는 것은 아무리 긍정적으로 생각해도 납득하기가 어려웠다. 앞으로 간부들 주말 서울 출장은 반드시 이사장에게 사전 보고하고 출장을 가도록 지시했다.

당시 JDC는 주요 사업들인 '국제 자유 도시 조성 7대 선도 프로젝트 사업'은 대부분 답보 상태였으며, 총 예산 5,000억 원 규모에 비하여 엄청난 금융채무(2,863억 원)를 지고 있었고 민자 유치는 물론 조성된 사업장 토지 매각 부진, 면세점의 매출 감소 등 경영 상태가 매우 어려운 상황이었다.

또한 JDC가 100% 출자한 자회사(해울)마저 영어교육도시 국제 학교 학생 정원 대비 충원율 36%에 머물고 있었고, 학교 건립을 위한 부채 3,500억 원에 운영비마저 매년 증가하여 자본 잠식 상태였다. 이자도 고금리(6.65%)에 더구나 채권자인 대주단 동의 없이는 돈이 있어도 상환 못하는 독소 조항까지 협약서에 포함되어 있었다. 경영을 포함하여 재정 분야까지 잘못된 부분들을 확인할 수 있었다.

발령받고 첫 번째 결재 요청이 200억 원을 차입하는 내용이었다. 당장 직원들 급여도 부족한 상태라고 하였다. 아마 새로운 이사장이 취임하면 차입하려고 기다린 모양이었다. 자회사인 해울까지 포함하면 공휴일을 포함하여 하루에 9,800백만 원의 이자를 지급하고 있었다. 연간 351억 원을 이자로 지급하고 있어 재정 상태가 최악이었다.

이러한 문제들을 해결하기 위해서는 비상조치를 취하지 않고는 이 난관을 극복할 수 없다고 판단하고 곧바로 대대적인 초강도 개혁을 단행하기 시작하였다.

곧바로 우선 채무 상환에 초점을 두고 직접 예산 점검을 시작하였다. 불요불급한 예산도 많이 있었지만, 용역은 엄청 남발하고 있었다. 예를 들면 유사한 용역을 1년에 2번 시행하였고 그 이듬해 예산에 다시 계상한 일도 있었다. 나는 예산을 최대한 절약할 수 있도록 항목별로 절감 방안을 지시하고 그 결과를 부서별로 보고하게 하였다. 그 결과 1차로 당해 연도 예산에서 350억 원을 절약할 수 있었다. 이러한 노력들이 결실을 맺어 취임 첫해에 JDC가 처음으로 '무차입 경영 성과'를 달성하였다.

또한 일하는 조직으로 개편하기 위하여 조직 및 인력 감축, 신규 채용 중단 등 강력한 개혁 작업에 들어가자 사무실 분위기가 달라지기 시작하는 것을 느낄 수 있었다.

　며칠 후 인사실장이 서류 뭉치를 들고 왔다. 무엇이냐고 물었더니 모든 간 부들이 협의하여 쓴 사표라고 한다. 스스로들 제출한 것이었다. 몇 년 전에도 정부 "인원 감축 지시에 의하여 사표를 제출한 일이 있었다."라고 했다. 대부분 간부들은 결연한 의지를 보이기 위하여 지난번처럼 사직서를 제출하였고 곧바로 훈시 후 돌려줄 것으로 생각했던 모양이었다.

　그러나 나는 돌려주지 않았다. 간부 전원회의를 소집하고 강요에 의한 사표인지 아닌지를 개별 확인을 했다. 간부들은 강요에 의한 것이 아니고 각자 스스로 제출한 사표라고 확인해 주었다.

　나는 간부들이 보는 앞에서 사직서를 봉인하고 간부들에게 말했다. 1차는 오늘부터 6개월 후 2차는 1년 후 이사장이 간부들의 근무 상태를 평가(2회)하여 미흡한 간부는 그때마다 사표를 수리하겠다고 공표하였다. 스스로 판단하여 근무하라고 하였다. 사표 수리 후 잘못되었다거나 억울하다고 판단되면 노동위원회나 법원에 행정소송을 제기해도 좋다고 선언했다.

　분명히 이사장이 요구한 사표는 아니라는 것을 전 간부들 앞에서 선언했다.

비상 경영

이러한 과정을 거치면서 JDC 임직원들의 근무 분위기는 달라지기 시작하였다. 그러나 이 분위기를 지속시키기 위해서는 나는 특단의 조치가 필요하다고 판단하였다.

내부적으로는 실·처장들의 사표가 제출되면서 분위기가 달라지기 시작했지만 아직도 '누구는 누구 파', '누구는 중앙인맥과 인연이 있어 함부로 할 수 없다'는 등등의 말들이 난무했다. 모든 직장이나 조직에서는 비공식 조직은 있기 마련이지만, 사익을 위하고 공조직을 와해시킬 수 있는 비공식 조직은 제거해야 했다.

직원 조회 시간에 전 직원들에게 선언했다.

"JDC에서는 직원 상호 간의 취미, 건강 등 일반적인 사조직은 권장하겠지만 다른 조직은 필요 없고 오직 일하는 조직만 존재할 수 있다." 라고…. 특단의 조치로 전 임직원이 참여하에 '비상 경영 선포식'을 하고 JDC 경영 방침과 목표를 새로 정하였다. JDC 미션은 '제주 특성을 살린 국제 자유 도시 조성'으로 하고 경영 방침은 C to S로 정했다.

'Change to Survive' 생존을 위해서는 변화해야 한다는 강한 메시지를 담았다.

그리고 다시 세분하여 3C는 '긴축(Cut) · 변화(Change) · 창조(Create)'로 정하고 3년 임기에 맞게 단계별 목표를 설정하였다.

S는 1차 연도는 생존(Survive), 2차 연도는 강화(Strengthen), 3차 연도는 지속 성장(Sustain)으로 정하여 분야별로 단계별 경영 방침을 확정하고 강력한 개혁을 하나하나 단행하기 시작하였다.

가장 먼저 전 임원 교체를 단행했다. 임원 한 분은 스스로 사임했다. 나머지 분들은 계속 근무를 원했고 상당한 외부 압력도 있었지만 JDC를 정상화하려는 조치이기 때문에 수차례나 직접 설득하고 양해를 구했다. 그분들에게는 죄송함과 고마운 마음을 지금도 갖고 있다.

다음으로 조직 축소를 위하여 먼저 이사장 비서실부터 축소하고 본사 3개 부서 그리고 자회사인 해울까지 조직 축소를 단행하여 유사 업무를 조정하고 업무 한계를 명확히 하였다. 그 과정에 두 명의 간부가 사표를 제출했다. 그리고 분위기 쇄신을 위한 인사를 단행했다.

한편 45명 신규 채용이 필요한 항공우주박물관에도 인건비 절약을 위하여 신규 채용을 중단하고 부서별로 인력을 감축하여 그 인원 27명을 배치하였다. 공군이 항공기를 지원하면서 협약한 내용에는 박물관 개관 시 공군 예비역 17명을 채용하기로 협약이 되어 있었지만, 적자가 예상되므로 운영이 정상화가 된 이후에 채용하기로 여러 차례 협상하여 한 사람도 채용하지 않았다.

항공우주박물관 사업은 처음부터 잘못된 것이었다. 중앙 정부나 공군, 제주도로부터 한 푼 지원 없이 JDC 자체 자금으로 건립하고 운영하도록 한 계획은 누구라도 알 수 있는 적자 운영을 간과한 것이었다. 어떻게 박물관 사업을 통하여 흑자가 가능하다고 생각했는지 한심스럽기도 했다. 나는 박물관법을 개정하여 항공우주박물관을 국립 박물관으로 하고 국가나 지방으로 보조금을 받을 수 있도록 여러 차례 관계부처에 건의하였으나 마무리하지 못하고 퇴임하여 아쉬움을 갖고 있다.

그러나 항공우주박물관은 비행 원리 등 항공 우주 공부에 도움이 되는 청소년 교육시설로 활용하고, 즉 개발 이익 환원 측면의 도민들을 위한 시설로 본다면 미흡하지만 계속 운영해 나가야 할 것이다.

비상 경영 선포식
특단의 조치로 전 임직원이 참여하에 '비상 경영 선포식'을 하고 JDC 경영 방침과 목표를 새로 정하였다. JDC 미션은 '제주 특성을 살린 국제 자유 도시 조성'으로 하고 경영 방침은 C to S로 정했다. 'Change to Survive' 생존을 위해서는 변화해야 한다는 강한 메시지를 담았다.

채무 상환을 위한 피나는 노력

　JDC를 정상화하기 위해서는 7대 선도 프로젝트 사업 추진도 중요하지만 재정 상태가 정상화되어야만 모든 업무를 원활히 추진할 수 있다는 결론에 도달했다. 이를 위하여 몇 가지 시책을 추진하였다.

　첫째는 재무 상태를 정상화하는 일이었다. 2003년부터 매년 은행으로부터 200~300억 원을 차입한 금융 채무는 출범한 지 13년 만에 총 부채 규모가 2,863억 원에 달하고 있었으며 이자만 해도 1년에 351억 원 정도를 지급하고 있었다. 이러한 상황에서도 내부적으로는 긴축과는 거리가 먼 방만 경영을 하고 있었으며 더구나 JDC가 출자한 자회사(해울 국제 학교)까지 재정 상태가 매우 어려운 상황이었다.

　재무 상태를 정상화하기 위해 3가지 목표를 설정했다.
　(1) 초긴축 예산 운영을 통한 재정 건전성 확보
　(2) 면세점 제도 개선을 통한 매출 확대
　(3) 선도 사업 추진을 위한 토지 매입과 기반 조성을 마친 사업용 단지 매각과 민자 유치

이 3가지 목표에 중점을 두었다.

먼저 내부적으로 예산을 절약하는 데 많은 노력을 기울였다. 자체 계획 수

립이 가능한 용역 23건을 취소하고 불필요한 주말 출장 억제, 기구 축소 및 신규 채용 억제를 통한 인건비 절약, 냉·난방 에너지 절약 등 초긴축 운영에 들어갔다. 무더운 여름철에도 에어컨 가동을 중단하고 심야 전기로 얼음을 만든 뒤 다음 날 오후 3시 이후에 환풍구를 통하여 시원한(?) 바람을 보내고 심지어는 이사장 사무실도 낮에는 소등하여 예산 절약을 강화했다. 그리고 출장 관련해서는 이사장부터 솔선수범하기로 했다. 출장 시 항공편 이용 규정에는 비즈니스석을 이용하도록 되어 있지만, 임기 중 비즈니스석을 한 번도 이용한 일이 없으며 서울에 오피스텔을 임대하고 집기를 직접 구매하고 관리비도 개인이 부담하여 예산 절약에 이사장부터 모범을 보였다. 특히 임기 시작부터 끝날 때까지 국내 출장인 경우 항공료를 제외한 출 장비는 단 1원도 받지 아니했다.

이러한 노력 결과 6개월 노력 끝에 2013년 JDC 출범 이래 처음으로 무차입 경영 원년을 달성하고 더구나 금융 채무 500억 원도 상환했다.

두 번째는 취임 보름 만에 당시 정홍원 국무총리께 직접 면세점 제도 개선을 건의했다.

면세점 1회 구매 한도액은 최대 미화 400불(한화 40만 원)로 변경한 후 한도액을 증가시키지 못하고 있었다. 우리나라처럼 내국인 면세

점을 운영하는 일본의 경우 품목당 1회 구매 한도액은 20만 엔(200만 원), 중국 해남성인 경우도 1회 구매 한도액이 8,000위안(160만 원)으로 운영하고 있어 우리도 제도 개선이 필요하다고 보고 하였다.

제도 개선 내용은 "면세액을 올릴 경우 다양한 상품을 판매하여 소비자 측면에서도 좋고 한편으로는 내수 경기를 활성화시키면서 해외 쇼핑도 줄여 외화 절약에도 도움이며 아울러 외화 반출을 억제하는 효과도 가져올 수 있다."라고 건의했다.

JDC 측면에서는 매출이 증가하여 채무 상환이 가능하고 개발 재원 확보가 용이하며, 정부 지원 없이도 자체 운영을 할 수 있어 반드시 법 개정을 해야 한다고 강력히 건의를 드렸다.

국무총리께서는 "좋은 생각이다."라면서 추진하라고 지시하였지만, 그 후 1년여 동안 총리실, 기획재정부, 관세청과 여러 차례 협의하였으나 제도 개선은 이뤄지지 않았다.

나는 입법기관을 통하여 법 개정 작업에 들어가기로 방향을 전환하고 개인적 친분이 있는 국회 재정위원회 이 모 의원을 설득하여 제도 개선을 추진하였다. 우리나라 국민 대부분이 해외여행 시 400불 이상 구매하면 입국 시에 세관에 신고토록 하고 있으나 대부분 여행객은 거짓으로 신고하므로 (1,000불 내외는 대부분 신고 안 함) 잠재적 범죄인을 만들고 있어 금액 상향 조정이 필요하다고 건의하였다. 국회 기획재정위원회에서는 이러한 현실화 내용이 타당하다고 인정하여 의원 입법으로 법 개정안을 발의하여 신고 제외 한도액을 600불로 하는 조세 감면 구제법을 개정하였다.

따라서 JDC 면세점도 자동으로 금액이 상향되었다. 그리고 면세점 이용객도 19세 이상만 이용할 수 있도록 한 연령 제한 규정도 폐지했다. 이와 병행 하여 고객들 선호 상품 추가 입점, 상품 진열 재배치, 고객 우선 시책 추진, 여직원 휴게소 설치 등 매장 개선과 종사원 복지 개선을 추진한 결과 취임 당시 총 연간 매출액 2014년 3,400억 원에서 2015년에는 4,882억 원, 2016년에는 5,420억 원으로 급격한 매출 성장을 가져왔다.

이러한 노력과 병행하여 개발 대상지 조성 부지 매각, 첨단단지 내 기업 유치로 당초 취임 시 제시했던 금융 부채 2017년 전액 상환 목표를 2년 앞당겨 2015년에 금융 차입금 2,863억 원을 전액 상환하고 2016년 퇴임 시에는 여유자금 1,873억 원을 확보하여 탄탄한 재정 기반을 마련하였다.

이같이 법령개정, 제도개선, 직원 복지 시책 추진 등 전 임직원들의 피나는 노력으로 만성 적자 기업을 흑자 기업으로 전환했다.

제주국제공항 2호 면세점 개점

신화 역사 공원 민자 유치 성공

JDC가 추진하는 선도 프로젝트 사업은 7개 사업이다. JDC가 직접 추진하는 사업으로는 서귀포 관광미항 건설사업, 국가 산업단지인 '첨단 과학기술단지 조성 사업'이 있고 전액 민자 유치를 통하여 추진하는 사업이 5개가 있다. 그중 예래 휴양형 주거 단지 사업과 헬스 케어 단지 조성 사업은 민자 유치가 되어 있었으나 신화역사공원 조성 사업과 국제 문화복합단지 조성 사업, 농업을 주제로 한 에코 테마파크 조성 사업은 민자 유치가 안 된 상태였다.

그중 신화역사공원 120만 평 규모 조성 사업은 여러 차례 해외 현지 투자 설명회를 개최하고 2006년부터 16회에 걸친 MOU, MOA를 하였으나 모두 실패하여 이미 투자한 토지 매입비, 기반 조성 공사비 등 투자비 1,350억 원 회수는 고사하고 은행 차입금 이자만도 10년 가까이 매년 80억 원을 지급하고 있었다.

이러한 민자유치 부진, 영어교육도시 운영 미흡 등 여러 가지 문제로 정부는 물론 국회 국정 감사에서도 많은 지적을 받고 있었다.

일반적인 외국 민자 유치 방식은 해당 국가를 방문하여 호텔 회의실을 빌려 기업가를 초청, 투자 설명회를 개최하고 기업을 유치하는 것인데 이 방식은 종전 도청 관광국장 시절 경험으로 보아 상당한 시간과 경비가 들어가는 데 비하여 성공률은 매우 낮았다.

나는 이러한 민자 유치 방식에서 과감히 탈피했다. 해당 기업이 투자 의향을 비치면 해당 국가에 있는 우리나라 코트라 지사, 대사관 상무관을 통하여 우선 투자 희망 기업에 대한 실태를 파악하고 가능성이 있다고 판단되면 투자자를 초청, 현지 설명을 통하여 유치하는 방식을 선택했다. 그 결과 신화역사 공원 조성 사업에 중국 '람정 그룹'을 유치하는 데 성공했다.

우선 람정 그룹이 투자하면서 오래 전에 조성된 토지를 매각하고 사업을 본격 추진하게 되었다. 그러나 람정 그룹은 복합리조트를 운영한 경험이 없고 중국에 본사를 두고 있어 투자금을 가져오는 데 어려움이 있었다. 투자자는 이러한 문제를 해결하기 위하여 홍콩에 상장 기업을 인수하여 '홍콩 람정 그룹'을 만들어 중국에서 홍콩을 통하는 우회 송금을 하였다. 특히 싱가포르 센토사 리조트를 직접 운영하는 말레이시아 '겐팅 그룹'과 합작하여 2013년 말에 홍콩에서 투자 협약을 체결했다. 이 자리에는 람정 그룹 양지혜 회장, 싱가포르 리조트 월드 센토사 탄히텍 대표가 참석했고 관련 임원은 물론 많은 해외 언론사가 큰 관심을 보여 투자 협약식은 큰 성황을 이루었다.

순조롭게 진행되던 민자 유치 사업은 협약 체결 후 엉뚱한 곳에서 문제가 발생하였다. 홍콩 주재 블룸버그 통신과 로이터 통신사가 신화역사 복합 리조트에 카지노 허가를 해주기로 했다는 보도가 나오자 국내는 물론 도내언론에서도 일제히 비난성 보도를 하기 시작했다.

홍콩 현지에서 담당 간부를 시켜 협약 내용에도 없는 이러한 보도가 왜 나왔는지 2개 통신사에 확인을 요청했으나 연락이 안 돼 곤혹스러웠다.

분명 카지노 문제는 공기업 이사장에게 허가 권한도 없을 뿐만 아니라 이면 계약도 없는데 일파만파로 퍼져나가기 시작했다. 귀국 후 도청 기자실에서 불룸버그 통신 보도 내용은 사실과 다르다고 해명하고 국회 국토교통위원회에서도 의원들에게 이면 계약한 사실도 없다고 설득했다. 더구나 공기업 이사장은 카지노 허가 권한을 갖고 있지 아니하며 사실이 아니라고 계속 설득했다. 그 후 한참 시간이 지나서야 오보라는 사실이 확인되어 오해가 풀렸다.

아무리 민자 유치가 필요하다고 해도 허가 권한도 없는 국가 공기업 이사장이 국제적으로 거짓말을 할 수가 있겠는가? 그런 사실이 없다고 해도 믿지 아니하는 현실이 한편으로는 답답하기도 했다. 그러나 우리나라 법령에는 관광 사업에 5억 불 이상 투자할 경우에는 외국인 전용 카지노를 허가해 줄 수 있다는 조항이 있어 그 조항을 인용하여 해외 통신사들이 보도한 것으로 생각된다. 그런 우여곡절을 겪으면서 민자 유치에 성공했으나 두 번째 위기가 닥쳐왔다.

2014년 6월 착공을 목표로 주요 인허가를 마쳤으나 선거로 도지사가 바뀌면서 새로 당선된 도지사가 취임도 하기 전에 착공할 수 없고

사업을 전면 재검토한다고 발표해 사업은 중단됐다. 새로 당선된 도지
사는 중국 자본에 대한 거부감을 표현하면서 투자자들과 갈등이 생겨
나기 시작했다. 심지어 특별법에서 정한 토지 매입 분양 사업도 법령
에 정해 있는데도 그 내용도 모른 채 JDC를 부동산 투기 기관으로 표
현하는가 하면 제주에 투자 중이거나 희망하는 중국 기업들에 '부동산
투기꾼'으로 보는 잘못된 편견으로 투자 기업이 사업을 추진하는 데
큰 불만을 표하기 시작했다.

우리나라 법령에는 미화 5억 불 이상 관광 사업에 투자할 경우 제주
도, 영종도, 기업도시, 새만금에 한하여 외국인 전용 카지노를 허가해
주도록 법에서 정해져 있는 사항까지 반대 의견을 제시하여 큰 혼란을
겪었다.

중국 10여 개 언론에서는 제주 투자에 우려를 보도하기 시작했다.
제주도에서는 도지사가 바뀌면 "법령에서 정한 사항도 무시된다."는
내용이었다. 그 보도 내용을 입수하여 번역한 후 당시 도지사에게 보
내 주기도 했다. 신화 역사 공원 조성 사업 투자자인 홍콩 람정과 합
작 회사인 싱가포르 겐팅사는 자신들이 '투기꾼'으로 매도되고 있다면
서 철수하겠다고 강력히 항의했다. 투자자를 부동산 투기꾼처럼 생각
하는 것에 대한 불쾌감을 노골적으로 표현했다. 일본에서는 도쿄 올림
픽에 대비해 일본 아베 총리가 직접 싱가포르 센토사 관광지를 방문해
투자 의향을 묻고 협의를 하는데 제주에 와서 모욕을 당한다는 항의까
지 했다.

10년 가까이 투자 유치가 실패하였고 조성된 사업비 1,350억 원에
대한 회수는커녕 금융 이자만도 매년 80억 원 지출되고 있는데 만약

투자기업이 철수할 경우 다른 대안이 없다는 각오로 배수진을 치고 문제 해결을 위해 노력했다.

당시 중앙 정부에서는 복합리조트를 건설하여 관광 분야에서 많은 일자리를 만드는 정책을 추진하는데 반하여 제주도가 역행한다는 것은 국가 정책과 다른 것이었다. 우선 철수하겠다는 투자자를 설득하기 시작했다. 만약 이 사업이 원점으로 돌아갈 경우에는 나도 이사장직에서 물러나겠다고 했다. "나를 믿고 6개월만 참아 달라."고 설득했다. 도정과 협의하면서 문제를 풀어 나갔다.

우여 곡절을 거쳐 2015년 2월에 착공하고 공사가 순조롭게 진행되자 나는 곧바로 오래전부터 구상하고 있었던 관광 분야 인재 육성을 위한 프로그램을 구상하고 추진하였다.

주요 관광지나 호텔인 경우 도내에는 자격증 소지자가 없어 외부에서 영입하고 있었는데 자체 인력을 간부로 양성하고 많은 일자리를 만들어 나가겠다는 계획이었다. 국가적으로나 제주 역시 청년 일자리 문제는 매우 중요한 사안이다. 이러한 인재 육성과 청년 일자리 문제를 동시에 해결하기 위하여 도내 5개 대학과 JDC 투자 기업 5개 사 간 협약을 통하여 해결하는 시책을 추진하였다.

먼저 신화역사공원의 경우에는 제주도 내 대학을 졸업했거나 제주 출신으로 육지부에서 대학을 졸업한 학생들을 대상으로 시험을 거쳐 합격한 자들은 1년 동안 싱가포르에서 이론과 실무를 거친 후 초급 간부로 발령하는 프로그램을 만들어 운영 2기까지 120여 명의 연수를 마쳐 근무하도록 하였다.

JDC에서는 싱가포르 어학연수 비용(3개월분)을 전액 지불하고 어학 연수가 끝나면 실무 경험과 외국어 습득을 위하여 싱가포르 내에 있는 리조트 월드 센토사에 근무면서 이론과 실무를 배우는 프로그램이다.

그리고 현재 대학에서 공부하고 있는 학생들을 대상으로 3개 학기를 본인이 원하는 과목(예: 조리, 카지노, 리조트 등)을 이수하면 졸업과 동시에 취업하는 프로그램도 운영하였다. 이러한 프로그램은 2차로 특성화 고등학생까지 확대하였다. 이 사업이 지속적으로 이어져 성공할 경우 제주 출신 인재들이 앞으로 제주 관광을 이끌어 갈 것이다.

복합리조트인 신화 역사 공원이 최종 완공되면 상시 고용 약 6,000명, 청소, 경비, 조경 관리, 세탁 등 간접고용도 3천여 명으로 1만 개에 가까운 일자리가 창출되고 제주 관광 취약점인 야간 관광, 우천 시 관광에도 큰 도움이 되며, 관광객 체재 일수 연장 등 제주 관광이 새로운 전기가 마련될 것이 확실시되었다.

한편 신화 역사 공원에는 총 2조 4천억 원에 이르는 공사비가 투입된다. 이 사업에 따른 도내 건설 경기를 활성화하기 위하여 도내 건설업체에 원도급 50% 참여를 원칙으로 하고 공사를 진행하였다.

그리고 리조트 완공 후 운영 시에는 인근 농가와 농산물 계약 재배를 통하여 농산물을 매입함으로써 지역과 공동 발전하는 모델을 제시하고 있다. 그리고 인근 마을에서 조경 관리, 경비, 세탁 등 일을 위탁하여 주민들에게도 많은 소득이 돌아가고 있다.

그러나 최근 발생한 코로나19, 중국인 관광객 감소 등으로 운영에 어려움을 겪고 있다는 얘기를 들으면서 하루빨리 정상화되기를 기원한다.

(위) JDC 홍콩 람정 그룹, 싱가포르 겐팅 그룹과 홍콩에서 투자협약
(아래) 양지혜 람정 그룹 회장

나는 기존의 민자 유치 방식에서 과감히 탈피했다. 해당 기업이 투자 의향을 비치면 해당 국가에 있는 우리나라 코트라 지사, 대사관 상무관을 통하여 우선 투자 희망 기업에 대한 실태를 파악하고 가능성이 있다고 판단되면 투자자를 초청, 현지 설명을 통하여 유치하는 방식을 선택했다. 그 결과 신화 역사 공원 조성 사업에 중국 '람정 그룹'을 유치하는 데 성공했다.

식화역사 공원 사업 착공식

개발 이익 환원

제주 국제 자유 도시개발센터는 제주도를 국제 자유 도시로 만드는 전담 기관이지만 지역 발전과 도민을 위한 노력은 미흡하였다. 주된 업무가 제주도 종합 개발 계획에서 위임된 사업들을 추진하다 보니 과연 JDC가 제주 발전에 필요한 기관이냐(?) 하는 말까지 나오고 있었다. 그렇다고 도민 합의에 따라 만든 7대 선도 프로젝트 사업들을 등한시할 수 없는 여건이다. 기관 본연의 사업을 추진하면서 지금까지 미흡했던 지역 발전과 도민을 위한 사업을 추진하기로 하였다.

나는 우선 제주도 지도자 그룹, 여성단체 임원, 언론을 통하여 JDC가 하는 일들을 도민들에게 알리는 노력을 기울였다. 그리고 언론 보도나 홍보 매체를 이용하여 JDC가 개발 이익 환원 차원에서 추진한 사업들을 도민들에게 소상히 알렸다.

예를 들면 예산 193억 원을 투자하여 서귀포항 앞 새섬과 연결하는 새연교 교량을 건설하여 서귀포시에 기부채납하였으며 매년 농어촌 발전기금 10억 원을 제주도에 출연하고 있다.

농촌인 경우 30억 원 범위 내에서 마을당 1억 원 상당 농기계 구입비 지원, 어촌 마을에는 마을당 5천만 원 범위에서 전복·소라 종패 지원 사업을 추진하였으며, 특히 지난 2016년에는 해녀 2,400여 명에게 유색 해녀복을 지원하였다.

그리고 매년 장애인들을 위한 특수 차량 지원, 도내 중고등학생, 대학생들을 대상으로 매년 5억 원 규모 장학금을 지원하였다.

아울러 제주도의 허파라고 불리는 곶자왈을 보존하고 생태 학습장으로 활용하기 위하여 영어교육도시 인근 대정읍 신평리 일대 곶자왈을 45만 평에 54억 원을 투자하여 산책로, 전망대, 휴게 시설을 설치하여 '곶자왈 도립 공원'을 조성하고 제주도에 기부채납하였다.

앞으로도 JDC에서는 제주도 환경 보존과 도민 소득 증대를 위하여 지속적으로 지원해 나갈 것이라고 확신한다.

JDC 개발이익 제주지역 환원 사업

매년 장애인들을 위한 특수 차량 지원, 다문화가정 친정 부모 초청, 도내 중고등학생, 대학생들을 대상으로 매년 5억 원 규모 장학금을 지원하였다.

JDC 개발이익 제주지역 환원 사업
제주도 투자기업과 도내 대학 간 인재양성사업 추진 도내 청년 대상으로 해외연수 및 취업지원

JDC 개발이익 제주지역 환원 사업

매년 농어촌 발전기금 10억 원을 제주도에 출연하고 있다. 농촌인 경우 30억 원 범위 내에서 마을당 1억 원 상당 농기계 구입비 지원, 어촌 마을에는 마을당 5천만 원 범위에서 전복 · 소라 종패 지원 사업을 추진하였으며, 특히 지난 2016년에는 해녀 2,400여 명에게 유색 해녀복을 지원하였다.

JDC 개발이익 제주지역 환원 사업

(작은 사진) 제주도의 허파라고 불리는 곶자왈을 보존하고 생태 학습장으로 활용하기 위하여 영어교육도시 인근 대정읍 신평리 일대 곶자왈을 45만 평에 54억 원을 투자하여 산책로, 전망대, 휴게 시설을 설치하여 '곶자왈 도립 공원'을 조성하고 제주도에 기부채납하였다.
(큰 사진) JDC가 193억 원을 투자하여 서귀포항 앞 새섬과 연결하는 새연교 교량을 건설하여 서귀포시에 기부채납한 전경 사진

소송에 휘말린 예래 휴양형 주거 단지

2015년 3월 22일은 JDC에 엄청난 시련이 시작된 날이다. 제주 국제 자유 도시 종합계획에 의거 추진 중이던 예래 휴양형 주거단지 조성사업 행정처분 허가와 토지 수용이 대법원으로부터 무효 판결을 받은 것이다. 본 사업은 2007년 말레이시아 버자야사를 유치하여 JDC도 일부 출자한 사업으로 22만 평 부지에 호텔, 콘도, 위락 시설을 중심으로 고급 휴양지로 개발하는 사업이었다. 2005년 10월 제주국제 자유 도시 특별법에 의거 도지사로부터 사업 승인을 받고 토지매입에 착수하여 총 405명 토지주 중 401명은 매입하였으나 그중 4명이 토지 수용을 거부하여 소송 중이었다.

1심에서는 JDC가 승소하고 2심인 고등법원에서는 화해 권고를 하도록 하였으나 JDC가 거부하여 대법원에서 도지사가 허가한 '행정 처분과 토지수용'에 대한 판결이 났는데, 대법원은 '인, 허가청의 유원지 실시계획 인가 처분은 그 하자가 중대 명백하여 당연히 무효이고 이에 기초한 수용재결도 무효'라는 것이 주요 판결 내용이었다.

이러한 상황에서 우선 담당 부서, 그리고 본 업무를 잘 알고 있는 직원들을 중심으로 T/F팀을 구성하고 국토부와 사업 정상화를 위한 방안을 협의하면서 한편으로는 고문 변호사, 대형 로펌 법률 자문을 구했다. 그 결과 특별법 개정을 통한 사업 정상화가 최선이라는 결론에 도달하였다. 곧바로 법률 개정에 들어갔다.

국토부와 협의한 결과 정부가 발의하는 행정 입법으로는 상당한 시일이 필요하기 때문에 의원입법으로 추진하기로 방침을 정하고 제주 출신 국회의원들에게 설명했다. 하지만 4.13 총선에 미칠 파장을 생각해서인지 한 분은 법안 개정에 반대하고, 또 한 분은 대표 발의를 거절했다. 할 수 없이 개인적으로 친분이 있는 국토교통위원회 소속 의원을 만나 수차례 설명했다. 지 역구까지 찾아가면서 부탁했다. 그분을 대표 발의 의원으로 하고 21명 여·야 의원 서명을 받아 국회에 제출했다.

입법과정에서 여러 말들이 나돌았다. "버자야사가 소송을 못 한다거나 당시 고등법원 화해 권고 시 받아들였으면 이러한 문제가 발생하지도 않았을 것이다. 당시 간부, 이사장에게 책임을 물어야 한다." 심지어는 "도지사와 서귀포 시장에게 손해 배상 청구하여야 한다."라는 얘기들이었다. 직원들에게 지난 얘기는 하지 말 것을 주문했다.

지금은 사업 정상화가 최우선이기 때문에 그 문제는 정상화 후에도 가능하다고 역설했다. 한편 이 문제를 체계적으로 추진하기 위해 유능한 직원들을 차출하고 변호사까지 포함한 T/F팀을 확대 편성했다.

만약 법 개정이 안 될 경우에는 크게 두 가지 문제 발생이 예상됐다. 하나는 제주도 국제 자유 도시 조성계획에 의한 최초 외국인 투자 사업 무산에 따른 국가 신인도 하락과 JDC 공기업 이미지 손상에 대한 큰 타격이다. 다른 하나는 투자자가 손해 배상 소송에 집중하게 돼 손해 배상 범위도 확대될 가능성이 매우 높다는 것이었다. 법률 전문가들의 한결같은 판단이었다. 따라서 국가 신뢰도 문제와 손해 배상 범위를 줄이기 위해서라도 법 개정 이외의 방법은 없는 것이다.

이러한 법 개정 노력이 진행되는 과정에서 투자자인 말레이시아 버자야사는 총 5조 1,360억 원 손해 배상을 청구하는 문서를 보내왔고 1차로 3,500억 원 손해 배상 청구를 국내 대형 로펌 법무법인을 통해 소송을 제기했다. 그리고 토지주들도 토지반환 소송을 동시에 제기하기에 이르렀다.

법 개정 노력에 박차를 가했다. 어떠한 일이 있어도 이 사업을 정상화하기 위해서는 법률 개정이 필요하다는 사실을 여·야 의원들에게 알리고 설득 작업을 계속했다. 제주 출신 국회의원, 국토교통위, 행정안전위 의원들을 개별적으로 방문하여 설명하였다.

그리고 도의회 의원들을 정당별로 초청해 법 개정의 필요성을 설명했다. 그 결과 도의회에서는 찬반 토론을 거친 후 전체 회의에 상정해 찬성 의결을 하고 국회의장에게 법률을 조속히 개정해 주도록 요청했다. 그리고 상공회의소 회장, 건설협회장, 관광협회장을 동반하여 국회를 방문 건의하고 국토 교통위에서도 위원장 명의로 법 개정 촉구 문서로 행정안전위원회에 요청했다.

법안의 주요 내용은 도시민을 위한 유원지 기능을 포함하면서 제주도는 관광지이기 때문에 관광객을 위한 시설도 추가하자는 것이었다.

특별법 개정에서는 개략적인 내용을 정하고 세밀한 부분은 도의회에서 조례로 정하는 것이 법률안이 주된 요지였다.

하지만 순탄치 않았다. 법안 심사가 이뤄지도록 하기 위해 여·야 의원들을 설득하고 진행하려고 했으나 정치권 여야 대치, 20대 국회의원 공천 파동, 총선으로 장기간 유보됐다. 따로 행정안전위원회 위원장을 방문해 법 개정 필요성을 설명하고 이어 여·야 간사를 방문해 설명하였으나 일부 토지주를 중심으로 시민단체 반대가 심하여 큰 난관에 봉착했다. 당시 행정안전위원회 정 모 간사, 야당 원내 대표, 야당 사무총장은 물론 여당 대표까지 방문하여 협조를 구했다.

국회에서의 법안 심사도 우여곡절 끝에 이뤄졌다. 순조롭게 진행되던 법안 심사가 일부 시민단체들의 반대 성명 발표, 국회 항의 방문을 하면서 일부 야당 의원들이 법안에 반대하는 상황까지 벌어졌고, 심사는 중단됐다.

천신만고 끝에 5월 11일 19대 마지막 국회가 열려 행정안전위원회 법안심사소위에 상정하기로 했으나 모 의원 보좌관이 의원이 반대하고 있으니 법 안심사 항목에서 제외해야 한다는 내용을 행정안전위 소속 모든 의원실에 통보하는 바람에 심사 안건에서 제외됐다.

다시 소위원장을 설득하는 한편 해당 의원을 방문·설득해 절충안에 합의했다. 법안심사 소위에 상정해 심의하고 이어 오후 전체 회의에서 의결됐다. 해당 의원은 시민사회 단체 반대는 있으나 국익 차원, 국부 유출, 국가 신뢰도를 들어 찬성 의견을 제시하여 행정안전위원회에서 통과되었다. 그러나 법사위 통과도 매우 불투명했다. 야당 의원들이 강하게 반대했다. 만약 법안 통과가 안 될 경우에는 법안은 자동

페기가 되고 버자야 그룹과 협상 여지는 사라지고 말기 때문이다.

나는 계속 국회에 상주하면서 법제사법위원회 의원들을 각각 다시 만나 설명하였다. 법사위에서는 법안을 상정하고 10시 반 경에 심의에 들어갔으나 시민 사회단체 반대, 제주도 출신 20대 당선 국회의원 두 분이 19대 국회에서 중지하고, 20대 국회로 넘기라는 요청으로 오후 3시부터 저녁 6시까지 3번에 걸쳐 심의했으나 보류되었다.

계속하여 법사위원들을 설득하는 한편 제주 출신 의원들과 통화하면서 반대하지 않겠다는 의견을 확인했다. 그리고 야당 간사가 제주 출신 의원 당선자들은 반대하고 있으나 시민 단체 의견을 부대조건으로 하고 관광숙박 시설이 면적을 30% 이내로 제한하겠다고 하여 제19대 국회 마지막 법안으로 저녁 8시가 지나서야 통과됐다.

마침내 19일 오후 국회 전체 회의에 상정돼 167명 중 찬성 156명, 반대 4명, 기권 7명으로 통과됐다. 제주 출신 1명 국회의원이 기권하기도 했다. 이제 조례제정 시행계획 보완 등 후속 조치를 해나가면서 손해배상 소송에도 적극적으로 대응해 나가야 한다.

본 법안 대표 발의해 주신 함진규 의원 그리고 행정안전위 진영 위원장과 강기윤 의원 등 모든 분께 감사드린다.

2015년 5월 나는 대법원 무효 판결이 나자 말레이시아에서 버자야 그룹 탄 스리 회장을 만나 이 문제를 해결하는 방안을 모색하자고 했었다. 당시 나는 2016년 6월 19대 국회 종료 시까지 최선을 다하여 법안을 개정할 것을 약속하고 소송 문제는 그 후 논의하기로 합의하였다. 그러나 버자야측에서는 지역 언론에서 법 개정이 불투명하다는 보도가 계속 나가자 2015년 말에 3,500억 원 손해 배상 청구했다.

나는 법안이 통과되자 곧바로 버자야 그룹 탄스리 회장에게 서신을 보냈다. '지난해 약속한 대로 19대 국회에서 법안을 통과시켰고 제주도에서 조례를 준비하고 있기 때문에 정상화 길이 열렸다. 말레이시아나 제주 회장이 정하는 장소에서 만나 문제를 풀자'고 하였으나 3일 후 임기가 끝나고 후임 이사장 공모가 시작되는 바람에 무산되고 말았다.

그 후 나는 예래 휴양형 주거단지 공사 현장을 보면서 과연 어느 기관이, 누구의 잘못인지 그 막대한 손해 배상금은 어떻게 마련하고 소송 대비를 하여야 하나, 하면서 아쉬움이 많은 사업 현장에서 잘 마무리되기를 빌었다.

JDC에서는 앞으로 이 문제를 제주도와 협력하면서 토지주는 물론 투자자, 도민들에게 피해가 가지 않도록 많은 노력을 해야 할 것이다.

몇 년이 지난 후 1,000억 원을 지불하고 버자야사와 이 문제를 종결했다는 보도를 보면서 씁쓸한 생각을 버릴 수 없었다.

과연 이 엄청난 금액을 지불했어야 하는지?

이 문제에 매달리다 보니 신규 사업이었던 마리나 씨티 조성 사업을 추진하지 못하여 퇴직 후에도 많은 아쉬움이 남아 있다.

만약 그러한 문제가 발생하지 아니했더라면 신공항과 연계하는 마리나 씨티가 조성되어 동부 지역의 균형 발전은 물론 해양 레저 중심지로 태어날 수 있었을텐데…. 기회를 놓쳤다고 생각하니 아쉬움만 더해간다.

국제학교 운영 정상화 성공

　JDC가 100% 출자한 국제학교 운영 법인인 자회사 '해울' 역시 많은 어려움에 처해 있었다.

　2013년 6월 취임하고 보니 영국 학교인 NLCS Jeju, 캐나다 학교 BHA은 학생 수가 총정원의 36%에 머물고 있었다. 학교 운영을 정상화하기 위해서는 최소한 정원에서 70% 이상 학생 충원이 되어야 하는데 크게 못 미치고 있었다. 그리고 BLT 사업 방식으로 추진한 건립 및 운영비로 3,500억 원의 빚을 지고 자본 잠식까지 이루어지고 있었다.

　더구나 불리한 조항을 담고 있는 본교와 협약, 고금리(6.65%), 채권자인 대 주단의 동의 없이는 차입금을 상환할 수 없는 독소 조항까지 있어 협약 내용과 재정 부분에서 불리한 계약으로 큰 어려움을 겪고 있었다. 국회에서는 귀족학교를 만들어 운영하고 있으면서 경영도 제대로 못한다고 질타하고 있었다. 내부적으로도 직원 채용 등 인사 시스템에 많은 문제가 있어 과연 이곳이 공기업이 운영하는 기관인가(?)라는 의심이 들 정도였다.

학교는 엄청난 적자로 어려움을 겪고 있는데도 JDC, 해울 임직원 자녀 학비까지 면제하고 있었으며 교사들에 대한 지원도 어려운 현실과는 동떨어진 내용들이 많이 있었다.

재정 문제를 해결하기 위해 우선 차입 금리 요율 인하를 위하여 대주단과 1년 이상 끈질긴 협의를 한 결과 금리를 6.5%에서 3.9%로 내렸다. 그리고 임기 중 학생 충원율 73%까지 끌어올려 재정 상태를 안정시켰으며, 그 결과 총 639억 원의 예산 절감을 달성했다. 그리고 대주단 동의 없이는 상환할 수 없도록 한 조항도 삭제했다.

참으로 어렵고 힘든 일이었다. 그 일을 완성한 직원들에게 감사를 드린다. 그 결과 (주)해울이 건전 재정 기틀을 우선 마련할 수 있었다.

한편 2013년 12월 청와대에서 대통령 주재로 열린 무역 투자진흥 확대회의에서 토론자로 지정받아 국제 학교 잉여금의 과실 송금 허용을 대통령께 건의드렸다.

"JDC에서는 제주영어교육도시 내 영국 NLCS, 캐나다 BHA 두 개 학교를 직접 투자하여 운영하고 있습니다. 그러나 재정 부담이 매우 크며 신규 유치에는 본교에 과실 송금이 안 되어 새로운 학교 유치가 매우 어렵습니다. 그리고 태국, 홍콩, 중국, 말레이시아, 두바이 등 여러 나라에서는 과실 송금을 허용하고 있어 국제 경쟁력에서도 밀리고 있습니다."

그리고 국제학교는 영리 법인을 설립할 수 있도록 제주특별법에 명시되어 있습니다. 학교 운영과 발전기금을 빼고 남는 잉여금은 본교로 과실 송금을 하여야 우수한 학교를 더 유치할 수 있으나 관련 법령에서는 과실 송금이 허용되지 않아 학교 운영에 어려움을 겪고 있으므로 관련법 개정을 통하여 제도 개선이 이루어지도록 하는 내용이었다. 그렇다고 전액을 학교 임의로 송금하는 것이 아니라 학교 운영경비, 장기 발전기금을 제외한 금액에서 교육감이 심사한 후 송금할 수 있도록 하는 안전장치도 마련했다. 일반인들이 우려하는 이익금 전부를 가져가는 것은 아니다. 외국의 경우 대부분 과실 송금을 허용하고 있다는 내용도 말씀드렸다.

대통령께서는 기획재정부, 교육부 장관에게 조치하도록 지시하여 관계부처 협의를 거친 후 행정입법으로 국회에 제출하였으나 영리법인 과실 송금에 대한 법안이 19대 국회에 계류되다 심사가 중단되는 바람에 자동 폐기되었다. 그러나 2016년 6월 국무총리께 건의하여 20대 국회에서 다시 법안 개정을 추진하였다.

해울의 경영 정상화를 위해서는 무엇보다 학생 충원이 최우선 과제였다. 서울을 비롯하여 분당, 일산, 부산은 물론 중국까지 대대적인 입학 설명회를 개최하는 등 학생 유치에 총력을 기울인 결과 2016년 9월에는 총정원의 73%에 달했다. 앞으로는 정상 운영이 될 것으로 예상된다.

더구나 NLCS Jeju와 BHA에서 졸업한 학생들이 옥스퍼드, 케임브리지, 스탠퍼드, 아시아에서는 동경대, 홍콩대, 싱가포르 국립대 등 세계 100순위 이내 명문대학에 대부분 합격하고 있다. 그리고 조기 유학으로 인한 외화 유출이 3개 학교 운영으로 지난해(2015년) 말 현재 유학 경비 3,490억 원의 해외 유출을 막고 있다.

그리고 2016년 4월 세 번째 학교인 미국 SJA를 착공하여 2017년 9월 개교하면 영어교육도시는 성공한 정책으로 평가받고 제주도가 동북아 국제적인 교육도시로 성장해 나갈 것이다.

종전 제주를 비하할 때에는 〈말은 제주로 사람은 서울로 보내야 한다〉고 표현하였으나 지금은 반대 현상이 나타나고 있다. '제주에서 생산된 경주마는 서울 경마장으로, 사람은 제주 국제학교'로 오고 있다.

그리고 기러기 아빠 같은 사회적 문제를 해결하고 국가 차원의 교육 수지 적자 해소에도 크게 기여하고 있다.

2015년 말 학부모를 대상으로 설문 조사를 한 결과 학교 만족도는 89% 그리고 만약 이 학교가 없었다면 자녀를 해외에 유학 보낼 생각이냐는 질문에는 45%가 그렇다고 답했다.

제주 국제학교는 동북아시아 지역 비영어권 학생들을 유치하여 제주가 아시아의 교육 허브로 그리고 제주에서 글로벌 인재를 양성하는 요람으로 발전할 것이다.

미국 SJA JEJU 국제 학교 신축공사 착공식

종전 제주를 비하할 때에는 〈말은 제주로 사람은 서울로 보내야 한다〉고 표현하였으나 지금은 반대 현상이 나타나고 있다. '제주에서 생산된 경주마는 서울 경마장으로, 사람은 제주 국제학교'로 오고 있다. 제주 국제학교는 동북아시아 지역 비영어권 학생들을 유치하여 제주가 아시아의 교육 허브로 그리고 제주에서 글로벌 인재를 양성하는 요람으로 발전할 것이다.

공기업의 신화를 쓰다

꼴찌의 반란

앞서 얘기한 것처럼 2013년 취임 당시 JDC는 정부가 매년 시행하는 공기업 경영평가에서(A에서 E등급으로 평가) 2010년 D등급 2011년 C등급 2012년에는 최하 등급인 E등급을 받아 경영 상태가 매우 불량한 부실 공기업으로 낙인찍혔으며 이로 인한 직원들의 사기도 크게 저하되어 있었다.

부채 비율이 높고 면세점 영업 매출도 관광객은 증가하는 데 반하여 전년도보다 떨어지는 상태였다. 민자 유치 부진, 고객 만족도 미흡, 인사 운영 잘못, 직원 비리 등 많은 문제가 발생하여 발령받기 전 2012년에는 정부 평가에서 최하 등급을 받은 것이다.

변화가 필요했다. 무엇보다 직원들 속에 잠재된 패배 의식을 없애는 것이 매우 중요하다고 생각했다. 또한 경영평가에서 다른 공기업보다 JDC가 무엇을 잘못하고 있는지를 찾아내어 개선하는 것 또한 시급한 문제였다.

먼저 2년 연속 경영평가에서 좋은 점수를 받은 인천항만공사 사장과 평가 위원으로 있던 교수들을 찾아가 종전 평가 과정에서 다른 기관들에 비하여 JDC가 무엇이 잘못되었는지를 배우고 기본 방향을 설정했다.

경영평가는 계량 부문과 비계량 부문으로 구분하여 정부가 위촉한 전문가들이 평가하였다. 평가 지표는 각 공기업이 제출한 내용을 바탕으로 기획재정부와 전문가들로 구성된 평가단에서 전체 회의를 통하여 기관 특성에 맞는 평가 지표를 만들어 이를 기초로 평가하였다.

나는 평가 지표가 공정하게 만들어졌는지를 검토하다 지표가 잘못된 것을 발견하였다. 계량 부분 평가 지표 중 면세점 매출 신장 목표는 아무리 노력해도 도달할 수 없는 목표였다. 즉 세계 빅 5부 공항 면세점 매출 증가율과 비교하여 평가받도록 하여 도저히 달성할 수 없는 목표였다.
왜냐하면 다른 공항 면세점들은 금액, 품목, 수량, 이용자 연령 등 아무런 제한 없이 소비자가 원하는 물품이 있으면 구매할 수 있는데 반하여 JDC가 운영하는 면세점은 품목 수가 15개, 1회 매수 한도가 400\$, 1년에 4회, 18세 미만 이용 불가 등 여러 가지를 제한하고 있어 다른 공항면세점과의 비교는 잘못된 지표였다.

우선 당시 평가 단장인 서울대 행정대학원장, 계량지표 담당 교수, 그리고 기획재정부 담당 부서를 찾아가 잘못된 지표 변경을 요구했다. 그러나 기획 재정부는 물론 평가 단장과 계량지표를 담당한 교수들은 지난해 말 전체 회의에서 결정한 사항으로 변경이 불가능하다고 했다.

그러면서 이 기본안은 당신네 JDC가 제출한 내용이라는 말을 듣고 아연할 수밖에 없었다. 계속하여 담당부처인 기획 재정부를 수차례 방문하여 설명했으나 결과는 마찬가지였다. 그렇다고 이대로 포기할 수는 없는 일이었다.

고민 끝에 다시 평가단장과 계량지표 담당 교수와 기획재정부 담당자를 찾았다. 어려운 설득작업을 또다시 시작했다. 아무리 우리 직원들의 잘못으로 작성한 평가 지표지만 지표 설정이 잘못됐다는 점을 강조했다.

JDC 면세점은 전 세계 공항 면세점 중에서 가장 실적이 좋은 5개 면세점 매출 증가율과 비교해 점수로 환산토록 되어 있는 것은 매우 잘못된 평가 지표라고 강조했다.

예를 들어 배구 시합을 하는데 상대 팀은 손과 발이 자유롭게 움직이는 데 반해 우리 팀은 발은 꽁꽁 묶어 손으로만 배구를 하라고 하는 것과 다를 것이 없으므로 경기 결과는 불 보듯 뻔하다고 평가 교수단을 일일이 찾아가 설득했고, 마침내 면세점 관련 조항은 평가단 마지막 전체 회의에서 관련 지표가 변경됐다.

이와 병행하여 내부적으로 잘못된 사항들을 하나하나 찾아 개선해 나가면서 청렴도, 고객 만족도 개선을 위해 수 차례 전 직원회의와 합숙 워크숍을 통해 개선 사항들을 도출하고 미비한 점을 보완해 나갔다. 또한 비리 직원은 인사 조치하고 사법 기관에 고발하면서 한편으로는 사전 감사를 강화해 나갔다.

특히 이미 조성된 영어교육도시 내 부지와 첨단과학기술단지 공장 용지 매각, 신화역사공원 민자 유치 성공은 평가 사항에서 좋은 결과를 나타냈다. 취임과 동시(6월)에 추진한 많은 노력이 바탕이 돼 6개월 만에 꼴찌에서 최고 등급을 받는 쾌거를 달성했다.

저에게 많은 자문을 해준 인천항만공사 김춘선 사장은 "어떻게 제자가 스승을 능가하는 성적을 6개월 만에 받을 수 있나."라며 부러워하기도 했다. 자문을 해주었던 교수들도 놀라워하였다.

그리고 경영에서 어려운 문제들이 풀리기 시작하자 도민을 위하는 사업들을 하나하나 발굴하면서 개발 이익을 환원해 나가기 시작했다.

2013 5th GGGF(글로벌 그린 성장 포럼)
2013년 취임 당시 JDC는 정부가 매년 시행하는 공기업 경영평가에서(A에서 E등급으로 평가) 2010년 D등급 2011년 C등급 2012년에는 최하 등급인 E등급을 받아 경영 상태가 매우 불량한 부실 공기업으로 낙인 찍혔으며 이로 인한 직원들의 사기도 크게 저하되어 있었다. 그러나 취임과 동시(6월)에 추진한 많은 노력이 바탕이 되어 6개월 만에 꼴찌에서 최고 등급을 받는 쾌거를 달성했다.

(위) 존 하워드 전 호주총리, 조 클라크 전 캐나다 총리 부부와 함께
(아래) 스페인 대사 등 외교관 일행

JDC 이사장 임기를 마치고

　3년 5개월간의 임기를 끝내면서 예래 휴양형 주거단지 문제, 신규 사업으로 추진하던 마리나씨티 조성 사업 등 일부 사업들을 마무리하지 못하고 떠나게 되어 매우 아쉬웠다. 특히 대법원 무효 판결을 받은 예래 휴양형 주거 단지 조성 사업은 어렵게 국회에서 법률 개정까지는 마쳤으나 제주도, 버자야 측과 해결을 못 하고 후임자에게 넘기는 상황이 되어 버렸다. 그러나 어려운 재정 문제가 완전히 풀렸고 특별법 개정까지 마무리했기 때문에 차질 없이 추진하기를 기대한다.

　앞으로 개발 사업 추진은 지금까지 보다 더 '보존을 우선하는 정책'에 바탕을 두어 환경 훼손이 안 되기를 직원들에게 신신당부하면서 떠났다.

　나는 어려운 환경에서 만년 꼴찌 부실 공기업을 정부 공기업 경영평가 3년 연속 최고 등급 획득이라는 쾌거를 달성했고 우리나라 공기업 평가의 새로운 역사를 썼으며 지금도 큰 자부심을 갖고 있다.

　지난 3년여 노력한 결과가 정부의 우수 사례 평가, 언론 보도를 통하여 전국적으로 알려져 많은 상을 수상하였다. 2014년 산업 정책 연구원에서 주는 '지속 가능 평가에서 AAA 수상', 2015년 포브스 코리아 평가에서 한국 경제를 빛낸 최고 경영자 대상, 2015년 2016년 시사저널에서 119개 공기업을 대상으로 평가한 굿 컴퍼니 지수 3위, 2016년 매일 경제지에서 대한민국 창조 경제리더 상, 2017년 TV 조선에서 한국의 영향력 있는 최고 경영자상을 받았다.

이러한 실적들은 수십 차례 조선, 동아, 중앙일보, 방송, 지방 일간지 월간 조선, 신동아, 월간중앙 그리고 여러 주간지에서도 보도되어 JDC 위상을 높이고 이러한 실적들은 우리나라 공기업 역사상 전무후무한 일이라고 평가받았다.

정부 경영평가 만년 꼴찌에서 탈출하여 최고 경영평가 성과를 냈으며 이 모든 결실은 어려운 여건을 극복하면서 이사장을 믿고 열심히 따라준 임직원 모두의 노력의 결과이기에 JDC 임직원 모두에게 깊은 감사의 말씀을 드린다.

나는 제6대 JDC 이사장 임기를 무사히 마치고 2016년 11월 4일 이사장직을 떠났다. 이임식 날 직원들이 재임 기간 중 열심히 일했던 순간들을 영상물로 만들어 상영하여 나는 벅찬 감격의 눈물을 흘렸다.

〈영상〉
김한욱 이사장님과의 뜨거웠던 시절로부터
"김한욱 이사장이 오기 전"
우리는 제주 국제 자유도시를 향한 염원으로 우리에게 주어진 사명을 지고 걸어왔습니다.
(언론보도 : 부채의 늪과 빚으로 쌓아올린 모래성 JDC, JDC 살림살이 엉망, 해마다 부채 늘어 … JDC 10년, 민자유치 5% 허덕여, 낙제 수준의 JDC 민자유치 실적, JDC 공공기관 경영평가 여전히 하위권…)

그러나 우리의 노력과 달리 10년 동안 노력과 결실에서 남은 건 지역사회의 비판으로부터 돌아봐야 하는 성찰과 내부 혁신에 대한 뜨거운 갈망이었습니다.

어둠을 걷고 빛을 향한 생존의 도약만이 절실했습니다.

2013년 6월 제6대 김한욱 이사장 취임

제주와 우리에게 새로운 도래를 알리는 서막이었고 드디어 빛이 열려오고 있었습니다.

분골쇄신 이사장님을 필두로 한 뼈를 깎는 희생과 JDC 사상 유례없는 혁신 경영으로 우리 회사의 새로운 변화가 시작되었습니다.

긴축 · 창조 · 변화 비상 경영체제 선포!

JDC 최초 무차입 경영 실현!

국제학교 입학률 대폭 향상! 대출금리 인하로 639억 원 절감!

제주 곶자왈 도립공원 준공과 지역 사회 환원!

청년 인재 양성 사업으로 양질의 일자리 창출!

면세점 구매제도 개선 "구매 한도 600불로 상향, 연령제한 폐지"

면세점 최고 매출 4,882억 원 달성!

신화역사공원 2조 3천억 원 민자유치 FDI 최대규모 7.6억 불 도착!

대동그룹 에코 프로젝트 투자 유치!

이랜드 그룹 세계 문화복합단지 투자 유치!

헬스케어 타운 외국 의료기관 국내 최초 복지부 승인!

예래 휴양형 주거단지 정상화를 위한 제주특별법 국회 본회의 통과 개정!

금융 부채 2,860억 원 전액 상환, 여유자금 1,873억 원 확보!

3년 연속 공공기관 경영평가 최고 등급 달성!

포브스 코리아 한국 경제를 빛낸 최고 경영자 대상 수상!

TV 조선 한국의 영향력 있는 최고 경영자 선정

새로운 변화, 감격의 순간마다 당신의 희생이 있었고

당신이 지핀 혁신의 불씨로 우리 모두 열정을 불태울 수 있었습니다.

그 빛으로 비추어 온 우리의 미래 앞에 서서

눈부시게 찬란한 추억과 뜨거운 이별을 꼭 간직하겠습니다.

그리고 이어지는 영상 인터뷰

〈문영호 노조 위원장〉
이사장님 그동안 수고 많으셨습니다. 피나는 노력과 불굴의 의지로 많은
어려움과 변화의 물결을 잘 헤쳐 오셨습니다. 이제 JDC 선장에서는 내려
오시지만, 앞으로는 JDC의 선주가 되시어 계속적인 관심과 역할을 부탁드
리겠습니다. 항상 건강하시고 행복하십시오.

〈입주기업 대표 누리커뮤니케이션 유영신 회장〉
첨단과학 기술단지 입주기업협회 회장 유영신입니다. 우리 김한욱 이사 장
께서 처음 취임하셔서 말씀하신 것이 입주 기업과 동반 성장이었습니 다.
재임하시는 동안 이 일을 위해서 참으로 수고하셨습니다. 그 덕분에 우리
입주 기업들은 많은 성장을 하였습니다. 앞으로도 우리 입주 기업들을 잊
지 마시고 지원해 주시기를 부탁드립니다.

〈고생을 많이 한 예래 휴양형 주거단지 T/F 박근수 팀장〉
먼저 이사장님을 떠나보내게 되어 너무나 아쉽습니다. 무엇보다도 어려운
시기에 취임하셔서 수많은 난제를 잘 극복하시고 JDC 위상을 최고로 올려
놓은 점에 대해 감사와 경의를 표합니다. 이사장님의 더 큰 미래를 위해 우
리 직원 모두는 함께 응원하겠습니다. 이사장님 파이팅!

〈나와 3년간 비서실에 근무한 이명화 대리〉
안녕하세요. 비서실 이명화 대리입니다. 이사장님을 3년 동안 모시면서 저
에게는 정말 잊지 못할 시간이었습니다. 지금까지 JDC가 오기까지는 이사
장님의 열정, 청렴함, 그리고 철저한 자기 관리에서 비롯되었다고 생각합니
다. 이사장님께 정말 감사하다는 말씀드리고 싶구요, 잊지 못할 것 같습니
다. 그리고 이사장님 사랑합니다.

그분들의 송별 영상까지 보면서 깊은 감명과 감격의 눈물을 흘렸다.

그리고 이어지는 마무리 멘트

> 당신의 호통, 열정, 질책, 사랑, 희생…
> 그리워서 가슴 속에 꼭 붙들고 싶은 동경이 되었습니다. 당신은 최초의 순
> 간부터 함께하고 싶은 우리의 '동료'였고 절실히 의지하고 싶은 우리의 '아
> 버지'였습니다. 감사합니다. 그리고 잊지 않겠습니다.
>
> — JDC 임직원 일동

눈물이 멈추지 않았다.

행정자치부 국가기록원장 이임식, 제주도 행정부지사 퇴임식을 했
던 경험도 있었으며 장·차관, 도지사 등 많은 이임식을 보았지만…
이런 이임식은 본 적도 들은 적도 없는데….

그동안 나와 한마음이 되어 열심히 일해준 모든 임·직원들에게 진
심으로 한 번 더 감사를 드린다. 많은 성원을 보내주신 도민들, 정부
해당 부처 공무원들, 국회의원들께도 감사를 드린다.

사람은 만나면 헤어지는 것이고 헤어짐은 다시 만나는 출발이 된다.
가벼운 마음으로 떠난다.

3년 5개월 동안 힘들고 괴로운 일들도 많았지만, 행복한 마음으로
떠난다. 두 번째 공기업 경영평가에서도 최고 등급(A)을 받고 서울 출
장길에서 돌아오는데 전 직원이 복도에 도열하여 환영의 박수를 받았
던 기억이 주마등처럼 지나간다. 임기 중 가장 기억에 남는 일이었다.

정다웠던 얼굴들 모두 모두 건강하고 가족들과 함께 즐거운 나날들
보내길 기원한다.

지금은 평범한 자연인으로 돌아와 그동안 소홀했던 가정, 사랑하는
가족들과 건강하고 행복한 날들을 보내고 있다.

사람은 만나면 헤어지는 것이고 헤어짐은
다시 만나는 출발이 된다.
가벼운 마음으로 떠난다.
정다웠던 얼굴들 모두 모두 건강하고
가족들과 함께 즐거운 나날들 보내길 기원한다.

김한욱 이사장님과의
뜨거웠던 시절로부터

당신이 지핀 혁신의 불씨로 우리 모두 열정을 태울 수 있었습니다.

눈부시게 찬란한 추억과 뜨거운 이별을 꼭 간직하겠습니다

사 진 으 로 보 는

9 급 공 무 원 의 꿈

임 용 장

金漢昱

조선부지방 행정서기보에 임함
서민과 근무를 명함

1977년 3월 0일

제 주 시 장

내 공직인생의 시작인 임용장

제주도 행정부지사 임명장

4 · 3 사건처리지원단 파견 임용장

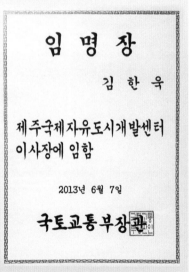

제주국제자유도시개발센터 이사장 임명장

1982년 새마을 훈장

1990년 대통령 표창

2008년 홍조근정훈장

• 주요 수상 실적 – 민간

2013년 창조혁신부문 대상

2014년 대한민국 최우수
공공서비스 대상

2015년 지속가능경영 부문 대상

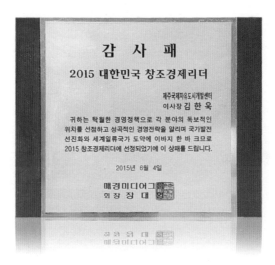

2015년 대한민국 창조경제리더 감사패

2016년 한국의 영향력 있는 CEO 사회경영부문

이랬던 JDC를 바꾸는 사람은 김한욱
(67) 이사장이다. 김 이사장은 2013년 6월
취임하자마자 상근이사 3명을 모두 교체
하고, 부서규모도 축소하는 등 '비상경영'
을 선포했다. 김 이사장은 "변화와 개혁
없이는 살아남기 힘들다는 생각에 '생존'
이란 용어를 쓰가며 긴축경영을 했다"고
말했다.

김한욱 제주국제자유도시개발센터(JDC) 이사장

'9급 공무원의 신화'
빗더미 만년 꼴찌를
2년 연속 A등급 기관으로

만들고, 중앙기관과 ㅈ
제3의 기관인 'JDC를 ㄹ
국토교통부 산하 공
JDC의 주된 재원은 저
에 있는 내외국인 면세
은 "제주 내국인 면세조
의 내국인 면세점을 벤
계 두 번째 내국인 면ㅅ
중국 하이난다오. 싼야(
세점을 벤치마킹해 갔다
는 제주공항(국내선) 13
면세점을 운영 중이다.
광객이 급증한 덕에 지
은 3677억원을 달성하
기록했다.
경쟁기업들과 매출 경
면 성과가 더욱 혁혁하
를 기록하는 데 반해, 인
출 성장하는 데 그쳤다.
컨벤션센터와 성산항에
제주관광공사 면세점은
신장을 기록했다. JDC
관세청이 인허가한 제주
에도 닿추 참여하려 했
다. 김 이사장은 "국가
방공기업(제주관광공사)
이 바람직하지 않았다"ㄷ

photo 이신영 명심미디어 기자

52

김한욱 JDC 이사장
"국가 발전과 국민 행복에
기여하는 공기업으로
거듭나겠습니다"

(위) 주간조선 2015년 7월 20~26일 2366호
(아래) 연합이매진 2015년 7월호

에듀윌 인사 · 교육전문지 인재경영 2015년 7월호

세계인이 사랑하는 제주국제자유도시, '제주'의 도약
제주국제자유도시개발센터(JDC)가 함께합니다!

김한욱
제주국제자유도시개발센터 이사장

interview

김한욱 신임 제주국제자유도시개발센터 이사장
"정부와 국민이 지지하고
직원 자부심 갖게 할 터"

● 초가축 경영으로 '무차입 원년' 눈앞에
● 일자리 늘리고, 지역과 이익 공유하는 투자유치 박차
● 영어교육도시 덕분에 빈집 사라지고 외화 절감

글 김지영 기자 | kjy@donga.com

(위) 주간인물 2015년 9월 2일 960호
(아래) 신동아 2013년 11월

(위) 한경 BUSINESS 2015년 6월 3일 1017호
(가운데) 월간중앙 2014년 6월호
(아래) Forbes Korea 2015년 4월호

최악 경영난 '제주국제자유도시개발센터' 환골탈태

'공공기관 경영실적 평가'서
2년 연속 최고등급 A등급 받고
'금융부채 제로화'에도 성공
주택사업 등 올해부터 새도약 나서

김한욱 제주국제자유도시개발센터 이사장(가운데)이 13일 제주도청 기자실에서 영어교육도시, 신화역사공원, 헬스케어타운 등의 핵심 사업에 대한 평가와 함께 올해 추진할 새 프로젝트를 설명했다.
임재영 기자 jy788@donga.com

헬스케어타운·첨단 과기단지… 명품 도시 기반 마련

제주국제자유도시개발센터

김한욱 이사장.　　　JDC 제공

　제주도를 국제자유도시로 육성·발전시키기 위해 정부가 설립한 전담기관인 제주국제자유도시개발센터(JDC)가 2015년 3대 중점 추진 목표를 공개했다. 기존 사업의 성과 확산, 신규 미래 사업의 추진 가시화, 대국민(도민) 신뢰도 대폭 향상이 바로 그것이다. JDC는 우선 영어교육도시, 헬스케어타운, 첨단 과기단지, 신화역사공원, 제주항공우주박물관 등을 효율적으로 운영하기 위해 영어교육도시 내 국제학교인 NLCS Jeju와 BHA의 재학생 수를 정원 대비 60% 이상 끌어올릴 계획이다. 또 2017년 9월 개교를 목표로 설립을 추진 중인 미국 국제학교 St. Johnsbury Academy Jeju와 테마 거리 조성 등으로 최적의 주거, 상업, 문화 시설을 갖춰 제주 국제자유

도시로서 명품 도시 기반을 마련한다는 구상이다.
　당기순이익 412억원이 각각 증가했고, 부채비율도 37.1p 감소해 33.3%로 떨어 있는 800억원의 금융부채도 2016년까지 전액 상환할 예정이다. 이외에도 JDC는 정부 공기업 경영평가 최고등급 달성과 청렴도, 고객만족도 우수기관, 부패방지시책평가 최우수기관으로 평가받는 성과를 이루어냈다. 또 면세점 구매 한도 상향(400→600＄)과 구매제한 연령 폐지를 이끌어냈으며, 공항 내 제2매장(간이 매장)을 추가 설치하는 등 획기적인 면세점 매출증대 기반을 마련했다.
　김한욱 이사장은 "2013년 경영평가에서 최상위 등급과 국민 신뢰 4대 평가에서 우수한 성적을 거둔 것은 지난 1년간 임직원이 하나가 되어 기존 추진해 온 사업들이 최고의 성과를 내도록 노력한 결과이며, 그동안 제기돼온 문제점을 개선하고 경영성과 창출에 힘을 모은 성과라고 생각한다"라며 "10년 후의 제주는

"생존 목표로 긴축·외자유치했다"

신화역사공원 등 개발사업 민자유치 마무리 성과
"남은 기간 미래 사업 밑그림 작업에 주력할 것"

"마른 수건짜듯 다그쳐 미안하고, 묵묵히 견뎌줘 고맙다."

김한욱 이사장은 인터뷰를 하는 동안 직원들에 대한 미안함과 고마움을 여러 차례 표시했다.

김 이사장이 제주국제자유도시개발센터(JDC)에 부임한 것이 2013년 6월. 당시 JDC는 최악의 상황이었다. 조직운영을 위해 매년 200억~300억원을 차입하고 있었다. 차입금 누적액이 2860억원에 달했다. 돈을 빌려도 시원치 않을 판에 하루에만 이자로 9800만원을 지출하고 있었다.

김 이사장은 "부임하고 보니 '어쩌다 이 지경까지 됐나' 걱정이 앞섰다"고 당시를 회상했다. 김 이사장의 JDC에 대한 애정은 역대 이사장과는 사뭇 다르다. JDC 탄생의 주역이기 때문이다.

말단 직원부터 행정부지사까지 23년을 제주도에서 근무한 김 이사장은 관광국장을 4년간 역임하는 등 언제나 제주 개발사업의 중심에 있었다. JDC도 김대중 전 대통령이 제주도 순시 때 보고되면서 첫 발을 내딛게 됐다.

살기위해 선택한 변화와 개혁

김 이사장은 취임하자 마자 '비상경영'을 선포했다. "변화와 개혁없이는 살아남기 힘들다"는 각오에 '생존'이라는 용어를 쓰기에 긴축경영을 했다"고 말했다. 상근이사 3명 모두를 교체하고, 부서를 축소했다. 에너지 사용도 극도로 제한했다. 낮에는 전기를 켜지 않았고, 더운 여름에는 에어컨 사용을 금지했다. 대신 값싼 심야전기를 이용해 얼음을 얼린 뒤 환풍기에 넣어 냉방에 이용했다.

직원들이 "더워 죽겠다"고 아우성쳤지만 김 이사장은 흔들리지 않았다. 물론, 김 이사장도 여비를 절대 받지 않았고, 항공기 비즈니스석이 용하지 않는 등 솔선수범했다. 구두쇠 김 이사장에게는 '마른 수건'이라는 별명이 붙었다.

이같은 노력의 결과, 2013년 500억원, 2014년 1580억원의 금융부채를 갚을 수 있었다. 남은 800억원은 내년까지 전액 상환할 예정이다. 2013년 176.4%이던 금융부채비율도 지난해에는 113.1%로 대폭 줄었다.

그러나 방만경영 해소는 JDC 사업정상화의 필요조건일 뿐이다. 범어놓은 개발사업들이 제대로 진행돼야

김한욱 이사장 △1948년 제주 서귀포시 출생 △오현고·고려대 정책대학원(석사 과정) 졸업 △제주도 공보관, 관광문화국장, 기획관리실장, 행자부 국가기록원장, 제주도 행정부지사 역임

비로소 온전히 정상화됐다 할 수 있다. 당시만 해도 JDC는 각종 개발사업을 위한 민자유치에 애를 먹고 있었다.

당초 JDC는 제주도 개발을 위한 지난 400여년간의 노력이 별 성과를 거두지 못하는 상황을 돌파하고자 2002년 중앙정부차원의 전담기구로 설립됐다. 제주도를 국제자유도시로 육성·발전시키기 위해 관광, 교육, 의료, 첨단 중심의 각종 개발사업을 추진한다.

영어교육단지, 신화역사공원, 헬스케어타운, 첨단과학기술단지 등이 그것이다. 개발사업의 기초재원을 마련하기 위해 내국인 면세점을 운영하고 있지만 주된 개발재원은 민간자본이다. 그간 민자유치가 별다른 성과를 내지 못하면서 사업이 지지부진한 상황이었다.

실속없는 로드쇼 대신 직접 초청

김 이사장은 외자유치에 발벗고 나섰다. 지금까지와는 다른 방식을 택했다. 해외 로드쇼를 없애고, 기업을 직접 초청했다. "신화역사공원의 경우, 16번이나 MOU를 체결했지만 민자유치로 이어지지 않았다"며 "경제인들 모아놓고 밥사주면서 하는 슬라이드 쇼에 불과한 로드쇼 방식은 안된다"고 단호히 말했다. 제주도 관광장을 다니며 체득한 결론이다.

대신 김 이사장은 현지 대사관 및 코트라 등의 지원을 통해 현지에 대한 치밀한 사전조사를 한 뒤 투자가능성이 있는 기업을 제주로 초청했다. 직접 현장을 보여주며 '돈을 벌 수 있다'는 희망을 심어줬다.

그 결과, 부임 석달 만에 외자 유치에 성공했다. 충정 컨벤그룹 및 센티 싱가포르가 합작법인을 설립, 3억달러를 입금했다. 이를 바탕으로 동북아 최대 복합리조트인 신화역사공원은 2월 착공할 수 있었다.

김 이사장은 "관광사업을 위해 외자 3억달러를 한번에 유치한 것은 신화공원이 처음일 것"이라고 귀띔했다. 올해 말까지 2억달러가 추가로 들어올 계획이다.

헬스케어타운 역시 중국 녹지그룹

이 건축공사를 차질없이 추진 중이다. 당초 3단계로 예정됐던 의료시설을 2단계로 당기기로 합의해 '의료없는' 헬스케어타운이라는 우려는 없앴다.

첨단과학기술단지에도 120개 기업이 입주, 매출이 1조원에 이르고 있다. 현재 추가 기업수요에 대비, 제2 첨단단지 조성을 준비 중이다. 이런 식으로 6개 개발사업에 대한 민자유치를 끝냈다.

김 이사장은 "6개 사업 중 3곳의 민자사업이 지지부진한 상황이었다"며 "모든 개발사업의 민자유치를 마무리한 것이 가장 큰 보람"이라고 말했다.

이제 김 이사장의 임기는 1년 남았다. 지난 2년의 성과를 갈무리해야 하는 상황이다. 그는 기존사업 성과를 극대화해 지역민들과 이익을 공유할 수 있는 기틀을 다지는 것과, 미래먹거리에 대한 확고한 토대를 만드는 것을 남은 기간의 과제로 꼽았다.

개발사업도 소프트웨어 주력해야

현재 JDC는 2011년까지의 1단계 사업에 이어 2021년 목표로 2단계 사업을 진행 중이다. 현재 오션 마리나 시티, 제2첨단과학기술단지, 국제문화복합단지, 농업을 주제로 자연친화 현단지를 조성하는 ECO프로젝트 등 10여개 사업이 추진되고 있다.

그러나 이것만으로는 부족하다. JDC는 전 세계 관광지를 조사해 1500개의 사업을 찾아냈다. 이를 바탕으로 수차례에 걸친 토의 및 워크숍을 통해 제주도에 걸맞은 사업을 추렸다. JDC는 이달 중 구체적인 미래사업을 확정할 방침이다.

제주도 개발과 관련, 김 이사장은 앞으로는 자연 보존과 개발이 함께하는 방식이어야 한다고 강조했다. 홍콩, 싱가포르 등 주변 경쟁국과 비교해 제주도가 우위를 점할 수 있는 것이 천혜의 자연환경이라는 것. 그는 "개발은 생존을 위해 하는 것이고 보존은 삶의 질을 개선하기 위한 것"이라며 "이제는 보존 쪽에 신경을 써야 할 때"라고 말했다.

김 이사장은 "개발이 너무 어렵지만 대박방이 될 수 있다"며 개발사업을 한단계 업그레이드할 것도 주문했다. "앞으로의 개발사업은 하드웨어보다는 소프트웨어쪽으로 주력해야 할 것"이라고 강조했다.

이선우·김병국 기자 bgkim@naeil.com

내일신문 2015년 5월 11일 월요일

도시과장 재직시 하와이 주 초청 방문

관광문화국장 재직 시 중국 해남성과 자매결연

(위) 아시아 태평양영화제 참석 뉴질랜드에서
(가운데) 독일 로렐라이 언덕에서
(아래) 프랑스 〈만종〉 작가 밀레 생가에서

(위) 프랑스 에펠탑에서
(아래)기획관리실장 재직 시 런던 국회의사당

(위) 기획관리실장 재직 시 미국 국회의사당
관광문화국장 재직 시 (가운데) 바티칸과, (아래) 나폴리에서

JDC 이사장 재직 시 순서대로 미국 뉴욕 맨해튼 타임스퀘어 앞에서
스페인 바르셀로나 가우디 건축물 앞에서
싱가포르에서

(위) 존 하워드 전 호주 총리, 조 클라크 전 캐나다 총리와 함께
(가운데) 뉴질랜드 PATA 총회에서 뉴질랜드 오클랜드 시장, 인도 관광공사 사장
(아래) 캐나다 기록청 장관과 함께

(위) 손자 동현이의 돌잔치
(아래) 딸과 사위, 손자

코로나로 제주에 들어온
손자들의 여행 가이드를 하며
일주일간 즐거운 시간을 보냈다.

(아래 오른쪽) 손자 동현.
뉴질랜드에서

아내의 성지 순례 (위) 스페인 세비야 로마 수도
(아래) 스페인 바르셀로나 파밀리아 대성당

JDC 퇴임 후 일본 닛꼬에서

글을 마치면서

우리는 내일의 희망을 품고 일생 동안 끝없이 도전하면서 살아간다. 성장하면서 소중한 꿈을 꾸고 그 꿈을 이루기 위하여 많은 노력을 한다. 그러나 우리의 삶은 평탄하지 않고, 성취보다는 좌절을 더 많이 겪으며 살아간다. 가난한 시골 농가에서 11명의 형제자매 중 10번째로 태어난 소년이 고등학교를 겨우 졸업하고 어려운 현실 벽에 부딪히면서 어떻게 성장하면서 살아왔는지 어둡고 차가운 현실의 벽은 너무 높아 모든 것을 버리고 죽고 싶을 때도 여러 번 있었다. 어느 누구에게 하소연할 곳도 없었다.

그러나 힘들고 어려운 현실을 홀로 극복하면서 이룬 조그만 성취들은 또다시 용기를 주고 쓰러져 가는 나를 일어서게 하였다.

나를 잘 모르는 사람들은 나에게 '행운아'라고 부르기도 하였다. 어려움을 전혀 모르고 살아온 사람 같다는 말들을 하기도 하였다. 그러나 내가 살아온 삶은 남들이 보기처럼 쉬운 삶이 아니었다. 가난과 보이지 않는 차별과의 싸움도 결코 쉬운 일들은 아니었다. 오직 공직의 외길을 걸으면서 홀로 많은 눈물을 흘리기도 하였다. 인생의 가장 큰 꿈인 대학을 공직 생활하면서 30년 만에 겨우 졸업하고 행정학 석사도 받았다.

말단 9급 공무원으로 시작한 공직 생활은 동사무소, 시청, 도청을 거쳐 중앙부처에서까지 근무하였고 일반직 공무원 최고급인 1급까지 승진하였으며 국가 공기업 이사장까지 하였으니 그렇게 생각할 수도 있다.

가난한 농가에서 태어난 시골 소년의 살아온 과정을 돌아보고 발자취를 남기는 의미에서 이 글을 썼다. 이 책이 내가 살아온 것처럼 어렵고 힘들게 살아가는 많은 사람에게 아주 작지만 위안과 용기를 줄 수 있는 계기가 됐으면 좋겠다.

9급 공무원의 꿈과 살아온 삶을 보면서….